芳村弘道編

十抄詩・夾注名賢十抄詩

汲古書院

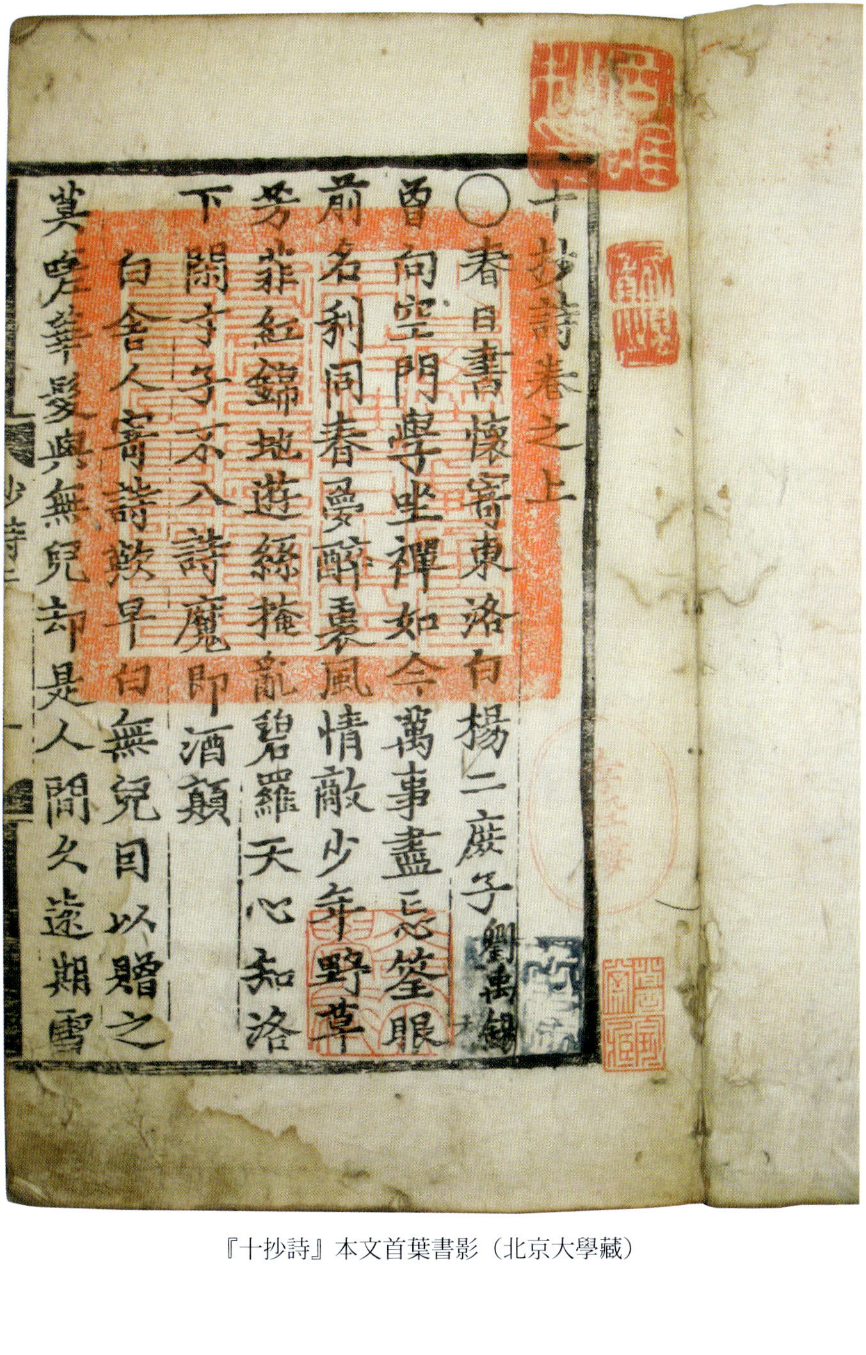
十抄詩卷之上

○春日書懐寄東洛白楊二庶子　劉禹錫

曾向空門學坐禪　如今萬事盡忘筌　眼前名利同春夢　醉裏風情敵少年　野草芳菲紅錦地　遊絲撩亂碧羅天　心知洛下閑才子　不入詩魔即酒顛

白舍人寄詩歎早白無兒因以贈之

莫嗟華髮與無兒　却是人間久遠期　雪

十抄詩上　一

『十抄詩』本文首葉書影（北京大學藏）

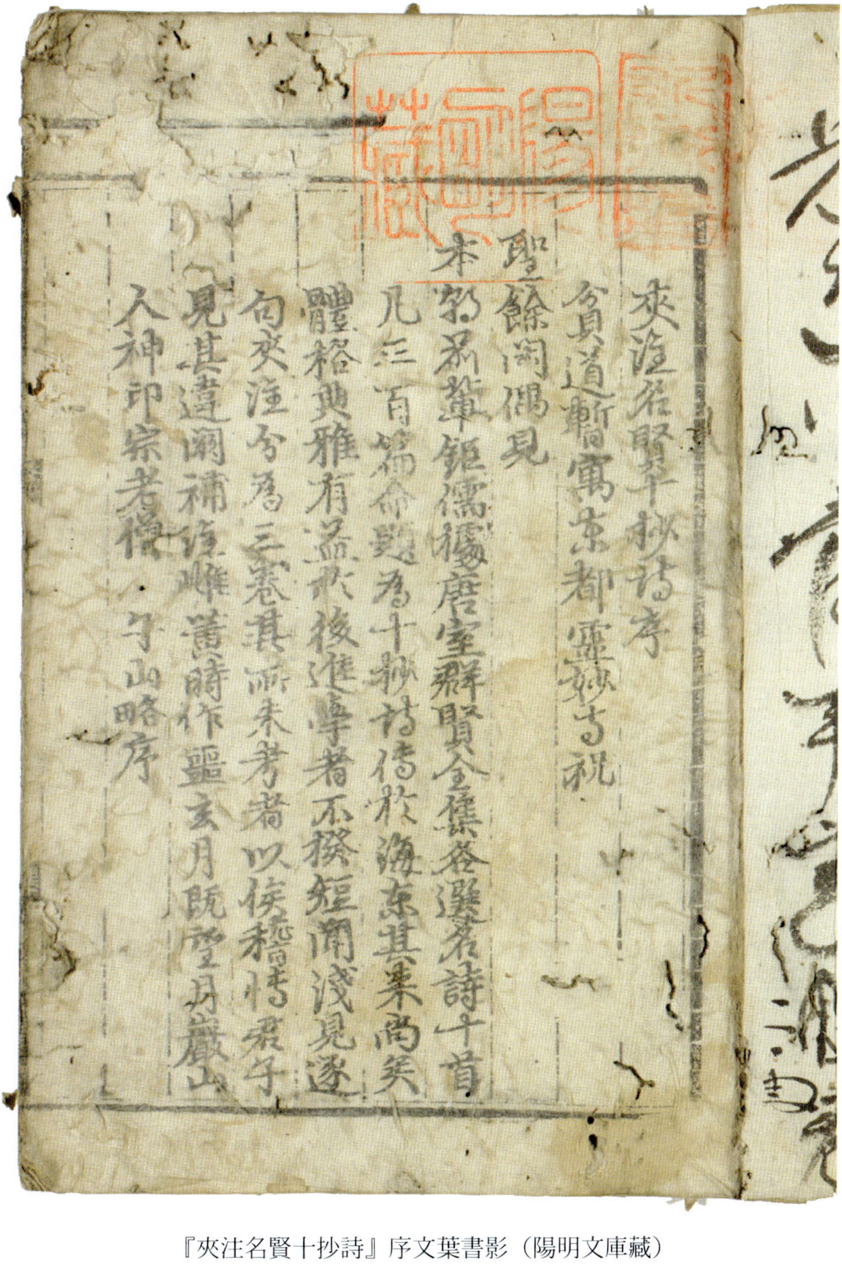

夾注名賢十抄詩序
貧道暫寓京都靈妙寺祝
聖餘閑偶見
本朝前輩鉅儒撮唐室群賢全集各選名詩十首
凡三百篇命題為十抄詩傳於海東其來尚矣
體格典雅有益於後進學者不務短聞淺見遂
句夾注分為三卷其所未考者以俟稽博君子
見其遺闕補注雖舊時作噩玄月既望丹巖山
人神印宗老僧　子山略序

『夾注名賢十抄詩』序文葉書影（陽明文庫藏）

十抄詩・夾注名賢十抄詩　目次

凡　例

一、本書に影印收錄した『十抄詩』『夾注名賢十抄詩』の原本は、それぞれ左記の所藏による。

『十抄詩』……北京大學圖書館

『夾注名賢十抄詩』……財團法人陽明文庫

一、資料篇に參考書影として影印收錄した『十抄詩』『夾注名賢十抄詩』の原本は、左記の所藏による。

『十抄詩』……高麗大學校晩松文庫

『夾注名賢十抄詩』……韓國學中央研究院藏書閣

一、影印にあたり、原本の縮小率は左記による。

『十抄詩』（北京大學圖書館藏本）……約八十四％

『夾注名賢十抄詩』（財團法人陽明文庫藏本）……約五十五％

『十抄詩』（高麗大學校晩松文庫藏本）……約五十四％

『夾注名賢十抄詩』（韓國學中央研究院藏書閣藏本）……約五十七％

十抄詩・夾注名賢十抄詩

十抄詩

十抄詩卷之上

○春日書懷寄東洛白楊二廣子　劉禹錫

曾向空門學坐禪如今萬事盡忘筌眼前名利同春夢醉裏風情敵少年野草芳菲紅錦地遊絲撩亂碧羅天心知洛下閑才子不入詩魔即酒顛

白舍人寄詩歎早白無兒因以贈之

莫嗟華髮與無兒却是人間久遠期雪

裏高山頭白早海中仙菓子生遲子公
必有高門慶謙守何煩曉鏡悲華免如
新分非淺祝君長詠夢熊詩

上淮南令狐楚相公

新詩轉詠急紛紛楚老吳娃遍耳聞盡
道時為好才子不知官是大將軍詞人
命薄多無位戰將功高少有文謝朓篇
章韓信鉞一生雙美不如君

酬白樂天
巴山楚水淒涼地二十三年棄置身懷
舊空吟聞笛賦到鄉翻似爛柯人沉舟
側畔千帆過病樹前頭萬木春今日聽
君歌一曲暫憑杯酒暢精神
王少尹宅讌張白舍人呈盧李二使
將星夜落使星來三省清臣到外臺事
重各銜天子詔禮成同把故人杯捲簾

松竹雪初霽滿院池塘春欲迴第一林
亭迎好客殷勤莫惜玉山頹

和令孫相公題竹

新竹脩脩韻曉風隔窗依砌尚蒙籠數
間素蘚初開後一段清光入座中歡揔
閑着知自適含毫朗詠與誰同此君若
欲長相見政事堂東有舊叢

闕下待傳點呈諸同舍

禁漏晨鐘聲欲絶旌旗組綬影相交殿
含佳氣當龍首閣倚青天見鳳巢山色
葱蘢丹檻外霞光泛艶翠松梢多慙再
入金閨籍不敢爲文學觧嘲

題集賢閣

鳳池西畔圖書府玉樹玲瓏景氣閑長
聽餘風送天樂時登高閣望人寰青山
雪繞欄干外紫殿香来步武間曾是先

賢翔集地每看壁記一慙顏

和令狐相公初歸京國賦詩言懷

凌雲羽翮掞天才揚歷中樞與外臺相印昔辭東閣去將星還拱北辰來殿庭捧日飄纓入閣道看山曳履迴口不言功心自適吟詩釀酒待花開

送令狐相公赴東都留守

尚書劍履出明光居守旌旗赴洛陽世

上功名兼將相人間聲價是文章衙門
曉闢分天仗賓幕初開辟省郎從款坡
頭何東望春風處處有甘棠
○西省對花憶東坡雜樹因寄題東樓 白居易
每看闕下丹青樹不忘天邊錦繡林西
掖垣中今日眼南賓樓上去年心花含
春意無分別物感人情有淺深最憶東
坡紅爛熳野桃山杏水林檎

錢塘春日即事

望海樓明映曉霞護江堤白踏晴沙濤
聲夜入伍員廟柳色春藏蘇小家紅袖
織綾誇柿蔕青旗沽酒趁梨花誰開湖
寺西南路草綠裙腰一道斜

鸚鵡

隴西鸚鵡到江東養得經年嘴漸紅常
恐思歸先翦翅每因餧食蹔開籠人憐

巧語情雖重鳥憶高飛意不同應似貴
門歌舞妓深藏牢閉後房中

庾順之以紫霞綺遠贈以詩荅之

千里故人心鄭重一端香綺紫氛氳開
緘日映晚霞色滿幅風生秋水紋爲褥
欲裁憐葉破製裘將剪惜花分不如縫
作合歡被寤寐相思似對君

漁父

雪鬢漁翁駐浦間自言居水勝居山青
菰葉上涼風起紅蓼花邊白鷺閑盡日
泛舟烟裏去有時搖棹月中還濯纓歌
罷汀洲靜竹逕柴門猶未關

水精念珠

磨琢春冰一樣成更將紅縷貫珠纓似
搖秋露連連滴不濕禪衣點點清敲枕
乍看簷外雨隔羅如掛霧中星欲知奉

福明三處長念觀音水月名

餘杭形勝

餘杭形勝四方無州傍青山縣枕湖遶郭荷花三十里拂城松樹幾千株題詩舊壁傳名謝教舞新樓道姓蘇獨有使君年最老風光不漆白髭鬚

江樓晚眺吟翫成篇寄水部張員外

淡烟疎雨間斜陽江色鮮明海氣凉蜃

散雲收碎樓閣紅殘水照斷橋梁風亂白浪花千片鴈點青天字一行好看丹青圖畫取題詩寄與水曹郎

眼昏

早年勤倦看書苦晚歲悲傷出淚多眼損不知都自取病成方悟欲如何夜昏乍似燈將滅朝暗長疑鏡未磨千藥萬方治不得唯應閉目學頭陁

江樓夕望招客
海山東望夕茫茫山勢川形闊復長燈
火萬家城四畔星河一道水中央風吹
枯木晴天雨月照平沙夏夜霜能向江
樓銷暑否比君茅舍校清涼

○過新豐　　温庭筠
一劍乗時帝業成沛中鄉里到咸京寰
區已作皇居貴風月猶含白社情泗水

舊亭春草遍千門遺兎古砦生至今留得離家恨鷄犬相望落照明

題懷真林亭感舊遊

皎鏡方塘畫甃秋此來重見採蓮舟誰能不逐當年樂還恐添為異日愁紅艷影多風翩翩碧空雲斷水悠悠簷前依舊青山色盡日無人獨上樓

題襄晉公林池

謝傅林塘暑氣微山丘零落閟音徽東
山終爲蒼生起南浦虛言白首歸池鳳
已傳春水浴渚禽猶帶夕陽飛悠然自
到忘情地一日何妨有萬機

寄先生子修

往年江海別元卿家近山陽古郡城蓮
浦香中離席散柳堤風裏鈎船橫星霜
荏苒無言信烟水微茫變姓名恭葉正

肥魚正羨五侯門下負平生

休澣日西掖謁所知

赤墀高閣自從容玉女窗扉報曙鐘月
麗九華青鎖闥雨餘雙闕翠微峯毫端
蕙露滋仙草琴上薰風入禁松筍令鳳
池春婉娩好將餘潤化魚龍

投中書李舍人

人間鴛鷺杳難從獨恨金扉直九重鶴

像號歸仁壽鏡百花春隔景陽鐘紫微
星動詞新出紅蠟香殘詔未封每過寺
門愛庭樹一枝何日許相容

題友生池亭

月榭風亭繞曲池粉垣迴互水參差侵
簾片白搖翻影落鏡愁紅瀉倒時鸂鶒
刷毛花蕩漾鷺鷥拳足雪褵褷山公醉
後如相憶羽扇清樽我自知

河中陪節度使遊河亭
倚欄愁立獨徘徊欲賦慙非宋玉才滿
座山光搖劍戟繞城波色動樓臺鳥飛
天外殘陽盡人到橋心倒影來添得五
湖多少恨柳花飄蕩似寒梅

題清涼寺
黄花紅樹謝芳蹊樓殿參差黛巘西詩
閣曉窗藏雪嶺畫堂秋水接藍溪松飄

曉吹從金錚竹蹊寒苔上石梯妙造青
名竟何從下方烟暝草萋萋
寄岳州李員外
含嚬不語坐支頤天近樓高謝守悲湖
上殘暮人散後岳陽微雨鳥來遲早梅
猶得迴歌扇春水還應理釣絲獨有袁
宏正憔悴一樽惆悵落花時
○贈孔尚書　張籍

能將直道歷榮班事著元和實錄間三
表自陳辭北闕一家相逐入南山買来
待文教人嫁賜得朝衣在篋開宅近青
門高靜處時歸林下暫開關

寄和州劉使君

離朝已久猶為郡閑向春風倒酒瓶送
客時過沙口堰看花多上水心亭曉来
江氣連城白晴後山光滿郭青到此詩

情應更遠醉中高詠有誰聽

題王秘書幽居

不曾浪出見公侯唯向兆間求畔遊每
著新衣看藥竈多收古器在書樓有官
祗作山人老平地能開洞穴幽自領閑
司無別事得來君處喜相留

送桂州李中丞

東山強起就官榮欲進良籌佐太平新

史盡應書直事當時無不說清名玉階
近久鷁頭立桂嶺遥將豹尾行惆悵都
門送君後貧居春草滿庭生

寒食内宴詩二首

朝光瑞氣滿宫樓彩仗魚龍四面稠廊
下御厨分冷食殿前香騎逐飛毬千官
盡醉猶教坐百戲皆呈亦未休共起拜
恩侵夜出金吾不敢問行由

其二
城闕沉沉向曉寒恩當令節賜餘權瑞
雲深處開三殿春雨微時引百官寶樹
樓前分繡幕彩花廊下映朱欄宮遊戲
樂年年別已得三迴對御看
送江西院劉侍御
共許當年有才略從前徵檄已紛紛軍
功早向山東見吏事多為闕下聞秋夜

楚江船上月晴天廬岳寺中雲舊来此
處經過熟今日南行更羨君
寄蘇州白使君
三朝出入紫薇臣頭白金章未在身登
第早年同座主題書今日是州人昌門
柳色烟中遠茂苑鶯聲雨後新此處吟
詩向山寺知君忘却曲江春
和度支胡尚書言懷寄楊少尹

早年聲價滿關東科藝傳家得素風正
色曾持天憲重公材更領地官雄性懷
每寄榮名外居處還移静里中猶憶舊
山雲水好請歸期與故人同

送李司空赴襄陽

中外兼權社稷臣千官齊出拜行塵
調公鼎勲庸盛三受兵符寵命新商路
雪開旌旆遠楚堤梅發驛亭春襄陽風

景猶来好重與江山作主人
○寄朝士　章孝標
田地空閑樹木踈野僧江鳥識吾廬千
畦禾氣風生後萬片山稜雨過初披迥
易觀遊子騎徑荒難降貴人車莫嫌園
外無滋味教得家童拾野蔬
十五夜翫月遇雲
月滿長安正洗愁踏霜披練立清秋無

端玉禁遶天起不放金波到曉流魑魅
得權辭古太笙歌失意散高樓可憐白
兔遭籠閉誰上青冥問事由
　及第後歸呉詶孟元翊見寄
十年衣化六街塵昨日雙眉始一伸未
有豁言垂後輩得無愁色見同人每登
公宴思來處漸聽鄉音認本身更贈芳
詞添喜氣孟冬歸覲故園春

送韋觀文助教分司東都前秘書省同官

京官兩政韋君同何事分司併向東鉛筆別蠹華省露青衿待振素王風秋聲入兆灘横洛黛色臨城雨霽嵩鷹馳樓臺感今昔暮天鴉過上陽宮

贈蕭先生

能令姹女不能嬌別有仙郎亦姓蕭文武火催龍虎鬪陰陽氣是鬼神朝行者

鄉曲兒童老坐使人天歲月遥忽看骨
凡飛不起片雲孤鶴在丹霄

送俞鳧秀才

鐘陵道路恣登臨靈洞荒碑幾處尋野
意雲生廬岳頂詩情月落漢江心村橋
市鬧開山貸溪廟風腥宿水禽應忌名
塲醉公舘鷓鴣聲遠橘花深

送貞寶上人歸餘杭

天目南端天竺西浙僧歸老舊招提霜
朝縫衲猿偷糞雨夜安禪虎印泥海上
度人香水瀾山中説法帳雲低不知空
性傳何處風動芭蕉月照溪
送內作陸判官歸洞庭舊隱
本辭仙侶下人群擬展長才翊聖君馬
力難騎沙苑草鶴心終戀洞庭雲千株
橘熟憐霜落九轉丹成笑日曛莫被世

閒名利鈎更教移勒北山文

上汴州韓司空

弟兄龍虎別無雙帝授嵩衡歷大邦免

苑雪晴吹畫角鴈池風暖駐油幢閒閣

再活烟生祿士卒閑眠月過窓昨日路

傍歌聲代汴河渾不變殘江

題杭州天竺靈隱寺

烟巖開翅抱看城松磴排鱗到畫檻幽

殿磬尋靈洞遠上房簾捲浙江明遥泉
遞濺雲崖落高竹畫穿石眼注客慮暗
隨諸境寂更聞童子喚猿聲

○宿長慶寺　　杜牧

南行步步遠淨塵更近青山昨夜鄰高
鐸數聲秋撼玉霽河千里曉橫銀紅藻
影落前池晩綠稲香來野徑頻終日官
閑無一事不妨長是靜遊人

齋安秋晩

柳岸風來影漸疎使君家似野人居雲容水態還堪賞嘯志吟懐亦自如雨暗残燈碁散後酒醒高枕鴈來初可憐赤壁爭雄渡唯有簑翁坐釣漁

郡齋寒夜即事懐斛斯處士許秀才

有客誰人肯夜過獨憐風景奈愁何邊鴻怨處迷霜久庭樹空來見月多故國

杳無千里信緜緜時伴一聲歌馳心只
待城烏暁幾傍屋簷墜白河

酬許秀才垂覧拙詩見贈之什

多爲裁詩歩竹軒有時凝思過朝昏篇
成敢道懷荆璞吟苦唯應似嶺猿遺興
每縁花月夕寄愁長在别離魂煩君把
卷侵寒燭麗句仍傳畫戟門

郡樓晩眺感事懷古

半晴高樹氣葱蘢静巻疎簾漢水東雲
薄細飛殘照雨燕輕斜譲晩樓風名存
故國川波上事逐荒城草露中欲學含
珠何所用獨凝遥思入烟空

題宛陵水閣

六朝文物草聯空天澹雲閑今古同鳥
去鳥来山色裏人歌人哭水聲中深秋
簾幕千家雨落日樓臺一笛風惆悵無

因見范蠡參差烟樹五湖東

懷鍾陵舊遊

一謁征南最少年虞卿雙璧截肪鮮歌謠千里春長暖絲管高樓月正圓玉帳軍籌羅俊彥絳帷環珮立神仙陸公餘德機雲在如我酬恩合執鞭

其二

控壓平湖十萬家秋來江上鏡新磨城

頭曉鼓雷霆後橋上遊人笑語多月落
汀痕千里色月當樓午一聲歌昔年行
欒鑲樬伴醉與龍沙揀蜀羅

送國慕王逢

王子紋楸一路饒最宜蘑雨行蕭蕭羸
形騎去春泉漲猛勢橫來野步燒守道
還如周柱史鏖兵不羨霍嫖姚得年七
十更萬日與子期於局上銷

九峯樓寄張祜

百感中來不自由角聲孤起夕陽樓碧山終日思無盡芳草何年恨即休睫在眼前長不見道非身外更何求誰人得似張公子千首詩欺萬户侯

○放鶴　李遠

秋風飛却九臯禽一片閑雲萬里心碧落有情還悵望白雲無路可追尋來時

白雪翎猶短去日丹砂頂漸深華表柱
頭留語後不聞喙喚目中音
劉二十一郭道明師已叙昔時寄友
蕭寺曾過最上房碧梧濃葉覆居廊遊
人縹緲紅衣亂坐客從容白日長別後
旋成莊叟夢書來忽報惠休已從今若
更相随去只是含酸對影堂
李司馬貌卿真容因寄之

玉座烟霄硯水清龍顏不動彩毫輕漸
分陰準山河秀初點重瞳日月明宮女
捲簾皆暗認侍臣開殿盡遙驚四朝天
下無人敵始覺僧繇浪得名

吳越古亭

吳越千年奈怨何兩宮清吹作樵歌姑
蘇一敗雲無色范蠡長遊水自波霞拂
故城疑轉旆月依荒樹想嚬娥行人欲

問西施館江烏閑飛碧草多
轉變人
綺城春雨浥輕埃同着蕭娘袍變來時
世險難論窮寇風流新畫獨徘徊場邊
公子車輿合帳裏明妃錦繡開休向巫
山覓雲雨石幢陂下是陽臺
送友人之興州兼寄貟外使君
擬唱離歌自斷腸為傳心事向星郎久

居鍋舍衫猶白閑弄漁竿鬢欲蒼隙禍
話言應有便庾樓登眺莫相忘君終秦
嶺猗迴首碧樹千重鴈數行

閔中書懷寄孫秀才

滄海西頭石萬灘謝公曾重遠相看藹
枝顏色應難比梅蘂芳菲又已闌國
城邊經歲暮越王臺下度春寒誰知却
見毗陵倅一夜挑燈話舊難

過常州書懷寄呉處士回呈楳上人
憶昔圓暮菁寺中數人同着定之峰雄星
光亂縣侵銀漢鴈勢斜飛度碧空竟日
支頤心未決有時揺膝思無窮今來不
得重觀妙留與殷勤向遠公
代友人去姫
永將心會合歡寵豈料人生事役終兩
意不成連理樹一身翻作斷根蓬恩波

日去難收水團扇秋来已厭風棄我別
君何足恨恨緣留在小兒童
　送供奉貴威儀歸蜀
皇恩許遂浩然情金殿親傳秘録成雲
出帝鄉歸萬里鶴辭仙闕下三清蜀門
日曉山攢翠巴路天寒水有聲到夕焚
香儼簪帔蛾眉新月舊窓明
○送張尊師歸洞庭　　　　許渾

能琴道士洞庭西風滿歸帆路不迷對
岸水花霜後淺傍簷山巢雨來低杉松
近晚移茶竈巖谷初寒盖欒畦他日相
思一行字誰人知處武陵溪

偶題蘇州虎丘寺僧院

蹔引寒泉濯遠塵此生多是異鄉人荆
溪夜雨花飛疾吳苑秋風月滿頻萬里
高低門外路百年榮辱夢中身世間誰

似西林客一卧烟霞四十春

重遊蘇州玉芝觀

高梧一葉下秋初迢遞重廊舊寄居月過碧窓今夜酒雨昏紅壁去年書玉池露冷芙蓉淺金井烟分薜荔疎從此扁舟更東去仙翁應笑爲鱸魚

宿望亭館寄蘇州同遊

候館人稀夜更長姑蘇城遠樹蒼蒼江

湖日落高村迥河漢秋歸廣簟涼月轉
碧梧移鵲影露低紅草濕螢光西園詩
思應無限莫醉望欹掩畫堂

寄殷堯藩

十載聞名翰墨林爲從知己信浮沉青
山有雪諳松性碧落無雲稱鶴心帶月
獨歸蕭寺遠翫花頻醉庾樓深尋思不
見如瓊樹空把新詩盡日吟

送元書上人歸蘇州寄張厚
二年無事客吳鄉南宅春深碧草長共
醉八門迴畫舸獨還三徑掩書堂前山
雨過池塘滿小院秋歸枕席涼經歲別
離心自苦可憐紅葉下清漳
郊園秋日寄洛中親友
楚水西來天際流感時傷別思悠悠一
樽酒盡青山暮千里書迴碧樹秋日落

遠波驚宿雁風吹輕浪起眠鷗嵩陽親
友離相念潘岳閑居欲白頭

潁川從事西湖亭

西湖清讌不知迴一曲離歌酒一杯城
帶夕陽聞鼓角寺臨秋水見樓臺蘭堂
客散蟬猶噪桂戟人稀鳥自來獨想征
舤過鞏洛花中霜菊遶潭開

送馬拾遺東歸

獨振儒風過盧駝紫涯初降世人知文
章藥主非無意書劍還家自有期秋寺
卧空移棹晚暮江乘月落帆遥東歸首
是緣情興莫記高山望紫芝

南隣樊明府久不還家因題林亭

湖南官罷不歸來高閣經年花綠皆魚
溢池塘秋雨過鳥還洲島暮潮迴階前
石静碁終局窓外山寒酒滿衣借問先

生獨何處遶籬蹤菊又花開

○塞路初晴　　　　　　雍陶

晩虹斜日塞天昏一半山川帶雨痕新
水亂侵青草路殘雲猶傍綠楊村胡人
羊馬休南牧漢將旌旗在北門行子喜
聞無戰伐閑看遊騎獵秋原

自輔書授學官始有二毛自示諸生
夜沐晨梳小鏡清白簪烏帽喜頭輕郡

髯新洗塵千點潛鬢初驚雪一莖下位
枉逢天子聖閑門虛值太行平壯心未
展顏先變豈執儒書訓學生
　雀拾遺宅看猿
靜愛南猿依壯容野情閑思兩同幽一
離連臂巴江遠幾度斷腸秦樹秋頸鏁
向風吟似唱貌禪當月坐如愁歸山須
待成功後攜莫搖花恣爾遊

代美人春怨

絶李花開似綺羅美人春意惜花多王孫未買千金笑勇子空傳一曲歌數黑淚痕當素臆兩條愁色上青娥佳期寂寞風光晩却羨雕梁燕有窠

送安公主還宮

帝子春歸入鳳城錦車千兩照花明幾年馬上烏孫恩一日琴中蔡琰情湯沐

別闊如舊歸筵歌重奏夔新聲聖朝方
絶和親專萬國如今貢賦平
送姚鵠及第歸西川
春遊曾上大羅天遊罷榮歸濯錦川雙
淚有恩辭座主一杯無恨別同年曉離
孤館星岳棧晩渡空江雨瀾舡郝到相
如題柱處知君心不愧前賢
送盧肇及第歸袁州

誰占京華爛熳春盧郎年少羨名新無
雙日下黄金榜第一花前白玉人別馬
數聲嘶紫陌歸桡千轉入青蘋到門定
是葉鄉守喜賀高堂衡織觀

秋居病中

幽居悄悄何人到落日涼風滿樹梢新
句有時愁裏得古方無效病中抛荒園
曉蝶縈蛛網空屋秋螢入燕巢誰念抂

年名未立卧看紅葉掩衡茅
以馬鞭贈送鄆州褒巡官
紫鞭曾上蜀山邊斸斷雲根下石稜節
畔乍疑珠作顆手中猶訝鐵為條執持
每顧依尼父贈別那同自繞朝只得鳴
鵲向駕馬不須驚動紫騮驕
冬樂殷堯藩明府縣池嘉蓮詠
青蘋白石匝蓮塘水上蓮開帶瑞光露

濕紅房雙朶重風擺緑帶一莖長同心
梔子徒誇艷合頴禾苗豈解香不獨豊
祥先有應更堪宜縣對潘郎
○賦得福州白竹扇子　張祐
金泥小扇謾多情未勝江南巧織成藤
縷雪光纏柄滑篾鋪銀薄露花輕清風
坐向羅衣起明月看從玉手生猶賴早
時君不棄每憐初作合歡名

將之越州先寄越中親故
三年此路却迴頭認得湖山是舊遊百
里鏡中明月夜千重屏外碧雲秋竹林
雨過誰家宅楊柳風生何處樓先問故
人籬落下肯容籐蔓繫扁舟
周貟外席雙舞柘枝
待月西樓卷翠羅玉杯瑤瑟近星河簾
前碧樹窮秋密窗外青山薄暮多鸜鵒

未知狂客舞鷓鴣先讓美人歌使君莫
惜通宵醉刀筆初從馬伏波

寄花嚴寺常秀才院

三面樓臺百丈峯西岩高枕樹重重晴
攀翠竹題詩滑秋摘黃花釀酒濃山殿
日斜喧鳥雀石潭波動戲魚龍今來城
闕遥相憶月照千山半夜鍾

晩自朝臺至常隱居郊園

秋來鳧鴈下方塘繫馬朝臺步夕陽村
逕遶山松葉滑野門臨水稻花香雲連
海氣琴書潤風帶潮聲挽簾涼西去磻
溪猶萬里可能垂白待文王
送嶺南盧判官歸華陰山居
曾事劉琨鴈塞空十年書劍似飄蓬東
堂舊屈移山志南國新留煑海功還掛
一帆青草上更開三逕碧蓮中關西舊

友應相問已許滄浪伴釣翁

秋夜宿簡寂觀陸先輩草堂

紫霄峯下草堂仙千載空票石磬懸白
氣夜生龍在水碧雲秋斷鶴歸天竹廊
影過中庭月松盤聲來半壁泉明日又
爲浮世恨滿山行跡更依然

題楊州法雲寺雙檜

謝家雙檜寺南藥樹老人已地變更宗

頂鶴知深蓋偃白眉僧見小枝生遠孫山處秋嵐色長似階前夜雨聲縱使百年為上壽綠陰終借變霄行

冬日登越臺懷鄉

月沉高樹岸雲開萬里歸心獨上來河畔雪深樓宇宅海邊花發越王臺瀧分桂嶺魚鱗過瘴近衡峯鴈却迴鄉信漸稀人漸老只應頻醉北枝梅

登臺玄閣

飛閣層〻茂苑閒夏涼秋晩好登攀萬家前後皆臨水四面高低盡見山何事越王侵敵國不妨遼海信人寰五湖直下須歸去自笑身閑跡未閑

中長安秋晩　趙

雲物凄清拂曙流漢家宮闕動高秋殘星幾點鴈橫塞長笛一聲人倚樓紫艶

半開籬菊靜紅衣盡落渚蓮愁鱸魚正
美不歸去空戴南冠學楚囚
寄潯陽杜校理
簷下秋江夜影空倚樓人在月明中不
將行止問朝列長脫衣裳與釣翁幾處
別巢悲去燕十年迴首送歸鴻那應更
結廬山社見說心閑似遠公
早春渭津東望

烟水悠悠一霽景開俯流東望思難裁鄉
連島樹潮應滿月在釣船人未迴帶雪
鳥聲先曙動度關春色犯寒來相逢盡
說長安樂夜夜歸夢江上臺

漢江秋晚

覆菊徑烟艷曉兼墜階凉葉舞踈紅人
歸遠島秋砧外鴈宿寒塘夜雨中幾
篷歌留醉伴獨將身計向樵翁故園何

虛空迴首萬里蕭蕭蘆荻秋

宿楚國寺有懷

風動衰荷寂寞香淡烟殘日共蒼蒼寒
生曉寺波搖壁紅墜疎林葉滿床起鴈
似驚南渚棹輕雲欲護北樓霜江邊松
菊荒應盡八月長安夜正長

憶山陽

家在枚皐舊宅邊竹軒晴與楚墻連芰

荷香遶垂鞭袖楊柳風横閙笛舡城礙

十洲烟鶴路寺臨千頃夕陽川可憐時

節堪歸處花落猿啼又一年

送裴評事赴夏州幕

塞垣從事識兵機秖議平戎不議歸入

夜笳聲含素髮報秋榆葉落征衣城臨

戰壘黄雲曉馬渡寒沙夕照微此別不

應書斷絶滿天霜雪有鴻飛

長安月夜與友人話舊山
宅邊秋水侵苔磯日日持竿去不歸楊
柳風多潮未落蒹葭霜在鴈初飛重嘶
匹馬吟紅葉却聽疎鍾憶翠微今夜秦
城滿樓月故人相問一霑衣

自解
閑梳短髮坐秋塘滿眼山川與恨長松
島鶴歸音信斷橋洲風起夢魂香琴依

賣卜先生樂賦學娛賓處士狂獨往不
愁迷去路一生蹤迹在滄浪

永日

方塘鵁鶄晝含暉永日寒寒靜者機白
鳥自湊秋色去碧雲長帶夕陽歸城連
砧杵蹉寒樹月傍關河慘別衣不道來
名是何事病來難與故山違

○瓜州留別李謡　　馬戴

泣玉三年一見君白衣憔悴更離羣柳
堤惜別春潮落花樹留歡夜漏分孤館
宿時風帶雨遠帆歸處水連雲悲歌曲
盡休重奏心遶關河不忍聞
逢表兄鄭判官奉使淮南別後却寄
蘆橘花香拂釣磯佳人猶舞越羅衣三
洲水淺魚來少五嶺山高鴈到稀客路
晚依紅樹宿鄉關時望白雲歸故交一不

待征南吏賒夜風帆去似飛

河曲

三城樹影靄難分沙擁浮橋疊浪紋南浦暗通金澗水西樓晴對玉峯雲太行高折羊腸路故洛多殘馬鬣墳極目傷心追往事文侯曾向此邀君

送胡鍊師歸山

道者人間久住難清秋齋沐憶星壇還

山鳥共投雲穴棲藥身曾飯海灘雨滴
仙查答更古風吹玉磬韻多寒須知我
鬢即垂白度世方書借一看

下第贈別友人

欲寄家書客未過閑門心遂洞庭波田
鄰花落夜風急一逕草荒春雨多思逐
楚江吟浩渺憶歸吳峀夢嵳峩貧居不
問應知處溪上閑舡繫綠蘿

懷舊居

兵書一篋老無功故里郊扉在夢中藤
蔓覆梨張谷蹟草花侵菊庾園空朱門
跡忝登龍客白屋心期失馬翁茲去吳
山何處是旅窓殘月照屏風

題四皓廟

桂香松暖廟門開獨瀉椒漿奠一杯秦
法已殘鴻鵠去漢儲將廢鳳凰來紫芝

翳翳多青草白石蒼蒼半綠苔山下驛
塵南竄路不知冠蓋幾人迴

京口閑居寄京洛親友

吳門烟月昔同遊楓葉蘆花並客舟聚
散有期雲北去浮沉無計水東流一樽
酒盡青山暮千里書迴碧樹秋何處相
思不相見鳳城宮闕楚江樓

別劉秀才

三獻無功玉有瑕更携書劍客天涯孤帆夜宿瀟湘雨廣陌春歸鄠杜花燈照水螢千點滅棹驚灘鴈一行斜關河迢遞秋風急遥望江山不到家

和大夫小池孫鴈下

敗荷衰葉水香殘萬里銜蘆此地安捨塞雪飛前侶培柳營氷襌後池寛孤鳴乍想瑤琴鶴倒影初疑玉鏡鸞待取皐

風歸上苑銜陽迢遞隴陰寒

○閑題　　　　　　　韋濟

寒窓風竹暮蕭蕭廓落生涯寄一瓢饑

甲已殘羞蜥蜴羽毛着盡學鶴鶉豈餘

世便疑偷璧、氣恐妻還厭揉樵騎馬出

門無去路愁魂須待楚人招

未歸

風聲、水色漸依依皆是春歸客未歸幾

屢逢人多失計韙時開卷即忘機巨存
跪膝聽師語倚杖迴頭看鳥飛富貴豈
無經濟業螢窓歲晏與心違

鸚鵡

層層烟樹舊棲枝幾為山風夜轉移霜
遠早拔鵬鵠妬語多深恐鳳凰知千山
墜絕音容改一賦成來翅羽危遑笑張
儀真底事縱然舌在欲何為

芳草

苑外堤前芳草時偶來非是與心期水
關溪岸魚衝網花照樓簷酒接旗萬里
楚人南去寻數聲燕鴈北歸遲十年不
向春烟笑賛盡功夫學畫胎

春分

華髮閑梳日欲曛年來夢裏是春分花
飛故苑蓋空斷歌在重樓半不聞強國

未能忘洸蠡扗心昔已伏終軍嵩陽舊
社何人在猶拂衣裳許白雲

壬申歲寒食

榮名壯歲兩蹉跎到老螢窓意若何四
野杯盤爭道路千門花月暗經過有心
祖欲聞浮海無力誰能鬪拔河焚火豈
關懸上客從來曲突不黔多

霜夜紀詠

秋草青青戰馬肥平沙偷路破重圍終
應尊郅流王澤未肯登樓擬虜威金甲
諸侯移舊幕霜髯戍卒補寒衣華陽鳳
日紅塵暗萬延驊騮盡放歸
送友人及第後東遊伊洛
此去應無恨別心烟霞千里好開襟露
銷寒渚紅初墮涼徹秋堂碧更深靜拂
裌衣山路曉高張輕盖驛樓陰閑將一

首陳思賦獨遶清波盡日吟

白躑躅花

古苑昔時花月遊遺簪無復有人收草
埋波影蘭膏潤玉蝕氷光雪彩浮祗在
侍兒輕拂拭不勞良匠重雕鏤雲鬟肯
藉千年物玉鸞金蟬自滿頭

公子

公子坐擁勢似鵬朱門當路壓虹橋青

絲不繫拋榆莢錦藍長垂覆桂條雙袖
欲翻羅綺穩一聲初發管絃謌巫雲洛
水閑相妬粉額檀唇怨夜遙
○洞湖春暮　皮
柳陰成幄釣臺平湖影澄空一野明遠
近碧峯深淺色往來白鳥兩三聲叢新
正好含風著艇險仍須載酒行若使陸
機曾到此不應千里憶蓴羮

彭澤謁狄梁公生祠

盡將餘烈委忠良重造乾坤却付唐顧命老臣心似水中興天子鬢如霜生前有冊何周旦死後無封便霍光者取大平多少事古松花下一祠堂

題亭處士山池

澹澹池光浸骨清半斬斜照雨新晴鷺眠苔蘚輕無迹魚食蘋花細有聲笑弄

海涉著足思齊揖山嶂飲多情一頭紗
帽終身釣大勝王充著論衡
　利仁鄭貢外居
印綬縈身悔得名靜居閑演故山情殘
春青鎖花千片盡日朱門鸛一聲書閣
曉來毛褐睡藥園晴後幅巾行松陰滿
路蒼苔滑誰道文皇負賈生
　題蹇全朴襄州故居

先生孫家在雲端廢宅無兒屬縣官壞
閣尾松爲踏下荒庭石竹草侵残釣魚
舡漏青蘋満錬藥房空緑蘚寒莫推窓
前偏灑涕前年曾此借書者

奉和公孫補闕白蓮詩

姑射曾聞道列仙今来池上立脩然雪
容縱見情難寫玉貌雖逢信不傳風際
有香飄灼灼雨来無力倚田田金塘畔

夜孤蟾浸數朶分明照暝烟

武當山晨起

欲明山色亂蒼茫靜禮仙蹤入洞房峯帶濕雲新粉障叢飄高樹破絲囊棲禽已共泉聲去靈草仍兼露氣香萬壑千峯何處盡世間亭午此朝陽

題石毦秀才襄州幽居

皇仁誰肯信家丘方丈堆書少出遊世

上謾詩鸚鵡賦客來猶與鷫鷞裘鑪中
好藥焚香取樹下殘碁帶葉收獨坐小
齋僧去後秋花冷澹蝶悠悠

南陽縣懷古

昆陽王氣已蕭蕭依舊山河捧帝居廢
路踏平殘瓦礫破墳耕出爛圖書緑莎
滿縣年荒後白鳥盈溪雨霽初二百歲
來王霸業可憐今日是丘墟

春宵飲醒

玉樓殘夜獨醒時偷凭欄干弄柳絲漏殘自驚鸚鵡夢月明空淡妝丹姿曉炯共恨昏雙眼殘酒將愁霧四支謾把詩情裁不得郎須羞見蔡文姬

○登潤州慈和上房　崔致遠

登臨蹔隔路歧塵吟想興亡恨益新畫角聲中朝暮浪青山影裏古今人霜摧

玉樹花無主風騷金陵草自春賴有謝家餘境在長教詩客爽精神

和李展長官冬日遊山寺

難遊禪室思依依爲愛溪山似此稀勝境唯愁無計住閑吟不覺有家歸僧尋泉脉敲氷汲鶴起松梢擺雪飛曾接陶公詩酒興世途名利已忘機

汴河懷古

遊子停車試問津隋堤寂寞沒遺塵人
心自屬昇平主柳色金非大業春濁浪
不留龍舸迹暮霞空認錦帆新莫言煬
帝曾亡國今古奢華盡敗身
　友人以毬杖見惠以寶刀為答
月杖輕輕斥月彎霜刀凜凜駭霜寒感
君恩豈尋常見知我心須子細着既許
驅馳終附驥只希提拔早登壇當場已

見分餘力引鏡終無照膽難

辛丑年書事寄進士呉瞻

危時端坐恨非夫爭奈生逢惡世途盡
愛春鶯言語巧却嫌秋隼性靈麁迷津
懶問從他笑直道能行要自愚壯志起
来何處說俗人相對不如無

和友人春日遊野亭

每將詩酒樂平生况值春深煬帝城一

望便驅無限景七言能寫此時情甚鋪
露錦留連蝶柳織烟絲惹絆鶯知己相
邀歡醉處羨君稽古賁桓榮
和顧雲侍御重陽詠菊
蘂蕚紅葩有萬般凡姿俗態步堪觀豈
如開向三秋節獨得來然九夕歡酒送
餘香薰坐席日移寒影掛霜欄只應詩
客多惆悵零落風前不忍看

和顧雲支使暮春即事

東風遍閲萬般香意緒偏繞柳帶長蘇武書迴深塞盡莊周夢遊落花悵好憑殘景朝朝醉難把離心寸寸量正是浴沂時節也舊遊魂斷白雲鄉

和進士張喬村居病中見寄

一種詩名四海傳浪仙爭得似松年不唯騷雅標新格能把行藏繼古賢藜杖

夜携孤嶠月篝簾朝捲遠村烟病来吟
寄潭濵向日附漁翁入郭舡

酬楊贍秀才

海搓雖定之隔年迴衣錦還鄉愧不才韙
別蕪城當葉落遠尋蓬島趁花開谷鶯
遷想高飛去遼豕寧慙再獻来好把壯
心謀後會廣陵風月待銜杯

十抄詩卷之上

十抄詩卷之下

○送徹上人歸竺乾國　朴仁範

家隔滄溟夢早迷前程況復雪山西磬聲漸逐河源迴帆影長隨落月低葱嶺曉應開棧道流沙神與作雲梯離鄉五印人相問年号咸通手自題

江行呈張峻秀才

蘭橈晚泊荻花洲露冷蛩聲遶岸秋潮

落古灘沙背後日沉寒島樹容愁風驅江上群飛鴈月送天涯獨去舟共厭羇離年已老每言心事淚潛流

馬嵬懷古

日旆雲旗向錦城侍臣相顧暗傷情龍顏結恨頻迴首玉貌催魂已隔生自此暮山多慘色到今流水有愁聲空餘露濕寒花在猶似仙娥臉淚盈

寄香巖山厳上人

却憶前頭忽黯然共遊江海偶同舡雲
山凝志知何日松月聯文已十年自嘆
逮違依闕下豈勝拋世卧溪邊烟波阻
絶過千里鴈足書來不可傳

早秋書情

古槐花落早蟬鳴却憶前年此日情千
緒旅愁因感起幾莖霜髮為貧生堪知

折挂心還暢直到逢秋夢不驚鳥每念受
恩恩更重欲將酬德殺身輕
涇州龍朔寺閣兼簡雲上人
翬飛仙閣在青冥月殿笙歌歷歷聽燈
檻螢光明鳥道簷迴虹影到岩扃人隨
流水何時盡竹帶寒山萬古青試問是
非空色理百年愁醉坐來醒
上穀貪外

孔明籌策惠連詩佐幕親臨十萬師騏
驥躡雲終有日鸞凰開翅已當期好尋
山寺探幽勝愛上江樓話遠思淺薄辜
因遊鄭驛貢文多愧遇深知

上馮貟外

陸家詞賦擁羣英却笑塵傳榜上名志
操應將寒竹茂心源不讓玉壺清遠隨
旌旆東防虜未遂鸞鴻去住城逢幕鄧

林客待物翩翩窮鳥自哀鳴

贈田校書

芸閣仙郎幕府賓鶴心松操古詩人清
如氷鏡常無累徳比蘭蓀自有春日夕
笙歌雖滿耳平生書劔不離身應憐昔
節成何事許借餘波救涸鱗

九成宮懷古

憶昔文皇定鼎年四方無事率林泉歌

鍾響徹烟霄外羽衛光分草樹前玉樹
金階青靄合羣樓丹檻白雲連追思冠
劍橋山月千古行人盡慘然

○秋日泊江浦　　杜荀鶴

一帆程歇九秋時漠漠蘆花覆釣磯寒
浦更無船並宿暮山時見鳥雙歸炤山
烽火驚離抱剪葉風霜逼暑衣江月漸
明汀露濕静驅吟魄入杳微

長安感春

出京無計住京難深入東風轉索然滿眼有花寒食下一家無信楚江邊此時晴興愁於雨是處鶯聲苦却蟬公道算來終達去更從今日望明年

贈彭蠡釣者

偏坐漁舟出葦林葦花零落向秋深祇將波上鷗為侶不把人間事係心傍岸

歌来風欲起摟緑眼去月初況若教我
似渠閑散羸得湖山到老吟

途中春

年先身事旋成空畢竟何門遇至公人
世鶴歸雙鬢上客程紬繞亂山中牧童
问日眠春草漁父限岩避晚風一醉未
醒花又落故園回首楚江東

贈友罷縣赴舉辟命

連天一水浸吳東十幅帆飛二月風好
景探抛詩句裏別愁驅入酒杯中魚依
岸柳眠圓影鳥傍岩花戲暖紅不是挂
枝終不得自緣年少好從戎

夏日登友人林亭

暑天長似秋天冷帶郭林亭畫不如蟬
噪檻前邀月竹鷺窺池面弄萍魚抛山
野客横琴醉種藥家童踏月鋤衆惜君

寺墟上第莫因居此與名跡

春日寄友人自居山

野吟何處最相宜春景暄和好入詩高下麥當新雨後淺深山色晩晴時半岩雲脚風牽斷亞野花枝鳥踏垂倒載干戈當是日近來麋鹿自相隨

秋日湖外書事

十五年來筆硯功只今猶在苦吟中三

秋客路湖光外萬里鄉關楚色東烏徑
枝藜山翳雨穰村欹桃樹摇風朱門廖
廖若相似此命到頭應亦通

旅舍秋夕

寒雨蕭蕭燈焰清燈前孫客難為情干
戈闊日別鄉國鴻雁來時憶弟兄冷極
驕無離枕憂吾多吟有徹雲聲出門便
作還家計直到如今計未成

雪

風攪長空寒骨生先於曉色報窓明江
湖不見飛禽影岩谷唯聞折竹聲巣穴
幾多相似處路岐兼得一般平擁抱公
子莫言冷中有樵夫跣足行

○黄帝詣崆峒山謁容成　曹唐

黄帝修心息萬機崆峒到日世情微先
王道向容成得使者珠隨象罔歸涿鹿

羅兵形欲蹴洞庭張樂夢何彿六宮一
閑夜無主月滿空山雲滿衣
穆王却到人間惘然有感
瑤池一宴久徘徊春宴香繁玉蕊開風
度短簫霜竹吟月移秋瑟水絲哀白雲
莫思勞相和紅露瑤觴不要催長恐穆
王從此去便隨千古憂難迴
穆王有懷崑崙舊遊

周王御日駕龍軒笑覽秋雲着化元馬
驂月中紅桂樹人傾天上紫霞樽四溟
水照纓襟冷八極風吹劍珮翻一別玉
妃殘酒醒不知何處是崑崙

武帝將感西王母降

崑崙凝思寂高峯金母來乘九色龍歌
聽紫鸞猶縹緲語成青鳥許從容風迴
水落三清漏月苦霜傳五夜鐘樹影悠

悠花悄悄略聞簫管是行蹤

尋訪王真不遇

重到瑤臺訪舊遊忽悲身事淚雙流雲霞已斂當年事草木空添此夜愁月影西傾鸞七夕水聲東注感千秋唯知佇立魂非斷何處笙歌醉碧樓

王母使侍女飛瓊鼓雲和笙宴武帝

秋水新傳禁漏長飛瓊婥約鼓笙篁百

年塵夢驚新破五夜雲和樂未央花影
晴迴三殿月樹聲深鎖九門霜六宮宮
女從如玉自此無因見武皇

武帝食仙桃留核將種人間
仙菓蟠根接閬山葉成花謝九天閑桑
田易浪初垂實海水成塵始破顏浩劫
未移身已老大和潛喪夢難還三千年
後知誰在欲種紅桃着世間

蕚緑華將歸九疑山別許真人

九點烟霞黛色濃緑華歸思頗無窮每愁馭鶴身難住長惜臨霞語未終花影暗移雲夢月歌聲閑落洞庭風藍絲動勒金條遠留與人間許侍中

張碩留杜蘭香既織成翠水衣有感

端簡焚香送上真五雲無復更相親魂交縱有丹臺夢骨重終非碧落人風靜

更悲青桂曉月明空想白榆春麟衣鶴
氅韡紛在終作西陵石上塵
漢武帝尋請西王母不降
武帝清齋夜帳開重祈王母下瑤臺內
人執酒空長望玉女留書許尋迴露夕
月光清滿樹火寒香熘贍成灰黃金燒
盡秋宮冷元色真龍不是來
○題千峯榭　　　　　　　　方干

豈知平地有天台朱户深沉别徑開曳
響露蟬穿樹去斜行沙鳥向池來窓東
早月當琴榻墻上秋山入酒杯何事世
中知世外應緣一半是仙才
旅次洋州寓居郝氏林亭
舉目縱然非我有思量似在故山時鸖
盤遠勢投孤嶼蟬曳殘聲過别枝涼月
炤牀欹枕倦澄泉繞砌泛觴遲青雲赤

得行行去憂到江南身在茲

寄杭州于郎中

雖方聖主識賢明自是山河應數生大
雅篇章無子房高門世業有公卿入樓
早月中秋色繞郭寒潮半夜聲白屋青
雲至懸淵愚儒肝膽若為傾

越中言事王大夫到任後作

雲霞水木共蒼蒼元化分眡秀一方百

里湖光輕撼月五更軍角謾吹霜沙邊
賈客喧魚肆山上潛夫醉笋蔬終歲道
遙仁術內無名甘老買臣鄉
贈孫蕡百篇
御題百首思縱橫半日功夫舉世名羽
翼便從吟處出珠璣續向筆端生莫嫌
黄綬官資小必料青雲道路平寸子風
流復年少無愁高卧不公卿

題報恩寺上房

來來先到上房着眼界無窮世界寬岩
溜噴空晴似雨林蘿礙日夏多寒衆山
迢遞皆相疊一路高低不絕盤清峭関
心惜歸志他時夢到亦難安

贈李郢端公

曖景藹藹寒景清越臺風送曙鐘聲四
郊遠火燒山月一道驚波撼郡城夜雪

未知東岸綠秋霜猶放半江晴謝公吟
屐依俙在千古無人繼盛名

杭州杜中丞

昔用雄才登上第今將重德合明君晉
心只為安人術援筆皆成出世文寒角
細吹孤嶠月秋潮橫捲半江雲掠天飛
勢應非久一鶚那棲衆鳥羣

贈會稽張少府

高節何曾似任官藥苗香潔備朝餐一
分酒戶添應易五字詩名隱即難笑我
無媒成鶴髮知君有意戀漁竿明年莫
便還家去鏡裏雲山是共看

述方齋寄虞縣表宰

湖北湖西往復還經時只處自由閒暑
天移榻臥深竹月夜乘舟歸淺山遠砌
紫鱗聊在釣亞窓紅菓可勞攀古賢暮

齒方如此應笑愚儒髮未斑

○潼水河　　　　　　　李雄

蘸柳飄花繞故城昔時伊洛等佳名傳
欄餘翠千門影匝岸笙歌五夜清芳草
似愁愁更遠碧波如恨恨難平憐君不
肯隨人事今古潺湲一種聲

雲門寺

北齊六寺舊禪林竹冷松寒一逕深塵

壁獨着已後影沙門誰是定中心地偏
京國無遊客山繞樓臺有異禽早晩得
陪高尚者好花流水共閑吟

秦淮

穿雲入郭逐平沙緑繞千門一帶斜護
作秦名疏野外豈知呉分隔天涯樓臺
影動中流月簸蕩風飄兩岸花欲問淮
邊審時事古碑秋草是王家

臺城

雲月蕭條惱旅情路人言是故臺城鴛
鴻尚集千官位龍虎空傳六代名舊壘
只聞長戰伐古園何屬辦公鄉強吞弱
叱咤如夢不改風潮夜夜聲

江淹宅

詩客仍兼草檄臣碧溪遺館訪清塵朝
天路在金貂遠夢筆亭空綵翼騁萬古

江山空落照一川風景向殘春臺城月上不歸去終與樵夫此卜鄰

向吳亭

向吳亭外岳重重覽古題詩興未窮北𨒋雨餘烟遶郭南朝事去草連空釣歌不盡青谿月王氣潛銷玉樹風唯有潮聲至今夜深長到郡城中

永蘆亭

噴珠飄雪巧無限旦暮高懸杳藹中嘗
戶不遮青嶂一色拂簾長卷碧溪風秋垂
十幅鮫綃冷月映千行玉筯空自愧未
爲仙府客等閑行至水精宮

濯錦江

緑陰紅蘂漾清漣應繞人家繡戶邊步
障影移金谷畔迴文波動玉窻前晴光
遠送朝朝思暮景輕翻處處烟僾色近

來時更重不須辛苦此江壖

子規

蜀主銜羞化子規劍南良夜亂啼時如何恨魄千年後尚作冤聲萬轉悲形影家傷巴峽月血痕徧染杜鵑枝豈能終日懷餘憤丹醬那無上訴期

張儀樓

錦宮城畔拂雲樓草沒樓基錦水流花

外有橋通萬里檻前無主已千秋銅梁
霧雨迎歸思玉壘烟霞送暮愁人去人
来自惆悵夕陽依舊浴沙鷗

下宣州　　吴仁璧

臺鳶閣鳳偶迴旋緌撫陵陽已半年傳
說霖多三郡内謝公山瀨四窓前自陪
飛盖醒還醉不覺蟾缺又圓今日丹
誠更何事唯憂排比五湖舡

羅書記借示詩集尋惠園蔬以詩謝
江天冷落欲晨時靜榻閑披二雅詞寸
薄敢言師吐鳳吟餘旋見寄蹲鴟年光
易得令人恨鄉味難忘只自知讀徹殘
篇問圓碧可能終使楚王疑
宛陵題顧蒙處士廟即元徵君舊居
陵陽蟠卧十年餘元氏山前又卜居粧
叟雖留龜尾誡周顒應墜鶴頭書宅從

借後唯栽竹園自荒來未種蔬即擬與
君偕隱去想憑先為結雲廬
吳中早春題王處士山齋
東歸彼此作遺民又是江南日落春越
使好梅香欲謝楚臣芳草綠初勻心緣
詩句分張苦家被碁枰斷送貪名利人
皆怕到老唯應君是不怕人
蘇州崔諫議

長裾客易造旌旗正見春歸茂苑前嘗
襤褸塵烟柳細满庭巴錦露花鮮貪傾
北海三巵酒忘却東周二頃田唯恐朝
昏急徵到又携簑笠上漁舡

秋日寄鍾明府

麻衣漸怯九秋風多少愁生半夜中青
女楊翅虛室冷素娥沉影小窓空銷魂
別路雲長碧夢斷前山葉盡紅此際不

堪思往事十年羸馬逐驚蓬

西華春寒寄潘校書

露掩烟柳靚粧新寒色蒼茫忽閑春曉谷却催鶯羽翼暮天重見鴈精神秦山邐迤巒猶礙渭水迴環緑未匀須會向旹今日意芳菲留付鳳臺人

梅花

年年最解占春光猶自凌寒譜佇芳開

近洞天琪樹小落飄粧閣粉塵香艷隨
越寄枝偏好聲入羌吹恨更長青女功
夫如可乞盡應移向月中央
還羅隱書記詩集
三百餘篇六義和曲江春感次黄河春
娥捻竹清難敵晉帝遺鞭賓來多自有
聲詩符至道何須名姓在殊科耒陽城
畔青山下蘭麝于今滿逝波

放春牓日獻座主

重修鼇廨到西秦一春是別山玉便真清禁漏聲猶在耳皇州春色已隨人登門漸覺風雷急入漢堪鸞羽翼新若問他年報恩事合將□習辛三歷

○柳　韓琮

雪盡青門弄影微暖風遲日早鶯歸若憑細葉留春色須把長條繫落暉彭澤

有情還鬱鬱隋堤無主亦依依世間怨
恨偏如此可是行人折贈稀

松

倚空當檻冷無塵往事閑徵夢欲分翠
色本宜霜後見寒聲偏許月中聞啼猿
想帶蒼山雨歸鶴和鳴紫府雲莫向東
園近桃李春風過盡不容君

霜

青女爲神摠物端栢臺威助欲消難平
飛殿尾鴛鴦冷斜傍珠攔翡翠寒帶月
不知瑤圃曉背陽空想玉階殘四時何
處應長在須向愁人鬢上看

露

長隨聖澤墮遥天濯遍幽蘭葉葉鮮纔
喜輕塵銷陌上已隨初月到階前紋騰
要地誠非久珠綴秋荷偶得圓幾處花

枝把離別繞風殘月正潸然

炯

可憐輕素欲何從敗柳踈槐半不容任
惹翠欄疑有恨遠随流水忽無蹤丹墀
繞伴爐香細碧落晴含桂蘂濃偏憶鳳
城迴首處暮天樓閣藹千重

淚

專裴情牵豈自由偶成惆悵則難收已

閒把玉沾衣濕更説遠途滿目流滴盡
綺筵紅燭暗隨殘粧閣曉花羞世間何
處偏留得萬點分明湘水頭

别

花無長色水無斯一旦秋風萬事悲月
照離庭人去後露棲叢菊鴈来時銀河
清淺搖情急翠幄寒香結夢遲明月錦
機何限字又應和淚寄相思

水

方圓不定性皆柔東注滄溟早晩休高
截碧雲長耿耿遠飛清洛自悠悠湘江
月浸千年色夢澤烟含萬古愁別有隴
頭嗚咽處爲君分作斷腸流

愁

來何容易去何遲半結裏腸半在眉門
掩落花人別後窓含残月酒醒時濃於

萬頃連天草長卻千尋繞地綠除卻五
侯歌舞外世間何處不相期

恨

草濃烟淡思悠悠人住人分楚水頭故
國不歸空悵望殘春無事獨淹留何曾
廣陌紅塵歇只是前山碧樹秋安得文
通夢中筆為君重賦古今愁

○鏡湖　　崔承佑

採蕨山前越國中麴塵秋水澹澄空蘆
花散蘋沙頭雪菱葉吹生渡口風方朔
絳囊遊渺渺鴟夷桂楫去悠悠明皇乞
與知章後萬頃恩波竟不窮

獻新除中書李舍人

五色仙毫入紫微好將新業助雍熙玄
卿石上長批詔林府枝間已作詩銀燭
剪花紅滴滴銅壺輸刻漏遲遲自從子

壽登庸後繼得清風更有誰

送進士曹松入羅浮

雨晴雲斂鷓鴣飛嶺嶠臨流話所思殿
次狂生須讓賦宣城太守敢言詩休攀
月桂淩天險好把烟蘿避世危七十長
溪三洞裏他年名遂也相宜

春日送韋太尉自西川除淮南

廣陵天下最雄藩豈借名侯重寄分憂

送去思攀錦水柳迎来暮挽淮墳瘡廣
從與資良藥宵旰終須幾聖君應念風
前退飛鷁不知何路出雞羣

關中送陳策先輩赴邠州幕

補衡詞賦陸機文再捷名高已不羣珠
淚遠辭裴吏部玳筵今奉寶將軍樽前
有雪吟京路馬上無山入塞雲從此暮
中聲價重紅蓮丹桂共芬芳

贈薛雜端

聖君須信整朝綱數歲公才秉憲章按
轡已清雙闕路搢紳偕奉一臺霜鴻飛
碧落曾猶漸鷹到金風始見揚長慶橋
邊休顧望忽聞消息入文昌

讀姚鄉雲傳

曾向紗窗揭縹囊洛中遺事家堪傷愁
魂已逐朝雲散怨淚空隨逝水長不學

掇身金谷檻却應偷眼宋家墻尋思都
尉憐寺子大底切曹分外忙
憶江西舊因寄知已
堀劍城前獨閙諫渚邊曾過謝將軍團
園吟冷江心月斤斤愁開嶽頂雲風領
鴈聲孫花過星排漁火幾舡分白醪紅
鱠雖辛夢敢負明時更羡君

別

入越遊秦恨轉生每懷傷別問長亭三
樽緑酒應傾醉一曲丹唇且待聽南浦
片帆風颯颯東門驅馬草青青不唯兒
女多心緒亦到離筵盡淚零
鄴下和李錫秀才與鏡
漢南才子洛川神每笑相稱有幾人波
翦臉光爭乃溢山横眉黛可曾句絲絲
舞袖飄衣舉裊裊歌筵送酒頻只恐明

年正月半暗教金鏡閑已陳

○御溝　　崔匡裕

長鋪白練静無風澄景涵暉皎鏡同堤草雨餘光映緑墻花春半影含紅繞和斜月流城外夜帯残鐘出禁中人若有心上星漢乗槎未必此難通

長安春日有感

麻衣難拂路歧塵鬢改顔衰曉鏡新上

國好花愁裏艷故園芳草夢中春扁舟
烟月思浮海羸馬關河倦問津衹為未
酬螢雪志綠楊鶯語太傷神

題知已庭梅

練艷霜輝炤四鄰庭隅獨占臘天春繁
枝半落殘粧淺曉雪初銷宿淚新寒影
低遮金井日冷香輕鎖玉窻塵故園還
有臨溪樹應待西行萬里人

送鄉人及第歸國

仙桂濃香惹雪麻一條歸路指天涯高
堂朝夕貪調膳上國歡遊罷醉花紅映
蜃樓波吐日紫籠鼇闕岸横霞同離故
國君先去獨把空書寄遠家

郊居呈知己

車馬何人肯踸蒭滿庭寒竹静蕭騷林
含落照溪光遠簾捲殘秋岳色高仙桂

未期攀兔窟鄉書無計過鯨濤生成竹
應裁商詰莫使非珍似旅獒

細雨

風線雲緝散絲綸陰曀濛濛海岳春微
滂曉花紅濺咽輕霧烟柳翠眉顰餘鮮
石徑麋蹤蘚解裛沙堤馬足塵煬帝鑣
帆應見恳偏宜蓑笠釣舡人

早行

纔聞鷄唱獨開扃羸馬嘶悲萬里亭高角遠聲吹斤月一鞭寒綠拂殘星風牽蹤響過山鴈露濕微光隔水螢誰念異鄉遊子苦香燈幾處照銀屛

鷺鷥

烟洲日暖隱蒲叢閑刷霜絲伴釣翁高跡不如丹頂鶴蹤情應及紺翎鴻嚴光臺畔蘋花曉范蠡舟邊葦雪風兩處斜

陽堪愛爾雙雙零落斷霞中

商山路作

春登時嶺鴈迴低馬足移遲雪潤泥縮
李家邊雲擁當張儀山下樹籠溪懸崖
猛石驚龍虎吼澗狂泉振鼓聾懶問帝
鄉多少地斷烟斜日共悽悽

憶江南李處士居

江南曾過戴公家門對空江浸曉霞坐

月芳樽傾竹葉遊春蘭舸泛槐花窓前露藕紅侵砌窓外青山翠入紗徒憶舊遊頻結夢東風憔悴滯京華

○旅館秋夕言懷　　羅鄴

一半年光逐水流馬蹄南北幾時休青雲有路難知處白髮無情已滿頭曉上河橋鴉叫樹曉離山館月浸樓誰憐萬里單車去野菊殘花欲過秋

同友人話吳門舊遊

春色吳王舊境多前年此地幾經過花枝笑日妬紅粉樽酒酌風生綠波入浦野橋縈柳岸巢簷江燕啄宮莎如今共話成塵事相對持杯有淚和

秋過靈昌渡有懷

背河驅馬已秋風葦浦桑洲處處同蒼隱碧峯高嶠外去程黃葉亂蟬中回悲

失計爲遊子始覺長閑是釣翁此恨滿
懷誰共說微陽沙雨正濛濛

冬日獨遊新安蘭若

上房高處獨登攀一宿新安雪後山未
向芳枝休息意却愁清鏡有衰顔終朝
驅馬悲長路残日聞鴻憶故關明發千
峯又行役此生誰得似僧閑

海上別張尊師

雲海歸帆似鳥輕重來何處訪先生晴
飄別袂靈棲碧醉勸離觴賫琴清風燭
自悲塵土世鶴書難莫徙來程腥膻漸
覺人家近雞犬村中入夜聲

秋曉

殘星殘月一聲鐘水際岩隈爽氣濃不
向碧堂驚醉夢但來清鏡促愁容繁金
露濕荒籬菊獨翠烟凝遠澗松閑步幽

林與苔徑漸移棲鳥息鳴蛩

蛺蝶

草色花光小院明短橋飛過勢便輕紅
枝裊裊如無力粉翅高高別有情俗說
義妻衣化狀書稱傲吏夢彰名四時羨
爾尋芳去長傍佳人襟袖行

秋日有懷

西風一葉下庭枝對此愁人感盛衰亭

苦縱成他日事歡娛已失少年時浮生
却羨龜饒壽俗貌難将鶴共期只有世
間青紫分又嗟青紫掛身遲

春日題贈友人洛下居

初卷松齋春半還洛聲嵩翠入門闌人
心似在烟霞外馬足慗為塵土間醉倚
杯樽忌客路吟憐樹石顏家山蟬鳴此
境君須別年少青雲得桂攀

望江亭

倚雲軒檻夏疑秋下瞰西江一帶流鳥蹋晴沙殘炤在風迴極浦片帆收驚濤浩浩遙天際遠樹離離古岸頭從此登攀心便足何須箇箇向瀛洲

○長安書懷　秦韜玉

凉風吹雨滴寒更鄉思欺人悶不平長有歸心懸馬首堪憐無寐枕蛩聲嵐收

楚峀和空碧秋染湘江到底清早晚身
閑著簑去橘花深處釣舡橫

春雪

雲重寒空思寂寥玉塵如糝滿春朝片
纔著地輕輕陷力不禁風旋旋消惹砌
任他香粉妬縈叢自學小梅嬌誰家醉
卷珠簾看綺管堂深暖易調

題竹

削玉森森幽思清阮家高興尚分明卷
簾陰薄漏山色欹枕韻寒宜雨聲斜對
酒缸偏覺好靜籠碁局最多情却驚九
陌輪蹄外獨有溪烟數十莖

鷓鴣

每聞別鴈竟悲鳴却歎金籠寄此生早
是翠襟爭愛惜可堪丹觜强分明雲漫
隴樹魂應斷歌接秦樓夢不成幸自禰

衡人未識賤他作賦被時輕

對花

長與韶光暗有期可憐蜂蝶却先知誰
家促席臨低樹何處橫釵戴小枝麗日
多情疑曲炤和風得路合偏吹向人雖
道渾無語幾勸王孫對醉時

題李郎中山亭

儂家雲水本相知每到高齋強展眉瘦

竹嚲烟遮板閣卷荷擎雨出盆池幾吟
山色同欹枕閑背庭陰對覆碁不見主
人多野興肯開青眼重漁師

釣翁

一竿青竹老江隈荷葉衣裳可幅裁潭
濶静懸絲影直風高斜颭浪紋開朝攜
輕棹穿雲去暮背寒塘載月迴世上無
窮嶮巇事筭應難入釣舡来

隋堤柳

種柳開河為勝遊亭前是使路人愁陰
埋野色萬條思翠束寒聲千里秋西日
至今悲兔苑東波終不返龍舟遠山應
見繁華事不語青青對水流

送友人羅舉授南陵令

共言誰是酌離杯況值絃歌枉大才獻
賦未能龍化去除書猶喜鳳銜來花明

驛路燕脂駿山入江亭罨畫開莫把新
詩題別處謝家臨水有池臺

春遊

還勝逢君叙解携恩和芳草遠烟迷小
梅香裏黄鸎囀垂柳陰中白馬嘶春引
美人歌調熟風牽公子酒旗佔早知未
有閑身事悔不前年徃越溪

○寄徐濟進士　羅隱

往年踈懶共江湖月滿花香記憶無霜
厭菱蓮秋後折雨催蠻酒夜深酤紅摩
偶別遠前事丹桂相輕愧後圖出得函
閑抽得手從來不及阮元瑜

寄韋贍

石城蓑笠阻心期落盡槐花有所思羸
馬二年逢轉後故人何處月明時風催
曉燕着着別雨脅秋蠅漸漸癡禪智欄

干橋市酒縦饒相見只相悲

甘露寺看雪寄獻周相公

篩寒灑白亂溟濛禱請功兼造化功先
薄乍迷京口月影寒交轉海門風細粘
謝客衣襟上輕隨梁王酒盞中一種為
祥君看取半穰災沴半年豊

臨川投程端公

試將生計吊蓬根心委寒灰首戴盆趙

弱未知三島路舌頽廛棹五侯門嘯烟
祝斷沉高木擣月砧清觸旅魂家在碧
江歸未得十年漁艇長苔痕

東歸途中

松橘着黄覆釣磯早年生計近年違老
知風月終堪恨貧覺家山不易歸別岸
客帆和鴈落晩程霜葉向人飛買臣嚴
助精靈在應笑無成一布衣

梔花

暖觸衣襟漠漠香閒梅遮柳不勝芳數
枝艶拂文君酒半里紅欹宋玉墻盡日
無人疑怨望有時經雨作凄涼舊山山
下還如此迴首東風一斷腸

寄主客高員外

憶見蒲津從相公藹然清譽滿關東庾
樓宴罷三更月弘閣譚時一座風別後

光陰添旅鬢到来鴛鷺上晴空不堪門
下重迴首依舊飄飄六尺蓬

金陵夜泊

冷烟輕籠傍衰叢此夕秦淮駐短蓬捿
鴈遠驚酤酒火亂鴉高避落帆風地銷
三氣波聲急山帶秋陰樹影空六代精
靈人不見思量應在月明中

送習宗師

禹祠分手戴灣逢援筆尋知遠九重壓
主賜衣憐絕藝侍臣摛藻許高蹤寧親
久別街西寺待制初離海上峯一種當
心師得了不須迴首笑龍鍾

送卞明府赴紫溪任

金徽玉軫肯踟躕偶滯良途半月餘樓
上酒蘭梅折後馬前山好雪晴初稟公
社莊憐鄉樹潘令花繁賀板輿縣譜莫

辭留舊本異時尋度者何如

○送道士　　　　　　賈島

短褐新披清淨資靈溪深處觀門開却
從城裏携琴去許到山中寄藥來臨水
古壇秋醮後宿松寒鳥暮飛迴未遊彼
地空勞思師去如雲不可陪

寄韓潮州

此心曾與木蘭舟直到天南潮水頭隔

嶺篇章來華岳出關書信過灘流峯懸
驛路殘雲斷海浸城根老樹秋半夜瘴
烟風卷盡月明初上近西樓

崔君夏林潭

新潭見底石和沙已有浮萍雜晚霞盤
貯井氷鱓吽噪手拏葵扇帽欹斜洞深
一徑堪行藥臺迴千峯盡在家異齊音
芳無不種山中花少此中花

送周元範歸越

原下相逢便別離蟬鳴關路使迴時過
淮漸有懸帆興到越應將墮葉期城裏
秋風生菊早驛西寒渡落潮遲已曾幾
度隨旌節一謁司空大禹祠

早秋宵天竺靈隱二寺

峯前峯後寺新秋絶頂高窓凡沃洲人
在定中鳴蟋蟀鶴曾棲處掛獼猴山鐘

夜度空江水蘿月寒生古石樓長憶伴
帆殊未遂謝公此地昔年遊

贈岳人

還似微寺命未通相逢雲水意無窮清
時年老爲幽客寒月更深聽遍鴻東越
山多連古壘南朝城古杭長空蒼洲欲
隱誰招我羨尓家林即是中

贈元郎中

心在瀟湘無別期卷中多是得名詩高
臺聊望新秋色片水堪留白鷺宿
有時逢夜雨朝迴盡日伴禪師舊文去
歲曾將獻蒙賞來人說始知
送崔秀才歸覲
歸寧髮鬅鬙三千里月向舡窓見幾宵野
鼠獨偷高樹菓前山漸出短禾苗境深
掤鑠淮破疾葦動風生雨氣遙壐入石

頭城裏寺南朝衣老未乾燋

愚性疎散常以奕碁釣魚為事

野路危層鳥道侵斷雲高不曉沉沉臺

空碧草歌聲絕月落青山恨思深武帝

琴華在何處瀼川流水至如今秋風蕭

瑟蕭蕭雨寂寞漁人千載心

臨晉縣西寺偶懷

獨立西軒遠思生片帆烟未指鄉程川

長不變蕭蔭岸地古長留晉魏城高樹
幾家殘照在重關欲雪少人行無日一
問興亡事唯有青山與月明

○讀漢史　　　　李山甫

四百年來文復尋漢家興替好沾襟每
逢奸詐須傷手宜過英雄始醒心王莽
亂來曾半破曹公將去便平沉當時虛
受君恩者謾向青編作鬼林

隋堤柳

曾傍龍舟拂翠華至今凝恨倚天涯但終春色還秋色不覺楊家是李家背日古陰從北朽逐波踈影向東斜年年只有晴空便遙為雷塘導落花

送李秀才罷業從軍

弱柳貞松一地栽不因霜霰自成媒書生只是平時物男子爭無亂世才鐵馬

已隨紅旆去銅魚曾著畫轓來到頭功業須如此莫為初心首重迴

送蘇州裴員外

正作南宮第一人蹔駐霓旆憶離羣曉隨闕下辭天子春向江邊待使君五馬尚迷青瑣路雙魚猶惹翠蘭芬明朝天路尋歸處禁樹參差隔紫雲

曲江

南山祇對紫雲樓樓影江陰瑞氣浮一
壇是春偏富貴大都爲水亦風流爭攀
柳帶雙雙手鬪摘花枝萬萬頭獨向江
頭寂怊悵滿衣塵土避君侯

蜀中有懷

千里烟霞錦水頭五丁開得巳風流春
粧寶殿重重榭日炤仙洲萬萬樓蛙似
公孫雖不守龍如葛亮亦須休此中無

限英雄思應對江山各自羞

風

喜怒寒温亘不匀始終形狀見無囙能
將塵土平欺客解把波瀾枉陷人飄葉
遮香隨月在總花開柳逐年新早知造
化由君力試為吹噓借與春

月

狡兔頑蟾沒又生度雲徑漢淡還明夜

長錐耐對君坐年步不堪隨汝行玉珥
影移烏鵲動金波寒注鬼神驚人間半
被屋抛擲唯向孫吟合有情

侯家

曾是皇家幾世侯入雲高第對神州柳
遮門户横金鑠花擁笙歌咽畫樓錦袖
妬姬争巧笑玉銜嬌馬索狂遊麻衣泣
獻平生業醉倚春風不點頭

菊

籬下霜前偶獨存皆教遲晚避蘭蓀能
銷造化幾多力未受陽和一點恩生處
豈容依玉砌要時還許上金樽陶公死
後無知已露滴要叢見淚痕

○劍池　　　　　　　　　　李羣玉

雷煥豐城掘劍池年深事遠跡依俙涯
沙蘚掩衝天氣風雨終迎躍匣飛夜電

倘搖波底影秋蓮空吐鍔邉輝一徑星
折中台後化作雙龍去不歸

黄陵廟

小哀洲北浦雲邉二女啼粧共儼然野
廟向江春寂寂古碑無字草芊芊東風
日暮吹芳芷落月山深哭杜鵑猶似含
嚬望巡狩九疑愁絶隔湘川

秣陵懷古

野花黄葉舊呉宫六代豪華燭散風龍虎勢衰佳氣歇鳳凰名在故臺空市朝遷變秋蕪緑墳壠高低落照紅霸業鼎圖人去盡獨來惆悵水雲中

金塘路中作

山川楚越復呉秦蓬梗何年住一身黄葉黄花古城路秋風秋雨別家人氷霜夜度商於冷桂玉愁居帝里貧十口繫

心拋不得毎廻廻首即長嚬

湘陰江亭寄友人

湘岸初晴淑景遲風光正是客愁時幽
花夜落騷人氷芳草春深帝子祠往事
隔年如過夢舊遊廻首謾追思烟波自
此扁舟去小酒聯文會未期

奉和張舍人送秦練師岑公山

仙翁歸卧翠微岑一葉西飛月峽深松

澗定知芳草合玉書應念素塵侵閑雲
未繫東西影野鶴寧傷去住心蘭浦蒼
蒼春欲暮落花流水思難禁

送陶少府赴選

陶公官興不蕭疎長傍青山碧水居久
向三茅窮藝術仍傳五柳舊琴書迹閒
飛鳥栖高樹心似閑雲在大虛自是葛
洪來藥品不關梅福戀簪裾

寄張祜

越水吳山任興行五湖雲月掛高情不
游鄴邑稱平子秪向江東作步兵昔歲
芳聲到童稚老來佳句遍公卿知君氣
力波瀾地留取陰何沈范名

盧逸人隱居

碁局茅亭幽澗濱竹寒江靜遠無人村
樽尚歛風前笑沙草初偷雪後春鷗鷺

諭中鎖日月滄浪歌裏放心神平生自
有烟霞志久欲拋身狎隱倫

道齋

仙家夜醮武陵溪環珮珊珊隊仗齊銀
燭繞壇香炧落玉童傳法語聲低要知
消息來青鳥別換衣裳變紫霓覷向人
間如夢見再來唯恐被花迷

十抄詩卷之下終

夾注名賢十抄詩

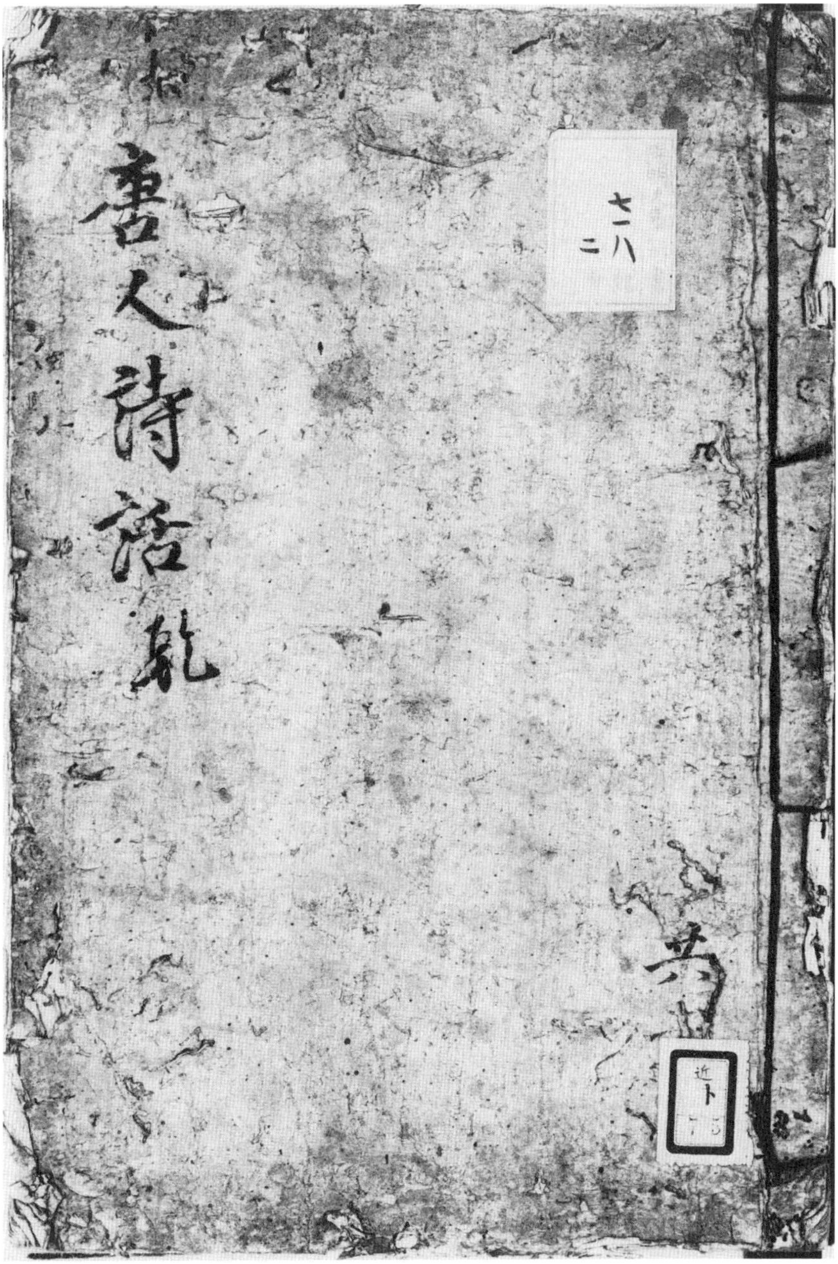
唐人詩話　乾

覽鑑當年恐膳
半埋沒不无疑
抵令英表明
号云不當年見鑑者

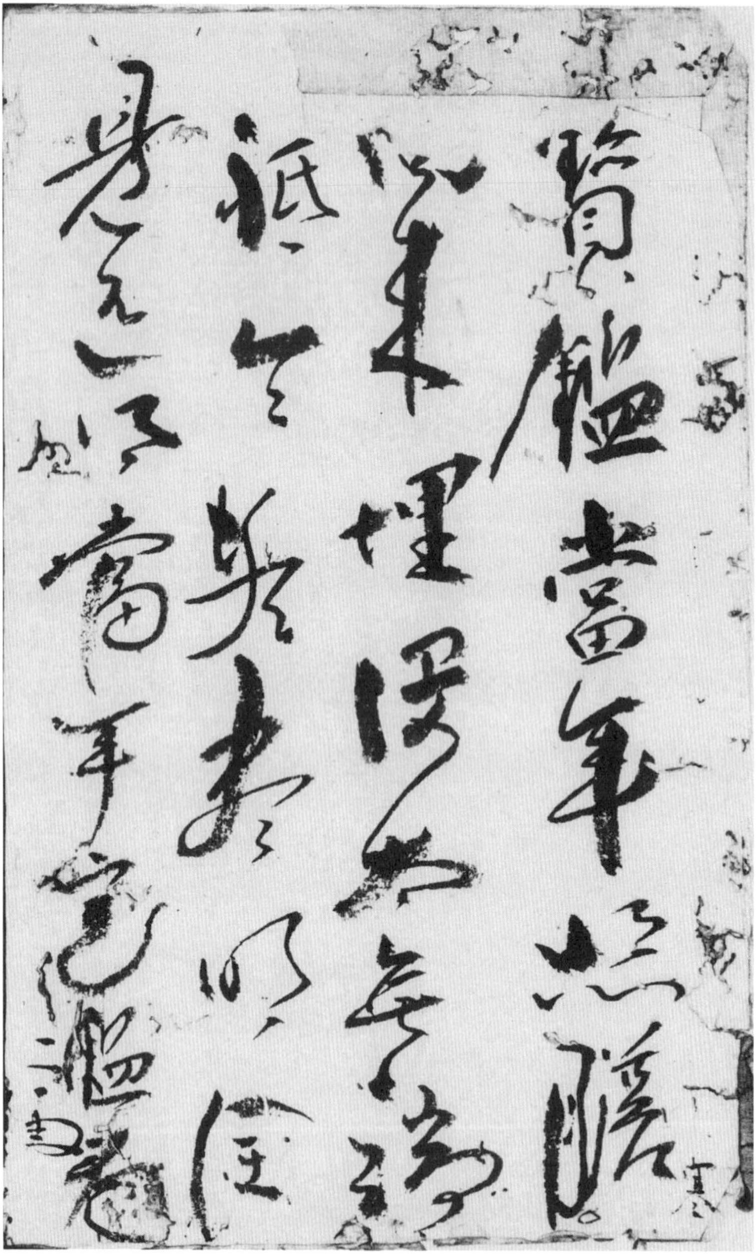

夾注名賢十抄詩序

貧道暫寓京都靈妙寺祝

聖餘閑偶見

本朝名輩鉅儒撰唐室群賢全集各選名詩十首

凡三百篇命題為十抄詩傳於海東其來尚矣

體格典雅有益於後進學者不揆短聞淺見遂

句夾注分為三卷其所未考者以俟稽博君子

見其遺闕補注雖蕭時作噩玄月既望丹巖山

入神印宗老僧子山略序

夾注名賢十抄詩目録

夾注名賢十抄詩目録終

夾注名賢十抄詩卷上

劉員外 新唐書劉禹錫字夢得貞元元年擢進士第工文章時王叔文得幸太子禹錫以名重一時与之交叔文每稱有宰相器太子即位朝廷大議秘策多出叔文引禹錫与議禁中所言必從擢屯田員外郎憲宗即位叔文等敗禹錫貶連州刺史未至斥朗州司馬召還作玄都觀看花君子詩語忿當路者不喜出為播州刺史乃易連州刺史又徙夔州刺史云[illegible]和州刺史入為主客郎中復作遊玄都詩且言始謫十年還京師道士種桃其盛若霞又十四年過之無復一存唯兔葵燕麥動搖春風耳以詆權近聞者益薄其行俄分司東都宰相裴度兼集賢殿大學士雅知禹錫薦為礼部郎中集賢直學士會昌時加檢校礼部尚書卒年七十二贈戶部尚書

春日書懷寄東洛白二十二楊八二庶子

曾向空門學坐禪 智度論涅槃有三門一空門二無相門三無作門何者空門謂觀諸

法無我無所是名空門向幽曇說河云禪答謂以諦詁正觀名禪如今萬事盡忘筌
莊子筌者所以在魚得魚而忘筌眼前名利同春夢戰國策爭名於朝爭利於市
醉裏風情敵少年九山移文風情張日霜氣橫秋野草芳菲紅錦地
遊絲撩乱碧羅天花約詩遊絲映空轉史注遊絲蛛絲之游颺心知洛下
閑才子潘岳西征賦賈生洛陽之才子世說謝安作洛下書生詠不入詩魔即酒
顛神仙本紀溫嶠少善五言詩七月九日遊洛山有一鬼謂溫曰願聞君詩句溫曰山擎落日雲歇
露清天鬼屈膝而泣曰吾是詩魔也不得冠乎君子逮化老狸而去白樂天詩唯有詩魔降未得海邊風
月一閑吟詩史尚詩詩魔藥補憶酒顛狂

白舍人寄新詩有歎阜白無兒因以贈之

莫嗟華髮與無兒後漢邊讓草華賦華髮舊德遂鳴亡晉書鄧攸字伯道卒無嗣人

義而哀之為之語曰天道無知使伯道無兒
却是人間久遠期雲棗高山
頭白早海中仙菓子生遲水經東海中有山名度索上有大桃樹屈盤三千里
曰端桃漢武故事東海献短人呼東方朔至因指朔謂上曰西王母種桃二千歲一為子此兒不良也
已三過偷之矣後西王母下出桃七枚母自噉二以五枚与帝帝留核著前母問用此何上曰此桃欲種
之母笑曰此桃二千年一著子非下土所植也舊唐書刘禹錫傳白樂天愛得文之神妙与神則吾豈敢
如愛得雲棗高山頭白早海中仙菓子生遲沉舟側畔千帆過病樹前頭萬木春之類真謂神妙矣在在
處處應有靈物護持
于公必有高門慶漢書于定国字曼倩東海人父于公其閭門壊
父老方共理之于公曰必高大其閭門令容駟馬高蓋我理獄多陰德未嘗有所冤子孫必有興者至定
国為丞相国子為御史大夫生立于公祠
謝守何煩曉鏡悲南史謝霊運為永嘉大守
永嘉郡射堂詩云挽鏡華緇鬢又謝朓為宣城大守
幸免如新分非淺史記鄒陽傳諺

日白頭如新傾蓋如故何則知与不知也視君長詠夢熊詩詩吉夢維何維熊維羆維熊維羆男子之祥

上淮南令狐楚相公九域志揚州注廣陵郡淮南節度使

新詩轉詠忽紛紛琴賦臨清流賦新詩楚老吳娃遍耳聞刘淵林吳都賦注吳俗謂好女爲娃盡道呼爲好才子不知官是大將軍詞

入命薄多無位白樂天与元稹書曰古人云名者公器不可以多取僕是何者竊時之名又欲竊時之富貴使已爲造物者責兼与之乎況詩人命蹇如陳子昂杜甫各授一拾遺而屯剝至死

戰將功高少有文漢書周勃傳勃爲人不強敦厚高帝以爲可屬大事勃不好文學每招諸生說事東向坐責之趣爲我語其惟少文如此謝朓篇章韓信鉞南史謝朓字玄暉有美名文章清麗遷吏部郎善草隸長五言詩沈約常云二百年來無此詩也漢書漢王擇日齋戒設

壇拜韓信爲大將春秋元命苞賜虎賁得專征賜鈇鉞得誅也一生雙美不如君

酬白樂天

巴山楚水淒涼地二十三年弃置身見上刘貟外下注懷旧空吟聞笛賦晋書向秀字子期清悟有遠識嵇康善鍜秀爲佐之相對欣然後康被誅秀乃作思舊賦序云鄰人有吹笛者發声寥亮追想曩昔遊宴之好其辞云云到郷翻似爛柯人述異記信安山有石室王質入其室見童子對棊看局未終視其所執伐薪斧柯已朽爛遂故郎郷里已非沉舟側畔千帆過病樹前頭萬木春今日聽君歌一曲李白將進酒与君歌一曲請君爲我听暫憑盃酒暢精神

王少尹宅讌張常侍二十六兄白舍人大監兼呈盧郎中李貟外二副使本注時充币冊爲司徒使

將星夜落使星来史記天官書郎位傍一大星將位也晉陽秋有星赤而芒角自東北
西南流投于亮營三投再還往大还小俄而亮卒新唐書烏重胤字保君權河陽節度使帝討淮蔡詔重
胤以兵壓賊境長慶末以検校司徒門下平章事文宗初真拜司徒以重胤耆將兼節度滄景未幾卒年
六十七贈大尉後漢書和帝分遣使者一人各至州郡觀採風謠二人當到益部投舘吏李郃舎郃日二
君裝京師時知朝廷遣二使使問何以知之郃日前有二星向益州分野三省清臣到外
臺新唐書唐因隋制以三省之長中書令待中尚書令共議国政唐書職官志漢武元光五年分天下
置十三州分統諸郡毎州遣使者一人督察官吏清濁謂之十三州刺史後漢遂以名臣為刺史專州郡
之政仍置別駕治中諸曹掾屬號日外臺晉書陳群日刺史銜命国之外臺事重各銜天
子詔蔡邕獨斷制詔者王之言必為法制也詔猶誥也禮成同把故人杯左傳
酒以礼不継以淫義也謝朓詩山川不可爰乃故人盃捲簾松竹雪初霽滿

院池鶯春欲迴第一林亭迎好客殷勤莫惜玉山頹
晉書嵇康字叔夜山公曰叔夜之爲人岩岩若孤松之獨立其醉也若玉山之將頹
和令狐相公題竹
新竹脩々韻曉風李白詩何處聞秋声脩々北窗竹隔窗依砌尚蒙
籠蜀都賦蘢蓯蒙籠注蒙籠草樹茂盛數間素壁初開後一段清光入
座中歆枕閑看知自適莊子注自適其志含毫朗詠與誰同
文賦或含毫而邈然天台賦朗詠長川李善注朗猶清徹也五臣注朗高也此君若欲長
相見晉書王徽之字子猷嘗寄空宅中便令種竹問其声嘯詠指竹曰不可一日無此君政事
堂東有旧叢職林旧制宰相嘗於門下省議事謂之政事堂開元十年張説改政事堂爲中
書門下唐蔣渙和徐侍郎中書叢篠詠中禁久沉々函篁别作林色連雞樹近影落鳳池深爲重凌霜節

能虛應物心年年承雨露長對紫庭陰

闕下待傳點呈諸同舍 新唐書臣元衡停詔寅漏上二刻乃傳點從官志漏刻傳上常知漏刻凡孔壺為漏浮箭為刻以考中星昏明更以擊鼓為節點以擊鐘為節

史記直不疑南陽人為郎事文帝同舍郎告歸誤持同舍郎金

禁漏晨鐘聲欲絕旌旗組綬影相交 釋名旌精也言有精光也旗期也言与衆期於下也枝別等皇帝与炎帝戰以鵰鶡鷹鸇為旗幟蓋旌旗之始也王制曰大夫佩水蒼玉而純組綬

殿含佳氣當龍首 後漢光武紀註望氣者蘇伯阿為王莽使逕望舂陵郭曰氣佳哉鬱鬱葱葱然西京雜記漢高帝七年蕭相国營未央宮因龍首山製前殿張平子西京賦疏龍首以抗殿注竜首山名

閣倚青天見鳳巢 帝王世記皇帝時鳳皇巢阿閣

山色葱蘢丹檻外 江賦溜薈葱蘢注葱蘢青盛皃

霞光泚灔翠松梢 江淹擬惠休詩

露彩方混豔月華始徘徊多慙再入金閨籍謝玄暉詩既通金閨籍復酬承明注金閨金門也雀豹古今注籍者二寸竹牒記人名字物色懸之於門按省相應乃得入不敢為文

學解嘲楊子雲解嘲序雄方草創大玄有以自守泊如也人有嘲雄以玄尚白雄解之號曰解嘲

題集賢閣唐六典集賢殿書院注開元十三年所置今上即位大收群書以廣儒術諸開元五年於乾元殿東廊下寫四部書以充內庫十三年召学士張説等宴於集仙殿於是改名集賢殿修書所為集賢殿書院

鳳池西畔圖書府晉書荀勗傳以勗守尚書令久在中書專管機事及失之甚惘惘悵悵或有賀之者勗曰奪我鳳凰池諸君賀我耶易河出圖洛出書西京雜記秘閣圖書皆表以牙籤覆以錦帛

玉樹玲瓏景氣閑甘泉宮賦翠玉樹之青葱李善云漢武故事上起神屋庭前植玉樹珊瑚為枝碧玉為葉

長聽餘風送天樂山海經夏后開上嬪于天注上美人於天

帝得天下也時登高閣望人寰舞鸞疑去帝鄉之峯寰故人寰之宣卑青

山雲繞欄干外西都賦重軒三階注重軒謂欄干紫殿香來步武間

漢書成紀紀神光降集紫殿與李重書步武之閒周禮注六尺爲步半步爲武曾是先賢翔

集地翰苑後集而今每看壁記一慚顔見上刻貞外下注

和令狐相公初歸京國賦詩言懷

凌雲羽翮掞天才班固擬連珠臣聞鸞鳳養大翮以凌雲相鸞經鸞二年落子毛易黑

鼎三年羣伏復王年羽翮具復七年飛薄雲漢蜀都賦摛藻掞天庭注掞猶益也傷艷切揚歷中

樞與外臺魏王基奉管寧曰優賢揚歷注揚其所能而歷試後漢李固傳陛下之有尚書猶天

之有北斗也斗爲天喉舌尚書亦爲陛下喉舌斟酌元氣運平四時晉書天文志北斗魁第一星曰天樞

又云一至四爲魁五至七爲杓外臺見上三省清臣到外臺注相印昔辭東閣去史記

蘇秦相六国佩六国相印漢書云公孫弘為丞相起客館開東閤以招賢士將星還拱北
辰來將星見上注語比如北辰居其所而衆星謂之春秋合誠圖北辰其星七在紫微中屢殿庭
捧日飄纓入魏志程立夢登泰山捧日立以白太祖太祖遂加日於立上因改名昱鮑
明遠詩仕子飄華纓閣道看山曳履迴史記秦始皇作阿房宮周馳為閣道漢書鄭崇
為尚書僕射數求見諫諍上初納用之每見曳革履上笑曰識鄭尚書履声口不言功心
自適吟詩釀酒待花開

送令狐相公赴東都留守本注自戸部尚書拜

尚書劔履出明光漢書上賜蕭何帶劔履上殿三輔故事桂宮內有明光殿居守
旌旗赴洛陽續事始後漢世祖每征討常令李通居守後漢文帝南伐以大尉亢至留守京
師乃有留守之名十道志洛州有洛陽一名戍周二下都三東州四周南五洛陽冊上功名

兼將相前漢書蕭望之傳贊蕭望之歷位將相有輔佐之能近古社稷臣也入閣聲價
是文章風俗通張伯坐養声價衙門曉闢分天仗唐書天子之門曰衙韓公
年譜洛陽在唐為東都故留守之官居禁省中歲時出旌旗叙留司文武百官於宮城門外西廂之韓公
詩權拜識天仗宿幕初開辟省郎晉書謝安與王坦之語桓温令郗超坐帳中風動帳
開安笑曰郗生可謂入幕之賓李善文選注辟召也從發坡頭向東望春風處
處有甘棠詩蔽芾甘棠勿剪勿伐召伯所茇
白舍人詩新唐書白居易字樂天貶江州司馬徙忠州刺史轉中書舍人外遷杭州刺史以太
子左分司東都復拜蘇州刺史以刑部尚書致仕卒年七十五贈尚書左僕射宣宗以詩弔之
西省對花憶忠州東坡雜樹因寄題東樓河法盛晉
中興書范甯為中書侍郎尊掌西省

每着闕下丹青樹不忘天邊錦繡林詩史楓林橘樹丹青合注西京雜記中南山有樹直上百丈無枝上結叢條如車蓋葉一青一赤望之斑駮如錦繡長安謂之丹青樹

西掖垣中今日眼應劭漢官儀左右曹受尚書事前世文士以中書在右因謂中書為右曹又稱西掖劉公幹詩誰謂相去遠隔此西掖垣南賓樓上去年心通典南賓郡今忠州

花含春意無分別物感人情有淺深最憶東坡紅爛熳野桃山杏水林檎蜀都賦其園則有林檎廣志林檎似赤柰

錢塘春日即事後從朱雋封錢塘侯注錢塘今杭州縣也錢塘記云昔郡議曹華信議立此塘以防海水始開募有能致土石一斛与錢一千旬日之間来者雲集塘未成而譎不復取皆弃土石而去塘以之成沈約鍾山詩即事既多美李善注即事即此山中之事列子曰周之尹氏有老役夫晝則吟呻即事夜則昏憊熟

望海樓明映晩霞本集注錢塘有望海樓護江堤白蹋晴沙本集錢塘湖春行詩最愛湖東行不足緑楊陰裏白沙堤濤聲夜入伍員廟博物志吳祖伍子胥爲吳王夫差所殺浮之於江其神爲濤覧吳地記夫差立子胥以忠諫見立遂賜死浮尸於江夫差悔与群臣於江設祭置壇国人因爲立廟史記伍子胥楚人名員柳色春藏蘇小家本集注蘇小本錢塘妓人也紅袖織綾誇柿蔕本注杭州出柿花者尤佳白氏六帖竹根柹蔕馬眼蛇皮已上四種今詩綾名青旗沽酒趁梨花酒譜韓非子云宋人沽酒懸幟甚高酒市有旗始見於此或謂之帘本集注其俗釀酒盃梨花時号梨花酒誰開湖寺西南路草緑裙腰一道斜本集注孤山寺在湖中草緑望如裙腰鸚鵡山海經黄山有鳥其状如鴞青羽赤喙人舌能言鸚鵡鳥也注舌似小兒舌脚指前後各兩也

隴西鸚鵡到江東禰衡賦惟西域之靈鳥李善云西域謂域外出則鳥也漢武帝記能言鳥師古曰鸚鵡也今隴西及南海並有之養得經年觜漸紅常恐思歸先剪翅禰衡賦閉以雕籠剪其翅羽每因餧食暫開籠琴操王昭君歌有鳥處山集于苞桑雖得餧食心有徊徨前漢書如以肉餧虎何益師古曰餧飲也音於委切人憐巧語情雖重鳥憶高飛意不同應似貴門歌舞妓深藏牢閉後房中漢書田蚡後房婦女以百數

虞湏之以紫霞綺遠贈以詩荅之

千里故人心鄭重廣韻鄭重殷勤也一端香綺紫氛氳初學記晉舊制人間所織絹布等皆幅廣二尺二寸長四十尺為端開緘日映曉霞色滿幅風生秋水紋為褥欲裁憐葉破製裳將剪惜花分

不如逢作合歡被寫綵相思似對君。選古詩客從遠方來遺我一端綺相去萬餘里故人心尚爾文彩雙鴛鴦裁爲合歡被著以長相思緣以結不解以膠投漆中誰能別離此

漁父

雪鬢漁翁駐浦間自言居水勝居山青菰葉上涼風起紅蓼花邊白鷺閑盡日泛舟烟裏去有時搖棹月中還濯纓歌罷汀洲靜楚辭漁父篇滄浪之水清兮可以濯我纓竹徑柴門猶未關

水精念珠

磨琢春冰一樣成詩如琢如磨更將紅縷貫珠纓似搖秋露連〻滴不濕禪衣點〻清歌枕下看簷外雨隔羅

如掛霧中星欲知春福明王處長念觀音求月名

餘杭形勝　通典杭州或爲餘杭郡十道志夏禹至此捨杭登陸因名

餘杭形勝四方無州傍對一作青山縣枕湖十道志杭州注開皇九年平陳割錢塘監官餘杭等四縣爲州遶郭荷花三十里拂城松樹幾

千株題詩舊壁傳名謝教舞新樓道姓蘇本集一作更覓亭古

詩名謝教坊樓新道姓蘇注云州西靈隱山上有謝亭即是杜明浦覓謝靈運之所因名客兒也鍾嶸詩評錢塘杜明師夢東南有神人當來入語是父即謝靈運生於會稽旬日而謝玄亡其宋以子孫難得送靈運宮可杜理器養之元嘉十年年十五方還京師故名客兒蘇必見上往古樂府刘生詩坐驚稱字孟

豪雄姓刘道獨有使君年最老風光不染一作稱白髭鬚前漢王莽傳莽欲外視自匿迺染其鬚髮

江樓晚眺吟翫成篇寄水部張貢外（唐書張籍歷水部貢外郎）

淡煙踈雨間斜陽江色鮮明海氣涼蜃散雲收破樓閣（前漢書海邊蜃氣象樓臺）虹殘水照斷橋梁（周處風土記陽羨縣前有大橋南北七十二丈橋高起有似虹形）風翻白浪花千片鴈點青天字一行好著丹青圖畫取題詩寄與水曹郎

眼昏

早年勤倦看書苦晩歳悲傷出淚多眼損不知都自取病成方悟欲如何夜昏乍似燈將滅朝暗長疑鏡未磨千藥萬方治不得（類苦治證之切理也）唯應閉目學頭陀

釋氏要覽梵語杜多漢言抖擻謂三毒如塵能坌汚真心此人振掉除去故今訛稱頭陀

江樓夕望招客

海山東望夕茫々山勢川形闊復長燈火萬家城四畔星河一道水中央風吹古木晴天雨月照平沙夏夜霜能向江樓銷暑否比君茅舍校清涼

温博士詩　新唐書温廷筠字飛卿少敏悟工爲辭章与商隱皆有名号温李多作側辭艶曲數舉進士不中第

過新豐　通典雍州今理長安秦孝公作爲咸陽而都之謂之秦川亦曰関中漢書注文穎曰咸陽今渭城是也三輔旧事曰大上皇不樂関中思慕郷里高祖徙豐沛屠兒沽酒煑餠商人立爲新豐西京雜記高祖既作新豐并徙旧社放犬羊鷄鴨於通塗亦能識其

家

一劍乘時帝業成 班固漢書贊漢無尺土之階轉一劍之任五載而成帝業 沛中

鄉里到咸京 見題豪家下注 區已作皇居貴 馬融薦禰衡表帝室皇居必蓄

非常之寶 風月猶含白社情 西京賦豈伊不懷故子枌榆李善注枌榆豐社高祖所起

也惟不思故處枌榆社之域都於洛邑也漢書高祖禱豐枌榆社張晏曰枌白榆也社在豐東北一十五

里 泗水舊亭春草遍 漢書本紀高祖為泗水亭長 千門遺老古苔

生 靈光殿賦千門相似萬戶如一注千門萬戶言多也皇居白社泗水千門皆假對也 至今留

得離家恨雞犬相望落照明 莊子都邑相望雞犬之音相聞

題攸真林亭感舊遊

皎鏡方塘菡萏秋 沈休文詩洞澈隨深淺皎鏡無冬春注清明如鏡劉公幹詩方塘含

白水中有鳧與鴈爾雅荷其花菡萏此来不重見採蓮舟古楽府解題江南曲江南可採
蓮蓮葉何田田誰能不逐當年樂列子歡盡一生之窮當年之樂還恐添
爲異日愁紅艶影多風嫋〻屈原九歌嫋〻兮秋風注嫋〻秋風搖木皃
碧空雲断水悠〻簷前依舊青山色盡日無人獨上
樓

題裴晋公林池

唐書裴度字中立元和十三年詔加弘文舘大學士晋国公度
薨年七十六帝聞震悼冊贈大傳戢林緑野堂注裴度自李訓等誅後中官用事衣冠道裴度
引年懸車及王綱版蕩不復以出處爲意東都立第於集賢里築山穿池竹木叢華有風亭水
榭梯橋架閣島嶼迴環極都城之勝槩又於午橋創別墅花木萬株中起涼臺暑館名曰緑野
堂引甘水貫其中度視事之隙与詩人白居易刘禹錫甘宴終日高詠放言以詩酒琴書自樂

當時名士多從之遊每有一士人自都還京文宗必先問之曰卿見裴度否

謝傳林塘暑氣微晉書謝安字安石雖放情丘壑然每遊賞必以妓女從既累辟不就簡文帝時爲相曰安石既與人同樂必不得與人同憂召之必至時年已四十餘矣大將軍桓溫請爲司馬將發新亭朝士咸送中丞高崧戲之曰卿屢違朝旨高臥東山諸人相與言安石不出將如蒼生何蒼生今亦將如卿何以總統功進封大保薨贈大傳山丘零落閟音徽晉書謝安傳羊曇爲安所重安薨後輟樂彌年行不由西州路嘗因石頭大醉扶路唱樂不覺至州門左右白曰此西州門曇悲感不已以馬策叩扉誦曹子建詩生存華屋處零落歸山丘因慟哭而去注零落亡没也詩大雅閟徽音陸士衡詩思君徽与音注徽美也美德与音信褚淵碑文音徽与春雲等潤東山終爲蒼生起注見上南浦虛言白首歸楚辭送美人兮南浦選金谷集潘岳寄石崇詩投寄石友白首同所歸中卷馬戴河曲詩南浦暗通金澗水石崇金谷詩序有別廬在河南縣界金

浴澗池潤已滑春水浴池見上注鳳渚禽猶帶夕陽飛悠然自到忘情地一日何妨有萬機書兢々業々一日二日萬機東京賦。百揆萬機注機微之事有萬機注

寄先生子修

往年江海別元卿三輔史蔣詡字元卿舍中竹下開三徑唯与羊仲求仲遊家近山陽古郡城魏氏春秋嵇康寓居河內之山陽縣蓮浦香中離席散世說袁紹辟鄭玄及去餞之城東會三百餘人帷席辛辭自旦及暮玄飲三百餘盃溫克之容終日無怠柳堤風裏釣船橫星霜荏苒經言信詩史日星霜玄鳥變張茂先詩日歲月忽荏苒代注荏苒漸進也謝烟水微茫變姓名史記范蠡事越王句踐竟滅吳乃乘舟浮海出齊變姓名自號鴟夷子皮菰葉正肥魚正美世說張翰字季鷹爲齊王

問緣在洛見秋風起因思吳中菰菜蓴羹鱸魚膾遂命駕歸五侯門下負平生前漢書婁護字君卿為京兆吏甚得名譽是時王氏方盛賓客滿門五侯爭名其客各有所厚不得左右唯護盡入其門咸得其歡心与谷永俱為五侯上客長安號谷子雲筆扎婁君卿唇舌言其信用也及成帝悉封舅王譚王立王根王建王商為列侯五人同日封故世稱五侯語久要不忘平生之言

休澣日西掖謁所知鮑明遠詩休澣自公日注休息公務之日澣謂澣濯

神思西掖見上注

赤墀高閣自從容漢書梅福傳涉赤墀之塗秋具瑞高閣連雲書從容以和玉女窗扉報曙鐘靈光殿賦玉女窺窗而下視月麗九華青鎖闥西京雜記漢掖庭有九華殿漢宮仪黃門令日暮入對青鎖闥拜名文郎范雲与王中書詩攝官青瑣闥後漢梁冀傳窗牖皆有綺疏青鎖謂刻為鎖文而以青飾之雨餘雙闕翠微峯結客少平陽行

雙闕似雲浮蜀都賦黟藹蓋以翠微刻淵林云翠微山氣之輕縹也毫端蕙露滋仙草白氏六帖湛垂露於毫端帝王代記堯時有草每月朔生一莢至望生十五莢十六日後日落一莢至晦而盡以爲堯瑞名蓂莢亦名仙茆琴上薰風入禁松帝王世記舜彈五絃琴歌南風之薰兮可以解吾民之慍兮琴歷曰琴曲有風入松荀令鳳池春婉娩鳳池見上注手鏡婉於遠反美也娩音晩婉娩媚也好將餘潤化魚龍

投中書李舍人

人間鴛鷺杳難從梁書伏挺傳指此薛蘿出從鴛鷺戢林文如鴛鷺之行武如虎豹之行詩史鴛鷺吻雲閣注古詩翩跡鴛鷺行謂行從列也獨恨金扉直九重梁書朱异傳升紫霄之丹地排玉殿之金扉楚詞君之門九重萬像曉歸仁壽鏡陸機與雲書仁壽殿前有大方銅鏡高五尺餘廣三尺二寸暗著庭中向之便寫人形体百花春隔景陽

重南史齊武帝數遊幸諸苑囿載宮人從車置內深鍾隱不聞端門鼓漏声置鍾景陽樓上應五鼓及三鼓宮人聞鍾聲早起粧飾車駕數幸琅琊城宮人常從早發至湖北埭雞始鳴故呼雞鳴埭

紫微星動詔新出

晋書天文志紫宮垣十五星其西藩七東藩八在北斗北一曰紫微大帝之座也天子之常居也又見上北辰注陸士衡答長淵詩柱踐藩朝來步紫微注呂向曰入為尚書郎故云来步紫微紫微天子官也刘馮續事始魏置通事郎掌詔命晋置中書通事舍人北齊改為中書舍人隋親內史舍人唐初因之龍朔中改為鳳閣舍人開元中改為紫微舍人

紅蠟香殘詔未封

魏書世祖南伐刘義恭献蠟燭

每過朱門愛庭樹

郭景純詩朱門何足榮

一枝何日許相容

莊子鷦鷯巢於深林不過一枝

題友生池亭

月榭風亭繞曲池

爾雅注榭臺上起屋也桓子新論曲池既已平

粉垣迴互

水參差海賦迴互注迴互迴轉也萬里侵簾片白搖虧影盧仝月蝕詩光彩未蘇來落淡一斤白落鏡愁紅瀉倒時鸂鶒刷毛花蕩漾吳都賦李善注鸂鶒水鳥色黃赤有斑文在水中鷺鷥拳足雪襹褷選海賦鳧雛襹褷襹褷所宜切羽初生皃褷与襹同山公醉後如相憶晉書山簡字季倫出鎮襄陽唯酒是耽諸習氏荊土豪族有佳園池簡每嬉遊々之池上置酒輒醉名之曰高陽池云云羽扇清樽我自知語林諸葛武侯持白羽扇指揮三軍

河中陪節度使遊河亭通典漢州今理河東郡大唐初改為河中府

倚欄愁立獨徘徊欲賦慙非宋玉才史記楚有宋玉景差之徒皆好辭而以賦見之滿座山光搖劍戟繞城波色動樓臺鳥飛天外殘陽盡人到橋心倒影來添得五湖多少恨吳録五湖

者大湖之別名也以其周迴五百餘里故名五湖柳花飄蕩似寒梅

題清涼寺華嚴經清涼山即代州鴈門郡五臺山也於中見有清涼寺以歲積堅氷夏仍飛雪曾無炎夏故曰清涼五臺聳出頂無林木有如累土之臺故曰五臺文殊師利遊行歷住爲諸菩薩衆說法

黄花紅樹謝芳蹊樓殿參差倚巘西詩閣曉窓藏雪嶺見題下注畫堂秋水接藍溪松飄晚吹摐金鐸摐楚江切打鍾鼓也竹蔭寒苔上石梯妙迹奇名竟何徃見題下注下方煙暝草蕭々刘安招隱士春草生兮萋々

寄岳州李員外十道志江南道岳州注開皇九年改巴陵郡爲岳州

含顰不語坐支頤莊子西施病心而顰天近樓高謝守悲謝守

見上注湖上殘碁人散後岳陽微雨鳥來遲早梅猶得
迴歌扇注徐陵雜曲歌扇當窓似秋月詩史注以扇自障而歌故謂之歌扇春水還應
理釣絲詩史強擬天理釣絲晴獨有袁宏正憔悴晉書袁宏字彥伯有逸才
文章絶美以孤貧以運租自業楚辭顔色憔悴一樽惆悵落花時
張郎中詩唐書張籍字文昌第進士遷秘書郎韓愈薦為國子博士遷水部員外郎主客郎中
籍為詩長於樂府多警句仕終國子司業
贈孔尚書韓公孔公墓誌孔子三十八世孫字君嚴事唐為尚書左丞年七十三上
書去官天子以礼部尚書禄之終身
能將直道歷榮班事著元和實錄間元和憲宗年號魏志主甫劉明
帝曰司馬遷記事不虚美不隱悪刘向揚雄服其叙事有良史之才謂之實錄三表自陳辞

北闕三表見上注一家相逐入南山十道志雍州終南山買來侍女教人嫁賜得朝衣在篋閑宅近青門高靜處十道志雍州瓜園注東陵侯邵平秦破為布衣種瓜青門外阮籍詩昔聞東陵瓜近在青門外時歸林下暫開關

寄和州劉使君十道志淮南道有和州

離朝已久猶為郡閑向春風倒酒瓶送客時過沙口堰沈休文詩東出千金堰李善注廣雅曰堰壖潛堰也謂潛築土以壅水也堰一種及着花多上水心亭曉柔江氣連城白晴後山光滿郭青到此詩情應更遠醉中高詠有誰聽

題王秘書幽居

不曾浪出見公侯唯向花間水畔遊每著新衣看藥竈多收古器在書樓有官祇作山人老平地能開洞穴幽自須闗司無別事得來君處喜相留

送桂州嚴中丞 十道志嶺南道有桂州

東山強起就官榮 謝安東山也 上欲進良籌佐大平新史 西都 盖應書直事當時無不說清名玉階久近螭頭立 駐玉階彤庭新唐書百官志起居舍人分侍左右秉 螭隨宰相入殿若仗在紫宸內閣則夾香按分殿下直 第二螭首和墨濡筆 皆即坳處時號螭頭 桂嶺遙將豹尾行 十道志連州桂陽有桂嶺 注嶺有桂因名之古今注周公作豹尾車象周制大 丈夫有豹變之志古軍正建之今乘輿得建州悵 都門送君後 楚之辭惆悵兮私自憐 前漢書音義長安東郭城北頭第一門 負君春草

滿庭生

寒食內宴詩二首　荊楚歲時記去冬節一百五日即有疾風甚雨謂之寒食

朝光瑞氣滿宮樓　彩仗魚龍四面稠　鮑明遠蕪城賦魚龍爵馬之玩注魚龍爵馬皆假為之以為戲樂

廊下御廚分冷食　陸翽鄴中記并州俗冬至後一百五日為介子推斷火冷食三日作乾粥即今之糗也

殿前香騎逐飛毬　見初學記寒食打毬注

千官盡醉猶教坐　百戲皆呈未放休　一作未夜休隋書礼儀志始齊武平中有魚龍漫衍俳優侏儒山車巨象拔井種瓜殺馬剝驢等奇怪異端百有餘物謂名為百戲

共起拜恩侵夜出　金吾不敢問行由　通典秦有中尉掌徼循京師注如淳曰所謂遊徼徼循禁備盜賊也師古日徼謂遮繞音工釣切漢武帝大初元年改名執金吾注應邵曰執者禦也掌執金革以禦非常師古曰金吾鳥名也主辟不祥天子出職主先導以備非常

故執此鳥之象因以名官崔豹古今注金吾車輻棒也漢朝執金吾金吾亦棒也以銅為之黃金塗兩頭謂之金吾御史大夫司隷校尉亦執焉西清詩話張籍寒食內宴詩云云乃知唐清明亦宴百官皆令食又見宴設有至夜而罷者唐人多喜言葉遇古事此詩是已

其二

城闕沉沉向曉寒前漢書陳勝傳注沉沉宮闕深邃之皃恩當令節賜餘懽詩史綵年逢熟食補注曰熟食即寒食節也荊楚記以寒食日為熟食日言其不動煙火預辨熟食物過節也齊人呼寒食為冷節又云禁烟瑞雲深處開三殿詩史詔從二殿出趙注云麟德西廊東廊謂之三殿春雨微時引百官寶樹樓前分繡幕花廊下映朱欄宮遮戲樂年年別已得三迴對御看

送江西院劉侍御天下州府舊江南西路有洪州

共許當年有才略　從前徴檄已紛〻（東觀漢記毛義少時家貧以孝行得稱南陽張奉慕其名往候之坐定而府中檄適至以義爲廬江令義奉檄而入舍喜動顔色張奉見而薄之固辞去後母喪去官行服數辟縣令舉賢乃止公事數徴之皆不應奉聞之嘆曰賢者不測往日之喜乃爲親屈居禄前漢高紀吾以羽檄徴天下兵注檄者以木簡爲書長尺二寸用徴召也）

軍功早向山東見（漢書李廣傳以軍功取侯者數十人）　吏事多爲闕下聞（前漢蕭何傳高祖爲布衣時數以吏事護高祖）

秋夜楚江船上月　晴天廬岳寺中雲（十道志云江州廬山一名匡山周武王時有匡俗先生字季兒弟七人有道術結廬於此山仙去後空廬尚存故名之）

舊來此處經過熟　今日南行更羨君

寄蘇州白使君（見上白舍人注）

三朝出入紫微臣（見上紫微星動注）　頭白金章未在身（隋書礼儀

志二品已上並金章紫綬三品銀章青綬登第早年同座主唐諱行錄籍貞元十五年
擢進士第舊唐書白居易傳貞元十四年始以進士就試禮部侍郎高郢下擢升甲科摭言有司之謂座
主題書今日異州人韓公云吳郡張籍通典吳郡今蘇州昌門柳色烟
中遠吳趍行吳趍自有始請從昌門起注吳王闔廬立昌門象天閶闔門茂苑鶯聲雨
後新十道志淮南道揚州茂苑注吳王亦作吳都賦佩長洲之茂苑此處吟詩向山
寺知君忘却曲江春西京雜記朱雀街東第五街皇城之東三街昇道坊龍華尼寺
南有流水屈曲謂之曲江松窓錄曲江地本秦時隑州唐開元疏鑿爲勝境南則紫雲樓芙蓉苑北則杏園
慈恩寺花卉周環烟水明媚都人遊賞盛于中和上巳節即賜宴臣寮會于山亭賜大常教坊樂池備彩
舟唯宰相三事北省官翰林學士登焉傾動皇州以爲盛觀
和度支胡尚書言懷寄楊从尹唐六典度支郎中員外郎掌支入

度国用租税多以之穀物產豊約之宜木
陸道路之利每歲計其所出支其所用

早年聲價滿關東科藝傳家得素風傳季爲宋公修
楚元王墓教曰

素風道業
作範後昆正色曾持天憲重隋柳彧爲侍史當朝正
色敬憚上嘉之曰柳彧

正直之士国之亀室官者詒口公材更領地官雄晉
含天憲注天憲謂帝王法令也書

王暕年數歲而風神警發時祖儉作宰相賓客盈門
見暕曰公材公輩復在此矣周礼地官大司徒之職

掌立邦土地之圖与其人
民之數以佐王安擾邦国性懷每寄榮名外居處還

移静里中猶憶舊山雲水好請歸期共故人同

送李司空赴襄陽十道志山南道襄州魏武置
襄陽郡注漢縣在襄水之陽

唐書李夷簡元和時賜金紫以戶部侍郎判度
支俄檢校礼部尚書山南道節度使初貞元時

取江西兵五
百戍襄陽

中外兼權社稷臣漢書絳侯時為丞相朝罷趨出上礼之甞目送之袁盎進曰丞相何
如人也上曰社稷臣盎曰勃所謂功臣非社稷臣主
存與存主亡與亡又曰古有社稷之臣至如汲黯近
之矣千官齊出拜行塵晉書潘岳性輕躁趨世利與石崇等諂事賈謐每候其出輒望
塵而拜再調公鼎勳庸盛後漢顯宗永平六年王雒山出寶鼎詔曰鼎象三公豈公卿
奉職得其理耶三受兵符寵命新史記侯嬴謂魏公子無忌
曰嬴聞晉鄙兵符常在魏王卧內而如姬出
入卧內力能竊之商路雲開旌旆遠楚堤梅發驛亭
春襄陽風景猶來好重與江山作主人
章博士詩孝標大和中爲山南東道從事識大理評事

寄朝士

田地空閑樹木疎野僧江鳥識吾廬陶潛詩吾亦愛吾廬千畦

禾氣風生後萬片山稜雨過初披逈易觀遊子騎徑荒難降貴人車陶潛敀去來三徑就荒莫嫌園外無滋味礼記曰薄滋味教得家童拾野蔬

十五夜翫月遇雲

月濶長安正洗愁見上新豐注歷代統記隋都長安唐受隋禪因之西都賦長安注可長安子孫述踏霜披練立清秋無端玉葉連天起崔豹古今注黃帝与蚩尤戰於涿鹿之野常有五色雲氣金枝玉葉止於帝上不放金波到曉流漢書月穆〻若金之流波梁元帝賦月似金波初映空雲如玉葉下從風魑魅得權辭古木杜預左傳注魑山神魅怪物詩史詠月魍魎多深樹蝦蟆動半輪注月明則魍魎遁迹故多深樹笙歌失意散高樓可憐白兔遭籠閉傳玄擬天問月中何所有白兔搗藥

眞福降祉誰上青冥問事由南都賦青冥李善注聚色冥昧也謂都者舊傳乃問事由

及第後歸呉訓孟亢翊見寄

七年衣化六街塵陸士衡贈婦詩京洛多風塵素衣化爲緇十道志長安有六街九陌

昨日雙眉始一伸前漢薛宣傳可復伸眉於後未有格言垂後輩

潘岳閑居賦奉周任之格言注格至也得無慙色見同人每登公宴思

來處漸聽鄉音認本身更贈芳詞添喜氣盈冬歸叢

故園春句勢与韓公喜氣排寒冬同

送韋覲文助教分司東都前秘書省同官

京官兩政韋君同何事分司併向東鉛筆別垂華省

露范雲表家承鉛筆注鉛粉筆也潘岳秋興賦[illegible]轉於華省王愔文字志垂露書ニニ如懸針而勢不遒

殿謂之垂露 青衿待振素王冠 子衿毛萇青領也 孝子之服左傳仲尼為素王 日孔子 生衣服袞讀明易道以窮[illegible]

秋聲入苑離横洛黛色臨城[illegible]

應眺樓臺感今昔暮天鷄過上陽宮[illegible]

南臨洛水西津穀水

贈蕭先生

能令姹女不能嬌漢魏真人參同契河上姹女靈而最神得火則飛不見埃塵鬼隱龍匿莫知所存即是真汞也又入參同契丹砂木精得金乃并後真人大丹訣姹女隱在丹砂中一注姹女汞也以二者考之則姹女非神人也汞水銀滓也別有仙郎亦姓蕭同列仙傳蕭史弄玉居數十年吹簫作鳳声鳳凰来止其屋為作鳳臺夫婦止其上一日皆隨鳳凰飛去文武火催龍虎鬪

陰陽氣足鬼神朝 東軒新録神仙家養丹化黄白之法皆明文入式火文分録孫夫人三天法師源道授之妻也同隱龍虎山修三元默朝之道積年累有感降天師得黄帝龍虎中丹之術丹成服之能入分形散景坐在立云天師自鄱陽行者鄉曲入嵩高山得隱書制命之術能策召鬼神

兒童老 後漢薊子訓傳時有百歳翁自説童兒時見子訓賣藥於會稽市顔色不異於今坐

使人千歳月遥忽見骨凡飛不起 片雲孤鶴在丹霄 神仙傳仙人者或竦身而入雲無翅而飛或駕龍乘雲上造天階列仙傳王子喬同於緱氏山頭乘白鶴擧手謝時人而去王文憲集序注丹霄天也

送俞昆秀才 国史補進士爲時所尚久矣其都會謂之擧場通稱謂之秀才也

鍾陵道路忘登臨 唐書地理志江南道洪州豫章郡内南昌縣本豫章武德一二置鍾陵縣

靈洞荒碑幾處尋野意雲生廬岳頂 廬岳山上之 詩情月

落漢江心十道志山南道襄州有漢水村橋市閙開山貨漢廟風
腥宿水禽應忌名場醉公館鷓鴣聲遠橘花深南越志
鷓鴣雖東西迴翔然開翅之始必先南翥其鳴自呼杜薄州又本草自呼鉤輈格磔

送貞宝上人歸餘杭叙氏要覽律云鞞沙王呼佛弟子為上人古師云內
有智德外有勝行在人之上名上人般若經云何名上人佛言菩薩一心行阿耨菩提心不散
乱是名上人

天目南端天竺西十道志杭州有天目山續高僧傳釈慧詵傳杭州天竺寺迮在靈隱
山林石岑竦實來袖聖淅僧歸老舊招提十道志杭州有淅江今錢塘江口折出居
江中僧史略後魏武帝始光元年創立伽藍為招提之號霜朝縫衲猿偷菓雨夜
安禪虎印泥高僧傳僧慧永感虎來馴海上度人香水闊香水海見華嚴

經花藏世界品山中説法張雲低花嚴經住一切華莊嚴帳雲不知空性
傳何處風動芭蕉月炤溪

送内作陸判官歸洞庭舊隱十道志岳州有洞庭湖
本辭仙侶下人群擬展長才翊聖君馬力漸驕沙苑
草十道志關内道同州有沙苑見詩史沙苑行鶴心終恋洞庭雲洞庭見上千
株橘熟懶霜落襄陽記李衡字叔平為丹陽太守衡每欲治家妻輙不聽後遣客十人於
武陵龍陽汎上作宅種甘橘千株臨死勅兒曰汝母悪吾治家故窮如是然吾州里有千頭木奴山海經
洞庭之山其木多橘況居永反水涯也九轉丹成笑日曛廣記女仙一傳丹有九品
名大華自然龍胎之醴二名玉胎瓊液之膏三名飛丹子華流精四名朱光雲碧之腴五名九象紅華神
丹六名太清金液之華七名九轉霜臺之丹八名九鼎雲英九名雲光石流飛丹迺皆九轉之次第也

莫被世間名利鈎項教移勒北山文 齊書周顒字彥倫始隱於鍾山
後爲剡縣令經其常孔稚珪作北山移文其詞云馳烟驛路勒移山庭

上汴州韓司空 十道志汴州注戰国時爲魏都漢封皇子武爲梁王都之梁

弟兄龍虎別無雙 唐書令狐楚傳汴軍以驕故韓弘兄弟務以峻法繩治又本傳於自
刘士寧已來軍益驕及殺陸長源主帥勢輕不可制弘發軍中素驕横者刘鍔等三百人一日數其罪斬
之牙門流血丹道弘大言笑自如自是訖弘去帝授無一敢肆者史記李廣傳李廣才氣天下無雙才

嵩衡壓大邦 嵩山衡山 兎苑雪晴吹畫角 西京雜記梁孝王好宮室苑囿
之樂作曜華宮築兎園宋書角書記所不載或云出羌胡以驚中國馬也或云出吳越發鄣子曰黃帝戰
蚩尤涿鹿始造大角牛角之形吹象龍吟 如雁池風暖駐油幢 西京雜記兎園中有雁
池隋書礼仪志二千石四品已上及列侯皆給軺車駕牛伏兎箱青油幢朱絲絡轂輞皆黑漆云々闇

閻再活烟生棟土卒閑眠月過窓昨日路傍歌靜化

汴河運水變澄江通典隋煬帝開引黄河水以通江淮漕運兼引汴水即浪蕩渠也

題杭州天竺靈隱寺陸羽錢塘武林山天竺靈隱二山記山在州西北自錢塘門秦王纜舡石次袁公松門入兩山寺隋開皇十四年刺史袁仁敬夾道種松每畔三行相去八九尺次合澗橋錢門至橋十有二里次兩寺外方門南去天竺寺北去靈隱寺

煙巖鬧翅抱香城藝文類聚內典詩放光闍崛鷲嶺金隣秘香城松磴排鱗

到畫檻穆天子傳天子升長松之磴幽殿磬尋靈洞遠上房簾卷浙江明浙江上注見遥泉遞濺雲崖落高竹重穿石眼生客慮暗隨諸境寂更聞童子喚猿聲祖庭事苑呼猿下注靈隱之名由連理至曰此吾西竺靈隱鷲峯也飛來隱於此地人未之信理曰彼山白猿呼之可驗因呼猿猿出之

出今寺前有呼猿澗飛来峯故其山曰靈隠

杜紫微詩 唐書杜牧字牧之善屬文第進士沈傳師表爲江西團練巡官又牛僧孺淮南節度府掌書記擢監察御史分司東都以弟顗病弃官復爲宣州團練判官歷黄池睦三州刺史入爲司勲員外郎改吏部復乞爲湖州刺史踰年以考功郎中知制誥遷中書舍人

宿長慶寺

南行步々遠浮塵更近青山昨夜鄰高鐸數聲秋撼玉霜河千里曉横銀紅蕖影落前池淨緑稲香来野徑頻終日官閑無一事不妨長是静遊人

齊安秋晩 十道志齊安荊州之域楚地隋開皇三年以齊安爲黄州

柳岸風来影漸踈使君家似野人居雲容水態還堪

賞嘯志吟懐亦自如漢書李廣傳廣意氣自如注自如猶言如舊兩暗殘
燈碁欲散酒醒高枕鴈来初可憐赤壁争雄渡盛弘之荊楚記薄沂縣泝江一百里南岸名赤壁周瑜破魏佳武與黄鳥林赤壁李白詩曰赤壁争雄如夢裏口
有蓑翁坐釣魚

郡齋寒夜即事懐斛斯處士許秀才齋安郡

有客誰人肯夜過獨憐風景奈愁何邉鴻怨處迷霜
夂庭樹空来見月多故國杳無千里信綵絃時伴一
聲歌馳心只待城烏曉左傳叔向曰城上有烏齊師其遁後漢城上烏尾畢逋
幾傍盧簷望白河詩史不勞朱戶閉自待白河沉

酬許秀才垂覽拙詩見贈之什

多爲裁詩步竹軒有時凝思過朝昏天台山賦凝思幽巖注凝上也
篇成敢道懷荊璞曹子建書家々自謂抱荊山之玉吟苦唯應似嶺
猿宜都山川記峽中猿鳴清徹山谷其響冷々不絶行者歌之日巴東三峽猿聲哀猿鳴三声淚沾衣
遺興每緣花月夕陸士衡文賦序放言遣辭注遣發也寄愁長在别離
魂煩君把卷侵寒燭麗句仍傳畫戟門詩史五年起家列霸戟注
韓休語子曰尔輩豈不見楊將軍乎不數年門列畫戟况尔輩當當然獨守蠹簡學組繡對偶比楊將軍
遠矣
郡樓晚眺感事懷古齊安郡
半晴高樹氣葱蘢靜卷疎簾漢水東雲薄細飛殘照
雨鷺輕斜讓晚樓風名存故國川波上事逐荒城草
露中魏志孫權与周瑜刘備等併力擊曹公大破公軍於赤壁欲學含珠何所用

淮南子隋侯之珠高誘注隋侯行見蛇傷以藥傅之後蛇於銜明月珠以報之因曰隋侯珠莊子生不布施死何含珠爲

獨凝遥思入煙空

題宛陵李閣 十道志宣城漢宛陵縣

六朝文物草連空 建康實録吳晉宋齊梁陳並都金陵是爲六朝左傳文物以記之

天澹雲閑今古同鳥去鳥來山色裏人歌人哭水聲中深秋簾幕千家雨落日樓臺一笛風惆悵無因見范蠡參差煙樹五湖東 范蠡見上文姓名注通典五湖在吳郡吳興晉陵三縣

悵鍾陵舊遊 見上鍾陵注後本集李府君銘大和二年事說公於鍾陵官城三爲幕寺入兩部凡五年間

一謁征南最少年 通典征南將軍注漢光武建武二年置以馮異爲之亦以岑彭爲大

將軍舊唐書沈傳師傳尚書右丞出為洪州刺史入江
南西道觀察使轉宣州刺史入為吏部侍郎有子詢
詢皆登進士第唐書杜牧傳沈傳師表為江西團練
巡官本集与盧大夫書某年二十六由校書郎入沈
公幕
府
虞卿雙璧截肪鮮史記虞卿躡蹻擔簦說趙成
王成王一見賜黃金百鎰白
璧一雙魏文帝与鍾繇書美
玉白如截肪肪音方猪脂也
歌謠千里春長暖韓詩
章句
有章曲曰歌
無章曲曰謠
絲管高樓月正圓玉帳軍籌羅俊彥詩
史
玉帳注唐書藝文志有玉帳經蓋兵書也東坡集注
玉帳將軍也古有玉帳經而李杜皆用之云言旁求
後
彥
絳帷環珮立神仙後漢馬融才高博洽為童儒教
養諸生常有千數盧申詔嚴多
存後融常坐高堂施絳紗帳前授生徒禮記天子佩
白玉公侯佩山玄玉大夫佩水蒼玉曹大家曰玉環
珮个玉
有環
陸公餘德機雲在晉書陸機吳郡人也祖遜
吳丞相父抗吳大司馬機
年二十而吳滅至大
康末與弟雲俱入洛
如我酬恩合執鞭論語子曰富而
可求也雖執

鞭之士吾亦爲之史記太史公曰假令晏子而在余雖爲執鞭所欣慕焉

其二

控壓平湖十萬家秋来江上鏡新磨城頭暁鼓雷霆後橋上遊人笑語多日落汀痕千里色月當樓午一聲歌昔年行樂穠桃伴前漢楊惲傳田彼南山蕪穢不理種一頃豆落而爲萁人生行樂耳須冨貴何時詩何彼穠矣華如桃李醉與龍沙揀恐香作蜀羅豫章記龍沙洲在郡北帶江有龍形舊俗九月九日登高處李集江上雨寄崔兩詩春半平江雨圓紋破蜀羅又張好〻詩竜沙看秋浪

送國碁王逢郡鄲淳藝經碁局縱横各十七道合三百一十九道白黑各百五十枚楊雄方言圍碁自關而東齊魯間謂之弈

玉子紋楸一路饒杜陽編大中中日本国王子来朝宝器音樂上設百戲珎饒以礼焉
王子善圍碁上勅待詔顧師言對手王子出紋楸玉
碁局絳暖玉碁子本国之東三萬里有集真島上有
凝霞臺臺下有手談池池中出玉子不由製度自然
白黒分焉冬温夏冷故謂之冷暖玉更産如楸玉状
類楸木琢之為碁局光潔可鑑御前碁譜饒一路勝
一路唐宋詩話太宗皇帝碁品至第一待詔賈玄皆
臻于絶格朝臣潘慎修特居中亦善碁至三品内待
陳好玄至第四自賈玄而下皆受三道慎修受四道
好玄受五道慎修嘗献詩曰如今
縦得介爾迹也怯君王四路饒最宜簷雨竹蕭々
贏形暗去春泉漲猛勢横来野火燒守道還如周柱
史廣記老子名重耳周文王時為守藏史至武王時
為柱下史史記脩道徳其學以自隱無名為務
鏖兵不羨霍嫖姚漢書霍去病為嫖姚校尉元狩三
年將萬騎出隴西轉戰六日過焉
支山千有餘里合短兵鏖皐蘭下注鏖
苦戰而多殺也音意曹切皐蘭山名得年七十更

萬日與子期於局上錯

九峰樓寄張祜 本集池州刺史李方玄城東南隅樹九峰樓

百感中來不自由 魏武帝短歌行憂從中來不可斷注中謂中心 角聲孤起

夕陽樓碧山終日思無盡芳草何年恨即休睫在眼

前長不見 睫音接目傍毛也 道非身外更何求誰人得似張

公子 前漢趙昭儀傳燕燕尾涎涎張公子時相見博物志公子王孫皆古人相推敬之辭也 千

首詩輕 一作欺 萬戶侯 漢書張良曰今以三寸舌為帝者師封萬戶位列侯此布衣之極於良足矣廣記白居易初為杭州刺史令訪牡丹花獨開元寺僧惠澄曰近於京師得之始植於庭欄圖甚密他處未之有也時春景方深惠澄設油幕覆其上牡丹自此東越分而種之也會徐凝自富春來未識白先題詩曰此花南地知難種慙愧僧閑用意栽海燕解憐頻睥睨胡蜂未識更徘徊虛生芍藥徒

芳妬羞看殺玟瑰不敢開廣記碧玟瑰花名也唯有數
苞紅幅在舍芳只待舍人來白尋到寺看花乃命徐
向醉而歸時張祜榜舟而至甚若踈誕然徐張二生
未之習隱吝希首薦焉白曰二君論文若廉白之闘鼠
穴勝負在於一戰遂試長劍倚天外賦餘霞散成綺
詩試訖解遂以疑為元祜次耳張日祜詩有地勢遙
尊岳河流辯讓同多士以陳後主日月光天德山河
壯帝居此徒有前名矣又祜題金山寺詩曰樹影中
流見鍾声兩岸聞雖碁毋潛云塔影掛青漫鍾声知
白雲此句未為佳也白文以祜宮詞四句之中皆御數
對何足奇手然無徐生云今古長如白練飛一條怨解
破青山色祜歎曰榮辱紀紛亦何常也遂行歌而迎
璟齊鼓栅而故自是一生終身偃仰不隨鄉賦笑亢
是李林宗杜牧与白輩下較文貝言元白詩体詠雜
而為清耆者見嗤因茲有恨白為河南尹李為河開
令道上相過尹乃乘馬令則有嗔仙亦鼓事之礼式
當謂白為躡嚅公聞者皆笑渠天之名稍減矣白
李直本林宗字也吾之橘子也其鋒不可當後杜攸
守秋浦与張祜為詩酒之交酷吟祜宮詞亦知錢塘
之歳白有非祜之論常不平之乃為詩二首以高之

曰誰人得似張公子云云又云如何故国三千里虚唱歌詞满六宮張詩曰故国三千里深宮二十年一聲河满子雙泪落君前此為祜得意之語也李杜已下盛言其美者欲以奇異於白而曲城於張也故牧又著論言近有元白者喜為淫言媟語鼓扇浮囂吾恨方在下位未能以法治之斯亦敷從於祜耳

李貟外詩 唐藝文志李遠詩一巻字求古大中建州刺史

放鶴

秋風飛却九皐禽 詩鶴鳴九皐 一片閑雲萬里心 詩史老鶴萬里心 碧落有情还悵望 靈宝度人経昔於始青天中碧落空歌注既大梵氣着則碧霞廓落故云碧落 白雲 一作瑶臺 無路可追尋 李白寄崔待御詩瑶臺雪中鶴拾遺記崑崙山上有瑤臺十二各廣千步皆五色玉第九層有芝田蕙圃舞鶴麟朝戲於芝田夕飲乎瑤池 来時白雪翎猶短 舞鶴賦驚身蓬集矯翅雪飛注相鶴経大毛落茸毛生色雪白 去日

丹砂頂漸深舞鶴賦精含丹而星耀頂凝紫而烟華相鶴經鶴之上相瘦頭朱頂露眼黑睛
華表柱頭留語後續搜神記遼東城門華表柱白鶴來集人欲射之鶴於空中歌曰有
鳥有鳥丁令威去家千載今始歸城郭猶是人民非胡不學仙塚纍纍不聞唳月中
音一作更無消息到如今八王故事陸機曰欲聞華亭鶴唳不可得也

劉二十一報道明師亡敘昔時寄友

蕭寺曾過最上房叙氏要覽今稱僧居蕭寺者必因梁武帝造寺以姓為題碧梧
濃葉覆盧廊遊人縹緲江衣乱坐客從容白日長別
後旋成莊叟夢莊子昔莊周夢為胡蝶不知周之夢為胡蝶歟胡蝶之夢為周歟書
来忽報惠休亡南史徐湛之傳時有沙門釋惠休善屬文湛之与之甚厚孝武使還俗本
姓湯位至楊州從事從今若更相隨去只是含酸對影堂恨賦含酸

茹嘆影見廬山集仏影銘

李司馬貌御真容因寄之 韓公詠楸樹詩不得畫師来貌取定知難

見此生中

玉座烟霄硯水清 謝玄暉詩玉座猶寂寞注玉座王床也 龍顔一作顯不

動彩毫輕漸一作卞分隆準山河秀初點重瞳日月明

孝経雲虞舜龍顔重瞳史記高祖隆準龍顔 宮女捲簾皆暗認侍臣開殿盡

遥右驚四朝天下無人敵始覺僧繇浪得名 宮綴故事張僧繇避

侯景之乱来奔湘東承制拜右將軍僧繇工書爲郡

之稱嘗於天皇寺柏堂畫盧舍那仏像夜有奇光發

自屋壁又於堂内畫孔子十哲有識者謂右軍絶筆

相東魏爛岳謂曰叙门之内寫秦王之容雖由神異

無方豈可羨夏同晉僧繇笑曰吾識偶然安知不利

於後聞者莫知其旨及後周滅二教梁爲附庸荊楚

祠宇莫不毀撤唯天皇寺有宣尼像遂爲囯庠時人
嘆其先覺寄於此寺畫龍不時點睛道俗請之捨錢
數萬落筆之後雷雨晦冥忽失龍不知所在唐朝閻立
本工畫無對立本嘗至荊州視僧繇舊迹曰定虛得
名耳明日又往觀之曰猶是近代佳手明日又往曰
名下無虛事坐卧看之留宿其下十餘日不能去

呉越古事

呉越千年奈怨何兩宮清吹作樵歌姑蘇一敗雲無
後漢書呉王夫差敗越々乃進西施請退兵呉王
色許之既得西施呉王甚寵之爲築姑蘇臺以珠玉
飾之初呉王用子胥而霸天下後得西施夕夕遊姑蘇
臺樂宴必見子胥子胥諫曰臣恐姑蘇不久爲麋鹿之
遊王不聽遂賜子胥死越王果与范蠡將兵三千一
夜西渡至明當呉中軍下營列陳呉王大敗之不意
呉国遂滅范蠡長遊水自波范蠡見上寄子脩詩変姓名
注後漢逸民傳長往之軌不
脩注韓詩外傳山林之士往而不返霞拂故城疑轉旆叔名雜色爲物
一作旆以雜色

綴其邊爲燕尾將帥所建　月依苔荒榭想嚬蛾行人欲問西施館
述異記呉王夫差築姑蘇臺又作大池池中造龍舟舟中陳妓日与西施爲水嬉又於宮中作海靈館々娃宮也
江鳥閑飛碧草多

轉變人

倚城春雨洒輕埃同看蕭娘抱變來時世險粧偏窮寵因話錄崔夫人治家正肅婦妾皆不許讀世粧詩窮寵淑女　風流新畫獨徘徊
塲邊公子草輿合帳裏明妃錦繡開休向巫山覓雲雨石幢陂下是陽臺選高唐賦妾在巫山之陽旦爲朝雲暮爲行雨朝々暮々陽臺之下

送友人之呉洲兼寄貟外使君十道志山南道有呉洲

擬唱離歌自斷腸為傳心事向星郎後漢書明帝謂群臣曰郎官上
應列宿非其人民受其殃久居蝸舍衫猶白魏畧焦光自作一蝸舍淨掃其中坤吟獨
處閑弄漁竿鬢欲蒼詩史以壯能幾時鬢髮各已蒼陳榻話言應有
便東觀漢記陳蕃字仲舉為豫章太守不接賓客唯徐穉特設一榻去則懸之非徐不接庾樓
登眺莫相忘晉書庾亮在武昌諸佐吏殷浩之徒乘秋夜共登南樓俄而不覺亮至諸人將
起避之亮徐曰諸君可住老子於此處興復不淺便據胡床與浩等談詠竟夕其坦率多此類也若
終秦嶺時迴首三秦記長安正南曰秦嶺嶺下水北流為秦川一名樊川碧樹千
重鴈數行

閩中書懷寄孫秀才漢書注閩中東越之別名

滄海西頭石萬灘謝公曾重遠相看南史謝靈運尋山陟嶺必造幽

峻嵒嶂數十重莫不備盡登躡嘗自始寧南山伐木
開徑直至臨海從者數百臨海大守王琇驚駭謂為
山賊未知靈運乃安又要琇更進琇不肯靈運贈琇
詩邦君難地險旅客易山行在會稽亦多從衆驚動
縣邑又曰靈運父祖並葬始寧縣并有故宅及墅遂
移籍會稽修營舊業傍山帶江盡幽居之美与隱士
王弘之孔淳之等放蕩為娛有終焉之志茘枝顏色應難比本草茘枝子生嶺南及巴
中二廣州郡皆有之五六月盛熱時彼方皆蒸會其下以賞之今閩中四郡所出特奇而肌肉甚厚甘香
瑩白非廣蜀之比也亦見楽天茘枝譜梅蘂芳菲又已闌閩國城邊逕
歲暮十道志建安庄吳志曰永安三年以會稽南郡為建安郡即古晉安閩越王所都之處越後
分為二郡越王臺下度春寒述異記吳既滅越栖句踐於會稽之上地方千里句踐得
范蠡之謀示民以農桑迎四方之士作臺于外而鄣賢士今會稽之上有越王臺云也誰知却見
毗陵伴通典潤州今理丹陽縣晉平吳為毗陵丹陽二郡地兼置楊州一夜挑燈話

舊雜

過常州書懐寄呉處士因呈操上人（十道志江南道有常州）

憶昔圍碁蕭寺中（魏志王粲字仲宣觀人圍碁局壞粲爲覆之云云不誤一道　蕭寺見上注）數人同看定雌雄（雌雄博弈論今世之人好習博弈臨局交争雌雄未决）星光乱點侵銀漢鴈勢斜飛度碧空竟日与人頤心未决有時揺膝思無窮今来不得重觀妙留與殷勤向遠公（廬山記遠公与十八賢同修浄土於白蓮社）

代友人去姫

永將心會合歡龍（合歡見上注）豈料人生事役終兩意不

成連理樹摯虞連理頌朝宮正德之内承華之槐樹二枝連理而生二幹同心以蕃本根

一身翻作斷根蓬曹子建詩轉蓬離本根飄々隨長風類此客遊子捐軀遠從戎恩

波日去難收水紅希範詩參差別念舉肅穆恩波被集類太公字子牙年八十娶馬氏爲妻好讀書不事産業至貧窮寄他舍馬氏曰我不能与君作婦遂捨去後武王封太公於齊東故就國見一婦人哭於路大公問何悲對曰妾聞前夫封爲齊君是以悔之公問姓名曰我是也婦喜求更合公令取盃水瀉地上令婦收婦曰不可得也公曰恩愛有別何須更合婦含恨而去團扇秋來已

散風班婕好怨歌行新裂齊紈素鮮潔如霜雪裁爲合歡扇團々似秋月出入君懷袖動揺微風發常恐秋節至涼飈奪炎熱弃捐篋笥中恩情中道絶弃我別君那足恨恨緣留

在小兒童

送供奉貴威仪歸蜀唐六典道士有三號一日法師二日威仪師三日律

師其德高而思精謂之鍊師

皇恩許遂浩然情孟子浩然有歸志金殿親傳秘籙成雲出

帝鄉歸與萬里莊子乘彼白雲至于帝鄉鶴辭仙闕下三清舞鶴駐衛胎化

之仚禽靈宝度人經功德滿就飛升上清注接龍蹻經回梵已上次有三清大清十二天九仚所居次上

清十二天九真所居玉清十二天九聖所居三十六天并不球之境蜀門日曉山橫翠

張孟陽劍閣銘惟蜀之門作固作鎮是曰劍閣壁立千仞巴路天寒水有聲玉堂閑話

興元之南有路曰大巴路小巴路危峯濬壑棘徑鳥道杜絶人烟鷙獸成群到久焚香儼

簪帔類篇披義切方言帬陳魏之間謂之陂帬說文云下裳也峨眉新月舊窗明

十道志劍南道嘉州有峨嵋山

許負外詩名渾王公百家詩選大中末為鄧州刺史

送張尊師歸洞庭

能琴道士洞庭西風滿歸帆路不迷對岸水花霜後淺崔豹古今注蓮花一名水旦一名水芝一名水花一名水傍簷山菓雨來低杉松近曉移茶竈巖谷初寒蓋藥畦他日相思一行字詰客從遠方來遺我一書札上言長相思下言久離別置書懷袖中三歲字不滅誰人知處武陵溪陶潛桃源記晉大康中武陵人黃眞捕魚爲業緣溪行忘路之遠近忽逢桃花林芳華鮮美落英繽紛林盡得一山小口入初極狹行數十步豁然開朗明屋舍儼然雞犬相聞男女衣著悉如外人見漁人大驚爲設酒食云先世避秦亂率妻子來間今是何世不知有漢無論晉魏既出詣太守說如此太守遣人往尋迷不復得路

偶題蘇州虎丘寺僧院十道志蘇州虎丘山注云涌山吳越春秋闔閭

莘国西發五都之士十萬人依家鑄槨三重水銀為池金玉為鳧鴈扁諸之劔三千方員之口三千盤郢魚腸之劔在焉葬後三日金精之氣上揚化為白虎踞其墳故號虎丘即王珣珉兄弟之舘東珣宅西珉第晉咸和二年捨為精舍於劔池分為東西二寺池旁平石謂之千人座云是高僧竺道生講石即立片石以代听徒折松枝為談柄旁有生公禅室

暫引寒泉濯遠塵此生多是異鄉人荆溪夜雨花飛疾十道志常州荊溪注一名陽羨澤吳苑秋風月滿頻十道常州有長洲苑注苑有姑蘇臺呉王所立萬里高僧門外路百年榮辱夢中身世間誰似西林客高僧傳沙門慧永居在西林一卧煙霞四十春

重遊蘇州玉芝觀

高梧一葉下秋初淮南子一葉落而天下知秋迢遞重廊旧寄居

月過碧窗今夜酒雨昏紅壁去年書玉池露冷芙蓉

淺張華荷詩照灼此金塘藻曜君王池開雅注江東呼荷花爲芙蓉金井煙分薜荔

宋戴延之西征記大極殿上有金井欄金博山金轆轤龍負山於井上又有金師子在龍下雕鏤經

貫薜荔之落蘂注辭荔香草緣木而生從此扁舟東去仙翁應笑爲

鱸魚鱸魚見上魚正美注

宿望亭館寄蘇州同遊十道志常州有御亭注吳大帝所立今改望亭

候館人稀夜更長周礼候館有積又曰五十里市有候館也姑蘇城遠

樹蒼蒼江湖日落高村迥河漢秋歸廣簟涼月轉碧

梧桐鶴影露依紅草[illegible]螢光西園詩思應無限曹子建公

讌詩清夜遊西園飛蓋相追隨韋莊又玄集序曹子建詩名冠古唯吟清夜之篇莫辭[illegible]笙歌

掩畫堂

寄殷堯藩

十載聞名翰墨林張景陽詩寄思翰墨林注翰筆也謂寄文詞於翰墨之林言林者謂
多也爲從知己信浮沉晏子春秋士伸於知己屈於不知己青山有雪諳
松性孫卿子桃李蒨粲於一時時至而後殺至於松柏經隆冬而不凋蒙霜雪而不變可謂知其貞
矣碧落無雲稱鶴心碧落見上注相鶴經七年飛薄雲漢又日一舉千里不崇朝而
徧四海者也帶月獨歸蕭寺遠翫花頻醉庾樓深蕭寺庾樓見上
注尋思不見如瓊樹李陵贈蘇武詩思得瓊樹枝以解長飢胃江文通詩願一見顏
色不異瓊樹枝空把新詩盡日吟

送元書上人歸蘇州寄張厚

二年無事客吳鄉南宅春深碧草長吳越州治浦道南人宅以舍稱

策与策烏亥策升堂拜退有無通共共醉八門迴畫舸吳都賦通門二八水道陸衢注

越絶書曰吳郭周西六十八里六十步大城周四十七里二百一十步水門八陸門八獨還三

徑掩書堂三徑見上北郷注前山雨過池塘滿小院秋歸就

簟涼鍾歲別離心自苦可憐紅葉下清漳劉公幹贈五官中郎將詩余嬰沉痼疾竄身清漳濱自夏涉玄冬弥曠十辭句注漢書魏郡武始縣漳水至邯鄲入漳山海經少山清漳水出焉東流于濁漳之水文云荊山漳水出焉東南注于睢

鄴園秋日寄洛中親友

楚水西來天際流感時傷別思悠悠一樽酒盡青山暮千里書迴碧樹秋日落遠波驚宿鴈風吹輕浪起

賦鷗嵩陽親友雜相念十道志河南道洛州有嵩高山潘岳閑居欲白頭潘岳作閑居賦又作秋興賦序云余春秋三十有二始見二毛

上潁川從事西湖亭十道志河南道有潁川

西湖清讌不知迴一曲雜歌酒一盃城帶夕陽聞鼓角寺臨秋水見樓臺蘭堂客醉蟬猶噪南都賦升桂宴于蘭堂桂織人稀鳥自來拾遺記桂櫂松舟獨想征帆過鞏洛西征賦眷鞏洛而掩涕鞏洛二縣名也就中霜菊遶潭開

送馬拾遺東歸翰林補闕拾遺武太后垂拱元置二人以掌供奉諷諫自開元己未尤為清選

獨振儒風過盛時紫泥初降世人知隴右記武都紫水有泥其色紫

而頌之用封璽書故詔頌有紫泥之美文章報主非無意書劍還家自

有其史記項籍少時學書不成去學劍又不成項梁怒之籍曰書足記姓名而已劍一人敵不足學

學萬人敵秋寺卧空移棹晩暮江乗月落帆遅東歸自是

緣情異莫比高山望紫芝皇甫謐高士傳四皓見秦政虐於是退而歌曰漠〻

高山深谷逶迤曄〻紫芝可以療飢唐虞世遠吾將何歸駟馬高蓋其憂甚大富貴之畏人不如貧賤之

肆志乃共入商洛山以待天下之定云云

南隣樊明府久不還家因題林亭後漢張湛傳明府注郡所居曰府明府尊高之稱鄭氏談衙縣令云明府宰君

湖南官罷不歸來高閣徑并捲緑苔遶月賦苔生閣魚溢池

墟秋雨過鳥還洲島暮潮迴階前石静甚慈外

山寒酒滿盃借問先生獨何處遶籬踈菊之花開

雍端公詩唐藝文志雍陶詩集十卷字国鈞大中八年自国子毛詩博士出為簡州刺史職林御史之職有四云云監察以下職事及進名改轉臺内之事悉主之号為臺端他人稱之端公知其雜事者謂之雜端

塞路初晴

晚虹斜日塞天昏一半山川帶雨痕新水乱侵青草路殘雲猶傍綠楊村胡人羊馬休南牧沈休文昭王碑驕馬不敢南牧注過秦論胡人不敢南下而牧馬漢將旌旗在北门漢霍將軍詩旌旗為漢將北门見遂出自薊北门行行子喜聞無戰伐閑看遊騎獵秋原

自左輔書佐授學官始有二毛之歎因示大學

諸生漢書右扶風左馮翊京兆尹是爲三輔一毛見上注

夜沐晨梳小鏡清白簪烏帽垂頭輕郝騎新洗壓千

點世說郝隆有奇才爲司馬桓溫所眷爲蠻記室參軍爲人多騎荊州謂之騎參軍長鬢初鸞

雪一莖見上潘岳閒居注下位枉逢天子聖閑门虛值大行

平十道志洛州有大行山尸子大行牛之蹄龍門一魚之難以德報怨人之難遇廣絶交論世路險巇

至於此大行門豈云巇絶盍壯心未展顏先變羞執儒書訓學生

崔拾遺宅看猿

靜愛南猿依託容野情閑思兩同幽一雖連臂巴江

遠梁高祖孝思賦猿連臂而下飲十道志山南道有巴縣注水如巴字故也幾處斷腸秦

樹秋世說桓公入蜀至三峽中部伍中有得猿子其母緣岸哀號行數百餘里遂上船便氣絶視其

腹腸皆寸寸斷公聞之怒命黜其人三峽長百里两岸連山重巖疊嶂隱天蔽日常有孤猿長嘯引清漁
者歌云々頭鑱向風吟似咽兒禪當月坐如愁歸山須待
成功後老子功成名遂身退天之道撼蕙搖花恣爾遊

代美人春怨

桃李花開似綺羅美人春意惜花多王孫未買千金
笑鮑明遠詞齊謳秦吹盧女絃千金雇夫買芳年崔駰七依迴顏百萬一笑千金第子空傳
一曲歌詩史南內開元曲當時第子傳數點淚痕當素臆兩條愁色
上青蛾佳期寂寞風光晚却羨雕梁鷰有巢
定安公主還宮唐書諸公主列傳定安公主憲宗女始封大和下嫁回鶻崇德
可汗會昌二年來歸

帝子春歸入鳳城楚詞帝子降兮北渚王逸注帝謂堯也李嶠則題詩注秦穆公女吹
簫下鳳凰号丹鳳城錦車千兩照花明漢馮夫人出塞以歸車詩之子于歸百兩御之
幾年馬上烏孫思漢書烏孫國王獻馬於漢願尚公主乃遣江都王女細君以妻焉後
公主上書曰年老思土願得骸骨歸漢地天子憫而迎之公主与烏孫男女三人俱来至京師石季倫
王昭君詞序公主嫁烏孫令琵琶馬上作樂以慰道路之思一日琴中蔡琰情後漢
列女傳陳留董祀妻者同郡蔡邕女也名琰字文姬博学有才辯又妙於音律注刘昭幼童傳曰邕夜鼓
琴絃絶琰曰第二絃邕曰偶得之耳故斷一絃問之琰曰第四絃並不差謬適河東衛仲道夫亡無子歸
寧于家興平中天下喪乱文姬為胡騎所獲沒於南匈奴左賢王在胡中十二年生二子曹操素与邕善
痛其無嗣乃遣使者以金璧贖之而重嫁於祀後感傷乱離追懷悲憤作詩二章其詞云々湯沐
別開加舊號戚林鄧皇后臨朝爵其母新野君邑湯沐乃户笙歌重奏変新

聲琴賦新聲代起李善注漢書李延年善歌為新變之聲聖朝永絕和親事前漢婁敬傳是時冒頓單于兵強數苦北邊上患之問敬曰天下初定士卒罷於兵革未可以武服也冒頓殺父代立妻群母未可以仁義說也陛下誠能以適長公主妻單于以為閼氏生子必為太子冒頓在固為子婿死則外孫為單于豈聞外孫敢與大父抗禮哉可無戰以漸臣也上不能遣長公主而取家人子為公主以妻單于使敬往結和親萬國如今賀虜塵

送姚誼及第歸西川撫言王起門下會昌三年及第字居雲蜀有東川西川

春遊曾上大羅天大霄隱書無上大道君治在五十五重無極大羅天中玉京之上

遊寵榮歸濯錦川譙周益州志成都織錦既成濯於江水其文分明勝於初成他水濯之不如江水故曰錦水

雙淚有思辭座主撫言有司謂之座主一盃無恨

別同年曉離孤館星垂棧漢書曰高祖王漢中張良辭歸韓漢王送至褒中良因
說漢王燒絕棧道以備諸侯晚渡空江雨滿舡却到相如題柱處
知君心不愧前賢華陽國志蜀城十里有升仙橋相如題其柱曰不乘高車駟馬不復
過此

送盧肇及第歸袁州摭言盧肇字子發袁州宜春人也王起門下狀元

誰占京華爛熳春盧郎年少美名新無雙日下黃金
榜說苑黃香傳覽傳記京師号曰天下無雙江夏黃童摭記貞觀初放榜日太宗私幸端門見進士於
榜下綴行而出喜謂侍臣曰天下英雄入吾彀中矣進士榜頭豎粘黃紙四張以氊筆淡墨袞轉書曰禮
部貢院四字或曰須以飛帛書之又云象陰注陽受之狀第一花前白玉人晉書郤詵
曰舉賢良對策為天下第一猶桂林之一枝崑山之片玉晉書裴叔則風神高迈容儀俊美博涉群書特

精義理時謂王人別馬數聲嘶紫陌韓文公詩塵埃紫陌春歸橈千轉入
青蘋宋玉風賦風起青蘋之末到門定見萍鄉守通典江南西道袁州領縣有萍
鄉來賀高堂斷織親詩衛親之生也坐於高堂之上列女傳孟軻母者因孟子遊學
而歸孟母方織問學所至孟子曰未能傳習母以刀斷其機織曰子之廢學若我斷織後學不息遂成天下
之大名

秋居病中

幽居悄悄何人到詩憂心悄悄落日涼風滿樹稍新句有
時愁裏得古方無效病中拋荒園晚虫蕭蘩蟏網詩衛蟏蛸
結絲以網飛蟲空屋秋螢入鸞巢誰言[illegible]壯年名未立一作不覺南窗
曉秋色臥看紅葉掩衡茅陶潛詩養真衡茅下庶以善自名注衡茅茅屋

以馬鞭贈送鄆州裴巡官十道志河南道有鄆州

揆鞭曾上蜀山遥斸斷雲根下石橋杜牧詩贈以蜀馬篳東坡後集

注趙云岳之雲解石而出敲石不可言尝根節畔作疑珠作顆手中猶許

鐵爲條執持須願依尼父見上執鞭注贈別那同自繞朝

左傳秦伯使士會行繞朝贈之以策曰子無謂秦無人吾謀適不用也杜預注策馬檛臨別授之以馬檛

并示所策以展情繞朝秦大夫只得鳴鞘向驚馬鞘所交切鞭鞘不須奇驚動

紫騮驕古樂府梁元帝紫騮馬曰長安美少年金絡錦連錢宛轉青絲鞍照曜珊瑚鞭

永樂殷堯藩明府縣池嘉蓮詠十道志河東道蒲州有永樂縣

明府見上樊明府注

青蘋白石匝蓮塘青蘋見上水上蓮開帶瑞光露濕紅房

雙朶重一宋起居注恭裕二年嘉蓮駢花並實合樹同蔕風搖綠帶一莖長
宋紀文帝元嘉年蓮生建康頌禮湖一莖兩華同心梔子徒誇艷詩史江頭五詠梔子
注謾書施苞園注梔支子也本草支子一名木丹合穎禾苗豈解香書康叔得禾異
畝同穎不獨豐祥先有應更堪宜縣對潘郎九域誌高州有信宜
縣注昔有方士潘茂於此鍊丹人云道士潘茂於此昇仙

張處士詩王公百家詩選名祜字承書以處士居蘇州唐宋詩話張祜長慶中深為令狐文公
所知公鎮天平日自草表薦令以新舊格詩三百
篇進獻祜至京屬元稹偃仰內廷上因召問祜之
詞藻上下稹對曰張祜彫蟲小巧壯夫有所不為
或獎激大過恐變陛下風教上頷之由是寂寞而
故祐以詩自悼曰賀知章口
徒勞說孟浩然身更不起

賦得福州白竹扇子探得輕字

金泥小窮謾多情未勝江南巧織成藤縷雪光纏柄
滑篾音滅竹皮也鋪銀薄露花輕清風坐向羅衫起明月
看從玉手生猶頼早時君不棄每憐初作合歡名見上
圖翁秋李已具見注
將之越州先寄越中親故十道志江南道有越州
三年此路郄迴頭認得湖山是舊遊百里鏡中明月
夜十道志越州有鏡湖千重屏外碧雲秋天台山賦搏竹林而壁立之翠屏
過誰家宅楊葉風生何處樓先問故人籬落下肯容
藤蔓繫扁舟
周賀外席雙舞柘枝一作潞州驛樓夜宴贈齊閑覧柘枝本後魏拓拔氏

之戲後人鄙之易拓為拓易柀為柀

待月西樓卷翠羅玉盃瑶琵近星河簾前碧樹窮秋

密窻外青山薄暮多鸕鶿未知狂客舞晉書謝尚字仁祖司徒王

導辟為掾到府通謁導謂曰聞君作鸜鵒舞一座傾想寧有此理否尚曰善加便著衣幘令坐者撫掌擊節

尚俯仰有中旁若無人鸕鶿先讓美人歌李翰林集容有唱鸕鶿者鸕鶿盖樂曲名

也古樂府闕使君莫惜通宵醉刁筆初從馬伏波史記蕭何於秦

時刀筆吏後漢書馬援字文淵為伏波將軍

寄花巖寺韋秀才院

三面樓臺百丈峯西巖高桃樹重重晴攀翠竹題詩

滑詩史更淡題詩滿青竹秋摘黃花讓酒濃西京雜記漢俗九月飲菊酒其法以

菊雜黍米釀酒封宰中至來歲重陽日開山殿日斜喧鳥雀石潭波動戲

魚龍今來城闕遥相憶月照千山半夜鐘

晩自朝臺至韋隱居郊園

秋來鳧鴈下方塘見上皷鏡方塘注繫馬朝臺步夕陽十道志嶺

南道廣州注南越之地有朝臺一名雲陽臺尉佗居此以之朝漢潮也村逕遶山松葉

滑野门臨水稻花香雲連海氣琴書潤風帶潮聲枕

席涼西去磻溪猶萬里可能垂白待文王史記大公傳姓姜名

牙字呂望避紂雜至磻溪釣魚文王出獵見大公垂釣謂其賢人同車而皈也

送嶺南盧判官歸華陰山居通典京兆道華陰郡西岳華山在焉

領縣華陰注秦曰寧秦漢曰華陰大華山在南

曾事劉琨鴈塞空晉書劉琨字越石少得儁朗之目永嘉元年為并州刺史加振威將
軍領匈奴中郎將鴈門烏丸復投琨親率精兵出禦之晉書盧志子諶隨志北投劉琨琨為司空以諶為
主簿轉從事中郎琨妻即諶之從母既加親愛又重其才地十年書劒似飄蓬書劒
見上注東堂旧屈移山志列子大行王屋二山方七百里高万仞北山愚公者年且
九十面山而居懲山北之塞出入之迂也聚室而謀曰吾與汝畢力平險可乎雜然相許操蛇之神聞之
懼其不已也告之於帝帝感其誠命夸娥氏二子負山一厝朔東一厝雍南南國新留煮
海功前漢吳王濞傳煮海水為鹽以故無賦国用饒足還掛一帆青草上咸弘
之荊州記巴陵南有青草湖周迴數百里日月出入其中湖南有青草山因以為名更開三徑
碧蓮中三徑見上往年江海別元鄉注初學記蓮峯注華山記曰華山頂生千葉蓮花撫言周墀
任華州刺史會昌三年王起僕射再主文柄以詩
寄賀兼呈新及第進士起居詩云云王起門生一枋

二十八智和周賀詩李宣古和詩末句闌西舊友應

云何處新詩添照灼碧蓮峰下柳間營

相問已許滄浪伴釣翁十道志江南道朗州有滄浪水注云屈原見漁父處

二

秋夜宿簡寂觀陸先生草堂九域圖江州有簡寂觀又廬山

紫霄峰下草堂仙十二真君傳許真君吳真君出晉闢抵廬江口因召舟行載往鍾陵於是騰舟凌空入雲頂刻之間已鐵廬山金闕洞之西北紫霄峰頂也千載空梁石

磬懸書禹貢泗濱浮磬孔安國日泗水中石可以為磬也白氣夜生龍在水碧

雲秋斷鶴歸天漫叟詩話張祜詩白氣夜生吳公云格高韻勝真出塵語也竹廊影

過山庭月松檻聲來半壁泉明日又為浮世恨滿山

行跡愛依然

題楊州法雲寺雙檜劉禹錫謝寺双檜詩双檜蒼然古貌奇含烟吐霧鬱

參差曉衣禪客當金殿初對將軍映畫旗龍象界中成寶蓋鴛鴦九上出高枝長明灯是前朝焔曾照青青年以時

謝家雙檜本南榮上林賦偓佺之倫暴於南榮注南榮謂屋南檐也樹老人亡地變更朱頂鶴知深盖偃朱頂鶴見上抱朴子玉策記千歲松如偃盖白眉僧見小枝生遠無山處秋嵐色長似階前夜雨聲縱使百年為上壽莊子上壽百壽中壽八十下壽六十綠陰終借暗時行

冬日登越臺懷鄉

月沉高樹宿雲開萬里歸心獨上來河畔雪深楊子宅選左太冲詠史詩注是詩之意多以喻己寂々楊子宅門無卿相車楊子宅張處士亦自比其家也

海邉花盛越王臺越王臺見上注瀧分桂嶺魚難過十道志嶺南瀧
州有瀧水桂嶺見上送桂州李中丞詩注飲馬長城窟行客從遠方來遺我雙鯉魚呼兒烹鯉魚中有尺
素書瘴近衡峯鴈却迴十道志嶺南道容州有瘴江春謂之春草瘴秋謂之黄茅瘴又江
南道衡州有衡山又見中巻衡陽送龐隂寒注白樂天曰南有迴鴈之峯漢書昭帝時匈奴与漢和親
求蘇武等匈奴詭言已死後漢使復至匈奴武見使者教之謂匈奴曰天子射上林中得鴈足有係帛書
言武在某澤中使者以讓單于單于驚謝漢使遣武還鄉信漸稀人漸老只應
顛酔共枝梅白氏六帖大庾嶺上梅南枝落北枝開

登重玄閣文粹蘇州有重玄寺廣記蘇州重玄寺有閣

飛閣層〻茂苑間西都賦循除飛閣茂苑已出上夏涼秋晚好登攀
萬家前後皆臨水四面高低盡見山何事越王侵敵

國越王事見上吳越古事詩注史記漢高祖擒韓信信曰高鳥盡良弓藏敵國破謀臣亡天下已定我固當烹

不妨遼海信人寰別賦遼水無極注水經曰遼水亦玄菟高麗縣遼水所出劉凱說苑辨方篇自遼水而東故高麗國昔遼東云菟郡也後度遼將軍碑尚存其廟人寰見上注

五湖直下須歸去自笑身閑迹未閑

夾注名賢十抄詩卷上

夾注名賢十抄詩卷中

趙渭南詩　名嘏王公百家詩選會昌二年擢進士第終渭南尉十道志關內道雍州有渭南注本漢新豐縣苻堅置

長安秋晩

雲物淒清拂曙流漢家宮闕動高秋殘星幾點鴈橫塞長笛一聲人倚樓摭言杜紫微覽趙渭南卷長安詩曰殘星幾點鴈橫塞長笛一声人倚樓吟味不已因目嘏曰趙倚樓杜紫薇贈嘏詩日今代風騷將誰登李杜壇霸陵鯨海動翰苑鷓天寒今日詩君还有意三條氷雪借予看紫艶半開籬菊靜陶潜詩採菊東籬下悠然見南山紅衣盡落渚蓮愁鱸魚正美不歸去鱸魚見上卷魚正美注空戴南冠學楚囚左傳晉侯觀于府庫見鍾儀問日南冠而縶者誰也有司對曰

郢人所獻楚囚也

寄潯陽杜校理 十道志江南道江州有潯陽

苕下秋江夜影空倚樓人在月明中不將行止問朝
列 孟子行或使之止或尼之行止非人云云 長脫衣裳與釣翁 詩史衣裳与釣翁
幾處別巢悲去鷰 左傳玄鳥司分注春分來秋分去禮曰八月白露之日鴻鴈來後五
日玄鳥歸 十年迴首送歸鴻 春秋說題辭鴈之江南北以陽動也 那應更結
廬山社見說心閑似遠公 高僧傳惠遠居潯陽見廬峰清靜足以息心住龍泉
精舍時有沙門慧永居在西林与遠公同門舊好遂
要遠同止永謂刺史桓伊曰遠公方當弘道今徒屬
已廣而來者方多貧道所棲褊狹不足相處如何桓
乃爲遠復於山東更立房殿即東林是也廬山記遠
公与十八賢同修淨土于白蓮社送客過虎溪虎輒
號鳴与陶元亮陸修靜談道不覺過虎溪因相与大

癸

早春渭津東望十道志關內道雍州有渭水

煙水悠々靄景開俯流東望思難裁鄉連島樹潮應滿月在釣舡人未廻帶雪鳥聲先曙動度關春色犯寒來相逢盡說長安樂桓譚新論關東里語曰人聞長安樂出門西向而笑人知其肉味美即對屠門而嚼也云云夜々憂歸江上臺

漢江秋晚通典山南道襄陽縣有漢水

覆翁伭烟艷晚叢墜階涼葉舞踈紅人歸遠島秋砧外雁宿寒塘夜雨中絲從笙歌留醉伴獨將身計向樵翁故園何處空廻首萬里蕭々蘆荻風

宿楚國寺有懐

風動衰荷寂寞香淡烟殘日共蒼々寒生晩寺波摇
壁紅墜疎林葉滿床起鴈似驚南渚棹輕雲欲護北
樓霜杜牧詩護霜雲破海山江邊松菊荒應盡陶潜歸去来辞三徑就荒松菊猶存云
八月長安夜正長

憶山陽漢書河内郡有山陽縣

家在枚皐舊宅邊枚皐宅未詳竹軒晴與楚墻連十道志淮南道楚州注楊州之域春秋時屬呉本漢射陽縣地秦為九江郡晋為山陽縣在滁州之部武徳四年改為楚州
芰荷香遶垂鞭袖楚詞芙蓉始發雜芰荷注芰菱也楊柳風横弄
笛舡見選思旧賦城礙十洲烟鶴路東方朔十洲記祖洲瀛洲方洲炎洲長洲

沅洲流洲江洲鳳麟洲聚窟洲是也寺臨千項夕陽川可憐時節堪皈

處花落猿啼又一年。

送裴評事赴夏州幕職林評事刑官十道志朔內道有夏州

塞垣從事識兵機後漢書耿夔追虜出塞而還蔡邕上疏曰秦築長城漢起塞垣所以別內外異殊俗晉職官志州置刺史有諸曹從事等員祇議平戎不議歸入夜

笳聲含素髮前漢書胡笳者胡人卷蘆葉吹之作樂李延年因胡曲更造新声以爲武樂有出塞入塞之曲報秋榆葉落征衣前漢韓安国傳累石爲城樹榆爲塞注如淳曰塞上種榆也城臨戰壘黃雲晩淮南子黃泉之埃上爲黃雲云云馬渡寒沙

夕照微此別不應書斷絶滿天霜雪有鴻飛見上卷鴈却迴

注　長安月夜與友人話舊山。

宅邉秋水浸苔磯日日持竿去不歸楊柳風多潮未
落蒹葭霜在鴈初飛詩蒹葭蒼〻白露為霜重嘶匹馬吟紅
葉韓詩外傳顔回望呉門馬見一疋練孔子曰馬也然則馬之光景長一疋耳故後人号馬為一疋
却聽踈鍾憶翠微翠微已出上卷今夜秦城滿樓月故人相
問一霑衣

自解

閑梳短髮坐秋塘滿眼山川與恨長松島鶴歸音信
斷橘洲風起夢魂香詩史注橘洲在長沙琴依賣卜先生樂漢書
蜀有嚴君平卜筮於成都市以為卜筮者賤業而可以恵衆有好悪非正之則依蓍為言利害日閲數
人得一日錢足自養則閉肆下簾而授老子琴事未詳賦學娛賓處士狂後漢書禰衡字

正平〻原般人也般則声少有才辯尚氣剛傲好矯唯善孔融〻上疏薦之曰竊見平原處士禰衡年二十四云〻曹操欲見之而衡素輕疾自稱狂疾不肯往而数有恣言操懐忿而以其才名不欲殺之衡許往融復見操説衡狂疾今求得自謝操喜勅门下有客便通待之極宴衡乃着布草衣踈巾手持三尺梲杖捶地大罵吏曰外有狂生坐於営门言語悖逆云云送与刘表〻表恥不能容以江夏大守黄祖性急故送衡与之祖亦善待焉祖長子射為章陵大守尤善於衡射時大會賓客人有献鸚鵡者射挙巵於衡曰願先生賦之以娯佳賓衡攬筆而作文無加點詞彩甚麗

獨往不愁迷去路

淮南王荘子略要江海之士山谷之人軽天下細萬物而獨往司馬彪曰獨往自然不復顧也

一生蹤迹在滄浪

滄浪已出上卷

永日

方塘藹〻晝含暉永日寥〻靜者機

謝靈運詩還得靜者便李善注

語曰智者動仁者靜莊子壺子曰治見吾善者機也白鳥自淩秋色去碧雲長帶夕陽歸城連砧杵踈寒樹月傍關河慘別衣不道求名是何事病來難遠故山違

馬戴詩 唐藝文志馬戴詩一卷字虞臣會昌進士第

瓜州留別李詡 十道志隴右道有瓜州

泣玉三年一見君 韓非子楚人和氏得玉璞於荊山中獻之厲王王使玉人相之曰石也王以和爲誑而刖其左足及武王即位又獻之王使玉人相之又曰石也王又刖其右足文王即位和抱璧而哭於楚山之下三日三夜泣盡而繼之以血王乃使人理其璞而得寶焉遂命和氏之璧 白衣顦顇更難群 国史補進士科始於隋大業中盛於貞觀永徽之際搢紳雖位極人臣不由進士者終不爲美其推重謂之白衣公卿礼記子夏曰吾離群索居云云 柳隄惜別春潮

落花樹留歡夜漏分登樓賦夜參半而不寐兮李善注方言曰參分也韓子曰衛靈公至濮水夜分而聞有鼓琴者孤館宿時風帶雨遠帆歸處水連雲
悲歌曲盡休重奏古樂府王融悲歌曰欲歸家無人渡河無船心思不能言腸中車轉輪又悲歌可以當泣遠望可以當歸鄉家無累念故鄉鬱鬱累累心遠關河不忍聞

逢表兄鄭判官奉使淮南別後却寄儀禮舅姑之子鄭玄云外兄弟也

盧橘花香拂釣磯上林賦盧橘夏熟注應劭曰伊尹書曰箕山之東青鳥之所有盧橘夏熟晉灼曰此雖賦上林博引異方珍奇不係一也盧黑也佳人猶舞越羅衣三洲水淺魚來少詩曰鼓鍾伐鼛淮有三洲注三洲淮上地魚書已出上卷五嶺山高鴈到稀前漢陳餘傳南有五嶺之戍服虔曰山嶺有五因以名之交趾合浦界有此嶺師古

日服說是也張氏廣記曰大庾始安臨賀桂陽揭陽是爲五嶺鴈書已出上卷客路曉依紅
樹宿鄉關晴望白雲歸故交不待征南吏昨夜風帆
去似飛
河曲通典河東道蒲州領縣河東注云送蒲坂縣春秋秦晉戰於河曲即其地也
三城樹綠鸎難分十道志河南道有宋州亳州汜誰潁州唐德宗紀三城宋亳潁之義
浮橋疊浪紋閑居賦注河南郡縣境界潘曰城南五里洛水浮橋南浦暗通金
澗水別賦送君南浦傷如之何又見上卷南浦虛言白首歸注西樓晴對玉峯雲
十道志洛州嵩山有玉女臺注武帝東巡過此山有李令安帝觀之遂名焉李白送楊山人歸嵩山詩我
有萬古宅嵩陽玉女峯李商隱詩南浦無窮樹西樓不盡烟大行高折羊腸路大行
已出上卷苦寒行曰北上大行山艱哉何巍巍羊腸坂詰屈車輪爲之摧注坂屈曲如羊腸之形故

洛多殘馬驪墳唐書地理志東都周平王東遷所都也故城在今苑内東北隅自敬王已後及東漢魏文晉武皆都於今故洛城隋大業元年自故洛城西移十八里置新都今都城是也礼記子夏曰昔者夫子言曰吾見封之若堂者矣見若斧者矣馬驪墳之謂也極目傷心追往事楚詞目極千里兮傷春心文侯曾向此邀君尚書文侯之命曰平王錫晉文侯秬鬯圭瓚作文侯之命注以圭為杓柄謂之圭瓚文曰所以名篇也王為犬戎所殺平王立而東遷洛邑晉文侯迎送安定之故錫命焉

送胡鍊師歸山鍊師已出上卷送貴威攸詩注

道者人間久住難清秋齋沐憶星壇礼記祭法曰幽宗祭星也雩宗祭水旱也鄭玄注宗皆當為禜字之誤也幽禜亦謂星壇也還山鳥共投雲穴採藥身曾飯海灘博物志史記封禪書云齊宣燕昭遣人乗舟入海有蓬萊方丈瀛洲三神

山神人所集仙樣株例藥善言先有至之者兩滴仙査苔更古博物志仙査見風吹玉磬韻多寒礼博王器拊須知我驢郎亜白度世方書借一着神仙傳孔安国者魯人也常行氣服鉛丹年三百歳色如童子有陳伯者求事安国安国以爲弟子謂之曰吾昔事海濱漁文者古越相范蠡也乃易姓名隱以避凶世哀我有志以秘方服食之法以得度世以来服藥三百餘年以其一方教崔仲卿年八十四服之以来三十二年矣子往与相見事之陳伯遂往受其方亦度世不老

下第贈別友人

欲寄家書客未過閉门心遠洞庭波四鄰花落夜風急一徑草荒春雨多愚泛楚江吟浩渺憶歸呉岫漫嵯峨謝玄暉詩雲端楚山見林表呉岫微貧居不問應知處溪上閑舡

繫緑雜

悵舊居

兵書一篋老無功故里郊扉在夢中藤蔓覆梨張

谷晴齊志洛陽北郊張公夏梨海内唯一樹潘岳閑居賦張公大谷之梨草花侵菊庾

園空北史庾信作小園賦朱門跡忝登龍客朱門見上後漢書李膺字元礼性簡

亢無所容接拜司隷校尉是時朝廷日乱綱紀頽弛膺獨持風裁以声自高士被其容接者名為登龍門

注栽才代反白屋心期失馬翁後漢書蕭望之傳注白屋謂白蓋之屋以茅覆之賤

人所居淮南子宋人好善父子俱視塞上有善術者馬無故亡入胡其父曰何遽不為福乎數月馬故父

日何遽不為禍乎其子好騎墮而折髀人弔之父曰何遽不為福乎居一年胡人入塞丁壯引弦而戰死

者十九獨以跛故父子相保楚水呉山何處是北窗殘月照屏風

題四皓廟十道志山南道商州有商山注一名楚山四皓皆河内軹人秦政虐相与隱此山又有楚山注山有两源今流四皓廟東班孟堅後漢書贊漢與有東園公綺里季夏黄公角里先生當秦之時避世而入商洛山以待天下之定李正文資暇集曰漢四皓其一号角里音禄今多呼爲角用魏子及孔氏秘記慮將來之誤直書禄里

桂香松暖廟門開獨寫椒漿奠一盃楚詞奠桂酒兮椒漿秦法已殘鴻鵠去秦法見題下注韓詩外傳曰饑謂魯哀公曰夫鴻鵠一舉千里揚子法言鴻飛冥〻弋者何慕注前賢者深屋不羅暴亂之害漢儲將廢鳳凰來史記高祖欲廢太子立戚夫人子趙王如意呂后用留侯計使人迎四人及宴太子侍四人從太子年皆八十有餘鬚眉皓白衣冠甚偉上恠問之四人前對各言名姓上大驚曰煩公幸卒調護太子四人爲壽已畢趨去上目送之召戚夫人曰彼四人輔之羽翼已成難動矣春秋元命苞周成王時大理鳳凰來舞於庭乃援琴歌曰鳳

（凰翔兮紫庭余何德兮感靈書云簫韶九成鳳凰来儀）紫芝之翳々多青草（紫芝已出上卷）白石蒼々半緑苔山下驛塵南竄路不知冠蓋幾人廻

京口閑居寄京洛親友（十道志潤州注旧名京口楚之金陵建業也晋為丹徒隋為潤州東有潤蒲故名之呉改為石頭晋諱業改為建康）

呉門煙月昔同遊楓葉蘆花並客舟聚散有期雲北去浮沉無計水東流一樽酒盡青山暮千里書迴碧樹秋何處相思不相見鳳城宮闕楚江樓（鳳城已出上卷）

別劉秀才

三獻無功玉有瑕（見上注玉注）更攜書劍客天涯（書劍已出上卷）

孤帆夜宿瀟湘雨山海經帝之二女常遊於瀟湘之川零陵總記瀟水湘水在永州
廣陌春期鄠杜花柳莊劉生自廣陌通朱邸大路起當公前漢書地理志扶風有鄠縣杜縣
燈照水螢千點滅棹驚灘雁一行斜關河迢遞秋
風急遙望江山不到家

和大夫小池孤雁下

敗荷衰荇水香殘萬里銜蘆此地安淮南子鴈從風而飛以愛氣力
銜蘆而飛以避矰繳榆塞雪飛前侶嶺一作暗韓安國傳蒙恬為秦侵胡辟地數千
里以河為境累石為城樹榆為塞江淹詩鄉還復前侶遠望方鬱陶柳營水驛後池寬
十道志雍州有細柳原注漢文帝六年周亞夫屯兵備胡乃是文帝不得入處孤鳴下想瑤
琴鶴史記師曠援琴一奏玄鶴二八集于門再奏而延頸而鳴舒翼而舞平公大喜倒影初

疑玉鏡鸞宋范泰鸞鳥詩序罽賓王獲一鸞鳥甚愛之欲其鳴而不致也夫人曰鳥見其類而鳴何不懸鏡以照之王從其意鸞覩形而悲鳴哀響中霄待取東風歸上苑初學記其名苑有天苑禁苑上苑衡陽迢遞隴陰寒西京賦鳥則鸘鷞鴰鴇鶤南翔衡陽北栖鴈門注孔安国曰衡山之陽恨賦流戍隴陰注史記婁敬戍隴西

常左丞詩 名蟾

閑題

寒窓風竹暮蕭蕭廓落生涯寄一瓢楚辞廓落兮羇旅而無友生注廓落空寂也語曰顏回一簞食一瓢飲鱗甲已殘羞蜥蜴漢書東方朔傳上欲使數家射覆置守宮盂下而射之皆不能朔自賛曰臣嘗受易請射之乃剖蓍布卦而對曰臣以為龍又無角謂之為蛇又有足跂跂脈脈善緣壁是非守宮即蜥蜴師古曰跂跂行皃脈脈視皃蜥蜴守宮一類揚雄

方言其在澤中者謂之蜥蜴羽毛着盡學鷦鷯莊子鷦鷯巢於深林不過一枝豈
能並便疑偷璧史記張儀嘗從楚相飲已而楚相亡璧門下意張儀曰儀貧無行此必盜
相君璧共執儀掠笞數百不服釋之其妻曰嘻子毋讀書遊說安得此辱乎張儀謂其妻曰視吾舌尚在不
其妻笑曰舌在也儀曰足矣無恐妻還厭採樵前漢書朱買臣呉人也家貧好讀書
不理産業常刈薪樵賣以給食負束薪行且讀書其妻亦負戴相隨數止買臣無歌謳道中買臣愈益疾
歌妻羞之求去買臣笑曰我年五十當富貴今已四十餘矣汝苦日久待我富貴報汝功妻恚怒曰如公等
終餓死溝中耳何能富貴買臣不能留即聽去後拜會稽太守騎馬出門無去路愁
魂須待楚人招招魂詞曰魂兮歸來南方不可以止些序曰招魂者宋玉之所作也宋玉
哀憐屈原厭命將落作招魂欲以復其精神延其壽命也史記宋玉郢人也爲楚大夫

風聲水色漸依依苦是春歸客未歸幾處逢人多失計暫時開卷即忘機匡床跪膝聽師語莊子麗姫与王同匡床司馬云匡床安床也一云正床也倚杖廻頭着鳥飛富貴豈無經濟策李白詩早懷經濟策特受龍顏顧螢窗識是與心違宋畧車胤好讀書家貧無油聚螢讀書

鸚鵡

曾六烟樹舊棲枝幾爲山風夜請移飛遠早被鷓鴣妬韓詩外傳蓋胥日鴻鵠一舉千里所恃者六翮耳云云一語多深恐鳳凰知見上巻人憐巧語注千山望絶音容改鸚鵡賦音声凄以憐惕容皃慘以傷鶉一賦成來翅羽危鸚鵡賦閉以雕籠翦其翅以羽又云將不密以致危堪笑張儀眞底

事纔然舌在欲何爲 見上製偷聲注

芳草

苑外堤前芳草時偶來非是與心期 嵇康絶交書偶与足下相知耳

李善注偶謂偶然非本志也 水闊溪岸魚衝網花照樓蒼酒換旗

見上譙青旗沽酒注 萬里楚人南去早 史記屈原字平仕楚爲三閭大夫上官靳尚妬

其才譖毀之王乃疏屈原於江南劉安招隱士篇王孫遊兮不歸春草生兮萋萋注原与楚同姓故謂王

孫 數聲燕鴈北歸遲 春秋說題辭鴈之南北以陽動也 十年不向春

煙笑費盡功夫學畫脂 桓寬鹽鐵論內無其質而外學其文若畫脂鏤氷費日損

功

春分 礼記月令二月中氣日在奎注春分爲二月中氣

華鬢閑搔日欲曛年來夢裏見春分花飛故苑荒臺
斷歌在重樓半不聞強國未能忘范蠡漢書東方朔上書陳農強
国之計史記范蠡事越王勾踐既苦身戮力与勾踐深謀竟滅吳報會稽之恥北度於淮以臨齊晉号令
中国以尊周室句踐以霸而范蠡稱上將軍返国范蠡以謂大名之下難以久居且句踐為人可与同患
難与處安為書辭句踐曰臣聞主憂臣辱主辱臣死昔者君王辱於會稽所以不死為此事也今既以雪
恥臣請從會稽之誅句踐曰孤將与子分国而有之不然將加誅于子范蠡曰君行令臣行意乃乘舟浮海
以行終不返於是句踐表會稽山以為范蠡奉邑注閏語越王命工以良金寫范蠡之狀而朝夕礼謂汁
心甘已伏終軍漢書終軍字子雲南越与漢和親乃遣軍使南越說其王欲令入朝比内
諸侯軍自請願受長纓必覊南越王而致之闕下軍遂往說越王越王聽許請舉国内属天子大悅宗
陽舊社何人在崇陽見上卷崇徽注礼記仲春之節擇元日命入社注云為祀社稷也春

事與故祈□□祥元吉迎春分前後戊日也稍拂衣裳許白雲陽文選辞西京賦首揚拂衣高謝

壬申歳寒食　已出上卷。

榮名壯歳兩蹉跎晉書周處曰欲自修而年已蹉跎說文蹉跎失時也到老螢窓意若何螢窓見上注四野盃盤争道路千门花月暗經過有心祇欲閑浮海語道不行乘桴浮于海誰能倒決河

景龍文館記清明節命侍臣爲拔河之會以大麻絙兩頭繫十餘小索每索數人執之以挽力弱爲輸時七宰相二駙馬爲東朋三相五將爲西朋僕射韋巨源少師唐休璟以年老隨絙而踣久不能起帝以爲笑樂云云禁火豈關驪上客從來曲突不黔爰禁火見上卷本食注

前漢書霍光傳人爲徐生上書曰臣聞客有過主人者見其竈直突傍有積薪客謂主人更爲曲突遠徙其薪不者且有火患主人默然不應俄而家果失火鄰里共救之幸而得息於是殺牛置酒謝其鄰人灼

爛者在於上行餘客以功次坐不録言曲突者人請
主人曰郷使聽客之言不費牛酒終無火患今論功
而請賓曲突徙薪者亡恩澤燋頭爛額者為上客
主人乃悟而請之文子墨子不黔突孔子不暖席

霜夜紀詠

秋草青々戰馬肥漢書趙充国傳先零遂與諸羌種豪交質盟詛上以問充國對曰到秋
馬肥変必起矣平沙偷路破重圍漢書項王軍壁垓下兵小食盡漢王及諸侯兵圍之
數重終應等郅流王澤漢書陳湯傳斬郅波首及名王以下宜懸頭槀街蠻夷邸間註
槀街街名蠻夷邸在此街也若今鴻臚客館也兩都賦序王澤渇而詩不作李善云周道既微雅頌並廢
也未肯登樓耀虎威晋書刘琨字越石拜大将軍在晋陽嘗為胡騎所圍數重城中
窘迫無計琨乃乗月登樓清嘯賊聞之皆悽然長嘆中夜奏胡笳賊又流涕歔欷有懐土之切向曉復吹

之賦並解圍而去西都賦耀威靈而講武事注講武以威戎狄金甲諸侯移舊幕蔡琰
詩金甲耀日光云霜鬚戍卒補寒衣華陽鳳弓紅塵暗萬疋
驊騮盡放歸疋馬見上注列子穆王八駿有驊騮馬云云書歸馬于華山之陽

送友人及第後東遊伊洛十道志河南道洛州有伊水洛水
此去應無恨別心煙霞千里好開襟潘岳西征賦開襟乎清暑之館
露銷寒渚紅初隕涼散秋空碧更深靜拂衣山路
曉高張軒蓋驛樓陰閑將一首陳思賦魏志陳思王曹植作洛神
賦獨遶晴波盡日吟

白瑠璃篦手鏡并送友梳篦也

古苑昔時花月遊遺簪無復有人收史記淳于髡傳州閭之會男女雜坐行酒稽留六博投壺相引為曹前有墮珥後有遺簪草埋波影蘭膏潤楚詞王逸云以蘭香煉膏也土蝕氷光雲彩浮祗在侍兒輕拂拭史記袁盎傳注侍兒婢也刘駕呉中懐古日句践飲膽日呉王酒滿盃笙歌入海雲声自姑蘇来西施舞初罷侍兒整金箆不勞良匠重彫鏤魏都賦木無彫鏤雲鬟肯藉千年物李白詩久別離雲鬟緑鬢罷梳結玉鷰金蟬自滿頭郭子横洞冥記漢武元鼎元年起招靈閣有一神女留玉釵以与帝又以賜趙婕妤至昭帝元鳳中宮人猶見玉釵共謀欲碎之明視釵匣唯見白燕直升天後宮人常作玉釵因名玉燕釵言其吉祥李商隠燕臺詩破鬟倭墮凌朝雲白玉燕釵黄金蟬

公子

公子生獰勢似鶻 李賀猛虎行乳孫哺子教得生獰々火庚切惡也 朱門當
路壓虹橋 朱門虹橋已出上卷 青絲不繫拋榆莢 漢書食貨志漢興以爲秦
錢重難用更令民鑄莢錢注如淳日如榆莢也 錦韂長垂覆桂條 手鐙韂昌焰切韉小
障泥也藝文類聚梁元帝荅齊國饟馬書名垂桂條形圖柳谷李橋單題詩詠桂俠客條爲馬仙人葉作
舟注桂條馬名 雙袖欲籠羅綺穩一聲初發管絃調巫雲洛
水閣相妬 見高唐賦洛神賦 粉額檀唇惡夜遙
皮博士詩 松陵唱和集皮日休字襲美王公百家詩選咸通八年登進士第摭言以博士主秋
試

洞湖春暮

柳陰成幄釣臺平湖影澄空一野明遠近碧峰深淺

色往來白鳥兩三聲蓑新正好含風著艇險仍須載
酒行若使陸機曾到此不應千里憶蓴羹晉書陸機詣侍中王
濟〻指羊酪謂機曰卿吳中何以敵此答云千里蓴羹未下鹽豉

彭澤謁狄梁公生祠十道志江南道江州有彭澤

盡將餘烈委忠良重造乾坤却付唐顧命老臣心似
水中與天子鬚如霜新唐書本傳狄仁傑字懷英天授二年以地官侍郎同鸞臺鳳
閣平章事武后謂曰卿在汝南有善政然有譖卿者
欲知之乎謝曰陛下以為過臣當改之以為無過臣
之幸也譖者乃不願知后歎其長者云云既仁傑彭
澤令邑人為置生祠張易之嘗問自安計仁傑曰惟
勸迎廬陵王可以免禍會后欲以武三思為太子以
問宰相衆莫敢對仁傑曰臣觀天人未厭唐德比匈
奴犯邊陛下使梁王三思募勇士於市踰月不及千
人廬陵王代之不浹日輒五萬今欲繼統非廬陵王

不可后怒罷能敦久之召謂曰朕數夢雙陸不勝何也
於是仁傑与王方慶俱在二人同辭對曰雙陸不勝
無子也天其意者以儆陛下乎且太子天下本〻一
搖天下危矣文皇帝身蹈鋒鏑勤勞而有天下傳之
子孫先帝寢疾召陛下監国陛下掩神器而取之十
有餘年又欲以三思為後且姑姪与母子孰親陛下立
廬陵王則千秋萬歲後常享宗廟三思立廟不祔姑
后感悟即日遣徐彥伯迎廬陵王於房州王至后匿王
帳中召見仁傑語廬陵王事仁傑敷請至切涕下不
能止后乃使王出曰还爾太子仁傑降拜頓首曰太
子歸未有知者人言紛〻何所信后然之更令太子
舍龍門具禮迎還中外大悅初吉頊李昭德數請還
太子后意不回唯仁傑每以母子天性為言后雖
忮忍不能無感故卒復唐嗣尋拜納言兼右肅政臺御
史大夫聖曆三年卒年七十一贈文昌右相謚曰文
惠仁傑所薦進若張柬之桓彥範敬暉姚崇等皆中
興名臣中宗即位追贈司空睿宗即位又封梁国公
贊曰武后乘唐中衰操殺生柄劫制天下而攘神器
仁傑蒙耻奮忠以權大謀引張柬之等卒復唐室功
蓋一時人不及知故唐呂溫頌之曰取日虞淵洗光

咸池瀦殺五龍爽之以飛泄以爲公私言尚書有顧命
篇前漢書哀帝謂鄭崇曰君門如市何以禁切人主
對曰臣門如市臣心如水左傳序平王紹開中興音
義中切中宗本紀中宗諱詢年十九十五歷代統紀中宗
在位五年生前有冊何周旦史記魯世家武王封周公
於少昊之墟是爲魯公死
後無封便霍光前漢霍光字子孟贊曰霍光以結髮
內侍起階闥之間確然秉志誼形於
色受襁褓之託任漢室之寄當廟堂擁幼君摧燕王
仆上官因權制敵以成其志處廢置之際臨大節而
不可奪遂匡國家安社稷擁昭立宣光爲師保雖周
公阿衡何以加焉然立女爲后沈溺盈溢之欲以增
顛覆之禍死財三年宗族誅夷著取大平無必事黃帝泰階六符經
大階者天之三階
上階上階爲天子中階爲諸侯公卿大夫下階爲庶人三
階平則陰陽和風雨時社稷神祇咸獲其宜天下大
安是謂大平古松花下一祠堂祠堂見上注

題李處士山池處士已見上卷

潛六池光浸骨清半軒斜照雨新晴鷺眠苔蘚鼪鼯無
迹魚食蘋花細有聲笑弄海沙春足思醉揮山嶂飲
多情類篇揮尼皆反博雅揮擘也一頭紗帽終身釣大勝王充著
論衡後漢王充字仲任閉門潛思著論衡八十五篇
剎仁鄭貟外居郡国志洛陽有剎仁里
印綬縈一作縈身悔得名漢書朱買臣悵其印綬靜居閑適故山
情殘春青瑣花千片晝日朱門鶴一聲青瑣朱門已出上卷書
閤曉來毛褐蘸七啓余好毛褐未暇斑麗樂園晴後幅巾行後漢鮑永
傳注幅巾謂不著冠但幅巾束首也志漢末王公名士好服幅巾盖裂取幅縑而橫著之也松陰
滿路蒼苔滑誰道文皇貟賈生漢書賈誼以能頌詩書屬文稱於郡中超

遷歳中至太中大夫天子後跡之以誼爲長沙王大傅歳餘文帝思誼徴之

題蹇全朴襄州故居 天圖姓望譜書曰山陽郡三姓輦雛蹇

先生孤塚在雲端廢宅無兒屬縣官 無兒已出上卷 垅閣瓦

松烏踏下 傳雅在屋者曰昔耶在垣曰垣衣廣志又謂之蘭香生於久屋瓦上俗謂之瓦松云

荒庭石竹草侵殘 詩史麝香眠石竹續注野花也 釣魚舡漏青蘋滿

鏽藥房空綠蘚寒莫怪窻前偏灑淚前年曾此借書

看 晋書皇甫謐從晋武借書帝載一車而賜之

奉和令狐補闕白蓮詩 補闕見上卷馬拾遺注

姑射曾聞道列仙 莊子藐姑射之山有神人居焉肌膚若氷雪綽約若処子 今來

池上立翛然 莊子翛然而注翛然而來 雪容縱見情難寫玉貌雖

逢信不傳風際有香飄灼灼廣雅灼灼明也雨來無力倚田

田家書江南可採蓮々葉何田田金塘半夜孤蟾没金塘見上巻注玉池觀冷注數

朶分明照暝煙

武當山晨起十道志山南道均州有武當山注山有石室石門云尹喜室々中有

王挍

欲明山色乱蒼苔静礼仙蹤入洞旁見題下注峯帶潞雲

新粉障蘿飄高樹破絲囊詩話八月五日明皇生辰号千秋節王公戚里進金鏡綬帶士庶結絲承露絲囊以相遺問續齊諧記弘農鄧紹八月旦入華山採藥見一童子執五綵綵囊盛柏葉上露々皆如珠滿囊中紹問之答曰赤松先生取明眼言終失所在棲禽已共泉聲

去靈草仍無露氣香選西都賦靈草冬榮注靈草不死藥也萬壑千峯

何處盡世間亭午與朝陽選天台賦義和亭午注亭午至也爾雅山東曰朝陽山西曰夕陽

題石眺秀才襄州幽居

里仁人一作誰誰肯信家丘孔融聖人優劣論當孔子在世之時世人不言爲聖人以爲東家丘方丈摧書少出遊釋氏要覽唐顯慶中勅差衞尉寺丞李義表前融州黄水令王玄策注西域充使至毗耶離城東北四里許維摩居士宅示疾之室遺址疊石爲之策躬以手板縱横量之得十笏故号方丈世上謾誇鸚鵡賦已出上客來猶典鷫鸘裘西京雜記司馬相如与卓文君還成都居貧愁懣以所服鷫鸘裘就市貰酒与文君爲歡杜詩朝回日日典春衣爐中好爇焚香取樹下殘棊帶葉收獨坐小齋僧去後秋花冷濇蝶悠悠潘岳詩時菊曜春華注禮記季秋菊有黄華

南陽縣懷古東京賦龍飛白水鳳翔參墟注白水謂南陽白水縣也世祖所起之處
也初為更始大司馬討王郎於河北北為參墟
分野龍飛鳳翔以喻聖人之興也易曰飛龍在
天利見大人

昆陽王氣已蕭疎前漢地理志潁川郡有昆陽縣應劭曰昆水出南陽歷代統記更始
劉玄字聖公景帝七代孫及莽死誅所立諸將會聖
公懦而立之年号更始在位二年及光武帝立是為
後漢後漢光武長沙定王發八代孫帝族兄劉聖公
自稱更始帝以光武為蕭王定河北帝略地至薊王
郎起於邯鄲所在響應帝馳馬南奔走信都信都
太守任光開門以待光武遂下縣兵擊王郎郡縣
還復響應遂破邯鄲斬王郎即天子位兵革既息天
下無事後漢帝紀世祖光武皇帝諱秀字文叔南陽
蔡陽人高祖九世孫云云建武元年六月己未即皇
帝位燔燎告天禋于六宗望於群神其祝文曰皇天
上帝后土神祇眷顧降命屬秀黎元為人父母秀不
敢當群下百辟不謀同辭咸曰王莽簒位秀發憤興

兵破王尋王邑於昆陽誅王郎於河北平定天下海内蒙恩上當天地之心下為元元所歸云云又光武紀望氣者蘇伯阿為王莽使至舂陵遥望見舂陵郭唶曰氣佳哉鬱鬱葱葱然及始起兵還舂陵遠望舍南火光赫然属天有頃不見東觀漢紀建武中更名舂陵為章陵光武過章陵祠園廟依舊山河捧帝居陳後主詩日月光天德山河壯帝居廢路踏平殘瓦礫破墳耕出爛圖書廣記汲冢書魏安釐王時衛郡汲縣人於古冢中得之竹簡漆書科斗文字雜寫經史与今本校驗多有異同綠蕪滿縣年荒後白鳥盈溪雨霽初二百歲來王霸業歷代統紀自光武至獻帝凡十二帝總一百九十五年史記西伯將獵卜之曰所獲霸王之輔可憐今日是丘墟

春宵飲醒

玉樓殘夜獨醒時偷凭欄干弄柳絲漏暗自驚鸚鵡

夢（貴妃外傳廣南進白鸚鵡呼爲雪衣女妃授以多心經記誦精熟忽曰夢爲鷙鳥所搏上与妃道别殿致雪衣女於輦前果有鷹搏之而斃瘞于苑中号鸚鵡冢）月朗空濛牡丹安（開元天宝花木記禁中呼木芍藥爲牡丹）曉煙共恨昏雙眼殘酒將愁霧四支謾把詩情裁不得却須羞見蔡文姬（見上卷一日琴中蔡琰情）注

崔致遠詩十首（唐藝文志崔致遠四六一卷桂苑筆耕二十卷高麗人賓貢及第爲高駢從事其名聞上国又按三国史致遠字孤雲或云海雲少精敏好學至年十二將隨海船入唐求學其父謂曰十年不第即非吾子也行矣勉之致遠至唐追師學問無怠乾符元年甲午礼部侍郎裴瓚下一舉及第調授宣州溧水縣尉考績爲承務郎侍御史内供奉賜紫金魚袋及年二十八歲有歸覲之志僖宗知之光啓元年使持詔書來聘留爲侍讀兼翰林學士守兵部侍郎知瑞書監

事云一云始西遊時与同年顧雲友善将歸顧雲以詩送別略曰我聞海上三金鼇金鼇頭戴山高高山之上兮珠宮貝闕黄金殿山之下千里万里之洪濤傍边一點雞林碧鼇山孕秀生奇特十二乘舟渡海来文章感動中華国十八横行戦詞苑一箭射破金門策

登潤州慈和上房　潤州見上京口閑居注

登臨暫隔路岐塵吟想興亡恨益新　建康實録呉晋宋齊梁陳並都金陵

畫角聲中朝暮浪　畫角見上巻

青山影裏古今人霜摧玉樹花無主　南史陳後主至徳三年於明光殿前起臨春結綺望仙三閣高數十丈並數十間其窓牖壁帶懸楣欄檻之類皆以沈檀香為之又飾以金玉間以珠翠外施珠箔内有宝牀宝帳其服玩之属瑰麗皆近古未有後主自居臨春閣張貴妃居結綺閣龔孔二貴嬪居望仙閣並複道交相往来以宮人有文学者為学士後主毎引賓客對貴妃等遊宴則使諸貴人及女学士与狎客共賦新詩互相

贈荅採其尤艶者以為曲調被以新声選宮女有容色者以千百數令習而歌之分部迭進持以相樂其
曲有玉樹後庭花臨春景等其畧云璧月夜夜滿瓊樹朝朝新大抵所歸皆美張貴妃孔貴嬪之容色及
隋軍剋臺城貴妃与後主倶入井隋軍出之晉王廣命斬貴妃於青溪中風暖金陵草自
春金陵郡國志昔楚威王以此地有王氣因埋金以鎮之故曰金陵云云頼有謝家餘
境在十道志潤州有烏衣巷注宋時諸謝有烏衣之遊謝琨詩曰在昔烏衣遊戚々皆親姪謝朓詩江南
佳麗地金陵帝王州長教詩客爽精神

和李展長官冬日遊山寺語林以縣令為長官以縣丞為貳府云

暫遊禪室思依々為愛溪山似此稀勝境唯愁無計
住閑吟不覺有家歸僧尋泉脉敲氷汲鶴起松梢擺
雪飛曾接陶公詩酒興陶潜為彭澤令故夫李白詩曰元詩酒繼陶公世途

名利已忘機

汴河懷古　汴河見上巻注

遊子停車試問津語孔子使子路問津隋堤寂寞没遺塵隋書煬帝役天下萬姓鑿渭河入汴河通淮長安千里兩岸築堤栽柳帝乃造龍舟二千隻皆作龍獸之形号曰龍舟繫以錦帆帝与蕭后及後宮妃諸王六宮乗舟歌舞東下渭水往江都來返而天下大乱李密等皆稱王十二年唐公起師於大原遂入長安帝聞之以手琢枝曰渠渠渠得之矣如此者三遂渡江幸丹陽時有宿衛諸將皆有懷土之志宇文化及因人之心遂作乱入犯宮圍宿衛皆走賊帝於江都入心自屬昇平主漢書文帝欲作露臺召匠計直百金曰吾奉先帝宮室常恐大奢何用臺為故文景之際号為昇平昇平主謂唐帝也柳色全非大業春大業煬帝年号濁浪不留龍舸迹暮霞空認錦帆新莫言煬帝曾亡國今古

奢華盡敗身

友人以毬杖見惠以寶刀為荅　穀梁傳孟勞者魯之宝刀

月杖輕輕片月彎霜刀凛々曉霜寒　張景陽七發霜鍔水凝冰刃露潔李善注典論曰魏太子丕造素質堅而似霜造匕首理似堅氷

感君恩豈尋常用既許驅馳終知我心須子細看　詩史明年此會知誰健須把茱萸子細看

附驥　王子淵四子講德論蚊蝱終日經營不能超階序附驥尾則涉千里攀鴻翮則翔四海附驥史記伯夷傳文

只希提拔早登壇　見上卷韓信鉞注

當場已見分餘力　語行有餘力

引鏡終無照膽難　西京雜記高祖初入咸陽宮周行府庫其尤驚異者有方鏡廣四尺高五尺九寸表裏有明人直照之影則倒見以手捫心而來則見腸胃五藏歷然無礙人有疾病在内掩心而照之則知病之所在又女子有邪心則膽張心動如火以照宮人膽張心動則

殺之刀劍錄武丁以戊午歲鑄一劍名曰照膽

辛丑年書事寄進士吳瞻

危時端坐恨非夫左傳成師而出聞敵強而退非夫也杜預注非丈夫也爭奈生逢惡世途盡愛春鸎言語巧却嫌秋隼性靈麁迷津懶問從他笑語使子路問津直道能行要自愚語甯武子邦有道則智邦無道則愚壯志起來何處說俗人相對不如無晉書阮籍不喜見俗人嵇康絕交書不喜俗人而當与之共事云云

和友人春日遊野亭

每將詩酒樂平生況值春深煬帝城通典淮南道廣陵郡今之楊州煬帝遊都而喪國之一望便驅無限景七言能寫此時情花鋪

露錦留連蝶柳織煙絲惹絆鶯知己相邀歡醉處 見上卷 羨君稽古賽桓榮 後漢書桓榮字春卿好學爲太子少傅明帝賜車馬衣服陳之廡謂人曰此吾稽古之力也 類篇賽先代切報也

和顧雲侍御重陽詠菊 魏文帝書歲往月來忽復九月九日爲陽數兩月日並應故日重陽

紫萼紅葩有萬般凡姿俗態必遐觀豈如開向三秋節 詩一日不見如三秋兮 獨得來供九夕歡 九夕見題下注 酒泛餘香薰座席 後漢書費長房謂桓景曰九月九日可登高飲菊花酒以消災齊人月令重陽日必以甘 灔泛日殺寒影掛霜欄只應詩客多惆悵零落風前不忍看

陽明文庫圖書
〇七八號
共二冊
學習院圖書館
近
ト
75

籠鳥花發後竹
物算生物一粒甚免
电子年不事霊

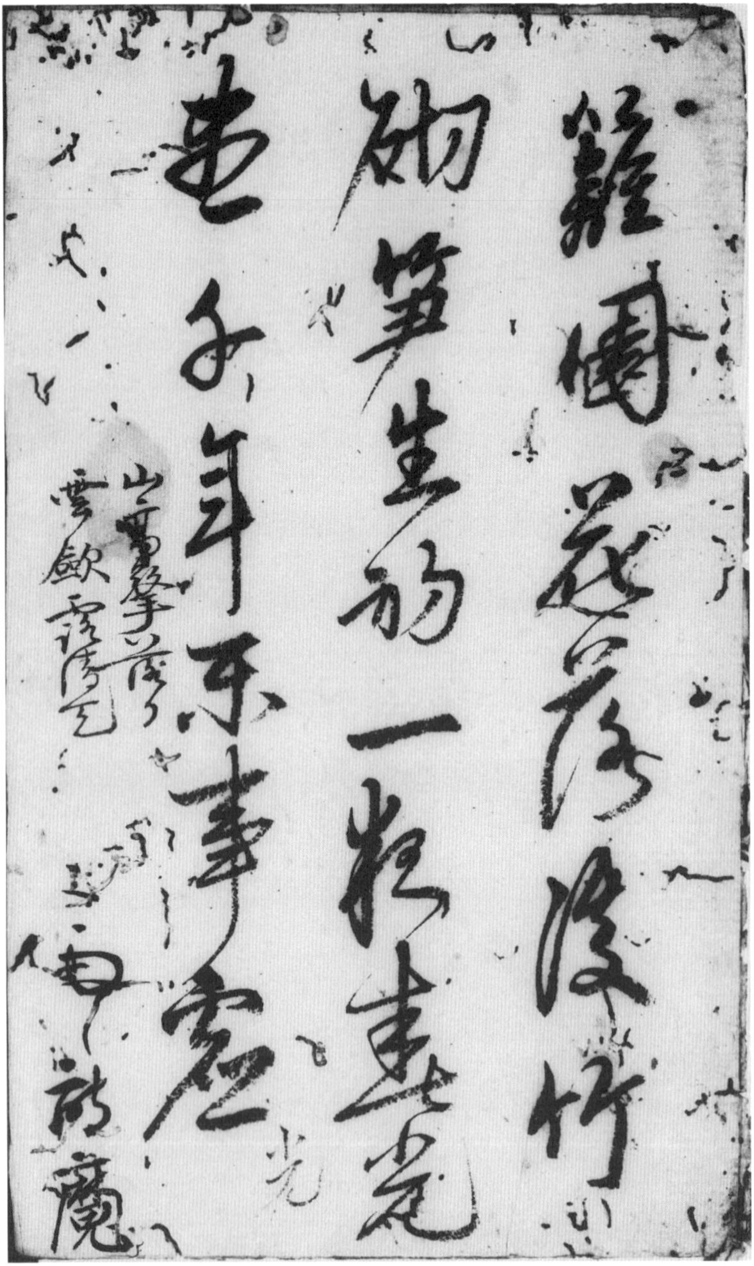

和顧雲支使暮春即事 戢林度支郎中注漢初張蒼善算以列侯主計居相府領郡國上計者謂之計相始令度支之任即事見上卷錢塘即事注

東風遍閱般香意緒偏饒柳帶長蘇武書回深塞盡見上卷蘇近衛峯鴉郡迴注莊周夢遠落花忙見上卷別後旅成莊生夢注

好媽愁殘景朝朝醉高唐賦朝朝暮暮陽臺之下難把離心寸寸量樹淑上吳王書夫銖銖而稱之至石必差寸寸而度之至丈必過石稱丈量徑而寡失正是浴

沂時節也語浴乎沂舊游魂斷白雲鄉恨賦一旦魂斷白雲鄉雲見上雲出帝鄉敬萬里注

和進士張喬村居病中見寄喬字松年

一種詩名四海傳浪仙爭得似松年唐書盧仝傳不賈島字浪仙

唯騷雅標新格（屈原離騷二十五篇詩有大雅小雅）能把行藏繼古賢（語子謂顏淵曰用之則行捨之則藏唯我與爾有是夫）藜杖夜攀猨嶠月（莊子憂乘大馬軒車不容巷往原憲々杖藜應門）葦簾朝卷遠村煙病來吟寄漳濱句（見上卷紅葉下清漳注）因附漁翁入郭舡

酬楊瞻秀才

海槎雖定隔年迴（張華博物志舊說云天河與海通近世有人居海渚者年々八月有浮槎去來不失期人有奇志立飛閣於槎上多齎糧乘槎而去十餘日中猶觀星月日辰自後茫茫忽忽亦不覺晝夜十餘日奄至一處有城郭屋舍甚嚴遙望宮中多織婦見一丈夫牽牛渚次飲之牽牛人乃驚問曰何由至此此人說來意并問此是何處答云君還至蜀郡訪嚴君平則知之竟不至岸因還如期後至蜀問嚴君平曰某年月日有客星犯牽牛宿計年月正是此人到天河時也）衣錦還鄉

不才 前漢書朱買臣詣闕上書待詔公車會邑子嚴助薦買臣帝召見說春秋言楚詞帝甚悅之拜
爲中大夫拜買臣會稽大守謂曰富貴不歸故鄉如衣錦夜行今子如何 輙別燕城當葉
落 鮑明遠燕城賦注燕城在廣陵 遠尋蓬島趂花開 史記蓬萊方丈瀛洲三神山在
渤海中諸仙人不死之藥在焉李白詩但求蓬島藥 谷鸎遙想高飛去 青箱雜記刘夢
得嘉話云今謂進士登第爲遷鸎者久矣蓋自毛詩伐木篇云伐木丁丁鳥鳴嚶嚶出自幽谷遷于喬木
又曰嚶其鳴矣求其友聲並無鸎字頃歲省試早鸎求友詩又鸎出谷詩別書固無證據斯大誤也余謂
今之入咏多用遷鸎出谷事又有曲名喜遷鸎者皆猶襲唐人之誤也故宋景文公詩曉報谷鸎朋友動
又云杏園初日待鸎遷寄王一云鸎猶求旧友後漢梁鴻東遊作思友人詩曰鳥嚶嚶兮友之期念高子兮
僕懷思南史刘孝標廣絶交論云嚶鳴相召星流電激是真得毛詩之意也 遼豕寧慙再
獻豕 宋浮元与彭寵書遼東有豕生子白頭異而發獻之行至河東見群豕皆白悵慙而還 好

把壯心謀後會廣陵風月待銜盃通典淮南道廣陵郡今之揚州

朴仁範詩十首三国史記薛聰傳朴仁範金雲卿金垂訓輩雖僅有文字傳者而史失行事不得立傳

送儼上人歸竺乾國弘明集正誣論老子即佛弟子也故其經云聞道竺乾有古先生善入泥洹不始不終竺乾者天竺也泥洹者胡語晉言無為也

家隔滄溟夢易迷前程況復雪山西後漢書班超傳贊曰坦步葱雪咫尺龍沙注葱嶺雪山

磬聲漸逐河源迥前漢書張騫窮河源帆影長隨

落月低葱嶺鬼應閑棧道葱嶺見上注棧士産反木道也手鏡流沙神

與作雲梯楚詞西方之害流沙千里王逸云流沙流而行也呂氏春秋公輸般為高雲梯欲以攻宋

離鄉五印入相問西域記五天竺国亦名五印拜号咸通年

自題 咸通唐懿宗年号

江行呈張峻秀才

蘭橈晩泊荻花洲 任昉述異記木蘭川在潯陽江中多木蘭樹又七里洲中魯般刻木蘭爲舟至今在洲中詩家云木蘭舟出於此也楚詞桂櫂兮蘭枻斲氷兮積雪 露冷蛩聲遶岸秋潮落古灘沙觜波日沉寒島樹容愁風驅江上群飛鴈月送天涯獨去舟共歎羈離年已老每言心事淚潛流

馬嵬懷古 十道志關內道雍州有馬嵬城唐書貴妃楊氏傳初安祿山有邊功帝寵之詔與諸姨約爲兄弟而祿山母事妃來朝必宴餞結歡祿山反以誅國忠爲名且指言妃及諸姨罪帝欲以皇太子撫軍因禪位諸楊大懼哭于庭國忠入白妃妃銜塊請死帝意沮乃止

及西幸至馬嵬陂玄礼等以天下計誅國忠已
死軍不解帝遣力士問故曰禍本尚在帝不得
已与妃訣引而去縊路祠下裹尸以紫茵
瘞道側年三十八見異聞集陳鴻長恨傳

日旆雲旗向錦城一道志劍南道益州錦城注裏里
播南山下边西有城古錦宮也錦工
織錦濯江中則鮮明詩臣相顧暗傷情龍顏結恨頻迴首龍顏
見上
拳注玉貌摧魂已隔生燕城賦蕙心紈
質玉皃絳唇自此暮山之燐
色到今流水有愁聲空餘露溼閑花在猶似仙娥臉
淚盈

寄香巖山嶽上人

却憶前頭忽黯然别賦黯然消魂
者唯别而已共遊江海偶同舡
雲山凝志知何日松月聯文已十年自嘆迷津依闕

下豈勝抛世卧溪邊煙波阻絶過千里鴈足書来不可傳鴈足已出上巻

早秋書情

古槐花落早蟬鳴南部新書長安挙子六月後落第者不出京謂之過夏多借浄坊廟院作文章日夏課時語曰槐黄学子忙遊齋開覧曰俗語有之槐花黄挙子忙謂槐之方華乃進士赴挙之時唐詩人翁承賛詩雨中粧點望中黄句引蝉声送夕陽憶得當時随計吏馬蹄日為君忙乃知俗語亦有所自也却憶前年此日情千緒旅愁因感起繁霜鬢為貧生堪知折桂心還暢神仙本紀楚伯十上落第七月七日帰商洛山中惆悵日月中一枝如可折兮胡憍手落第其衣夢一人青冠青衣来日汝有仙分必可折桂日如何對日翌日晨蟻初艶下溪行有青冠人急騎之翌日行溪边果逢一人青冠則騎之青冠人丼雲乃視之青

一身五色龍也入月中下之上一黄金窟有桂樹二十一枝伯乃折甲枝復騎來雲下來洛人謂之曰甲枝郎登第矣

直到逢秋夢不驚每念受恩恩更重欲將酬德

殺身輕 事見豫讓荊軻傳

涇州龍朔寺閣兼簡雲栖上人 十道志閣内有涇川

翬飛仙閣在青冥 詩如翬斯飛青冥見上巻注 月殿笙歌歴〻聽

逸史羅公遠中秋侍明皇翫月曰陛下要至月宮否以拄杖向空擲之化為銀橋与帝升橋寒氣侵人遂至大城曰此月宮也見仙女數百素練霓衣舞于廣庭上問曲名曰霓裳羽衣曲也 燈撼螢光

明鳥道 玉堂閑話興元之南有路曰大巴路小巴路危峯濬凝猿徑鳥道杜絶人煙鷙數成群

梯迴虹影到巖扃 見上巻虹照斷橋梁注 殘水 人隨流水何時盡

竹帶寒山萬古青試問是非空色理 莊子此亦一是非彼亦一是非

心經色即是空空即是色云　百年愁醉坐来醒

上穀貞外

孔明籌策恵連詩　蜀志諸葛亮字孔明性長於巧思損益連弩木牛流馬皆出其意推
演兵法作八陣圖咸得其宜南史謝方明子恵連十歳能属文族兄霊運加賞之曰毎有篇章對恵連輙
得佳語嘗於永嘉西堂思詩竟日不就忽夢恵連即得池塘生春草大以為工常云此語有神功非吾語
也恵連先愛幸會稽郡吏杜徳霊及居父喪贈以五言詩十餘首為雪賦以高麗見奇霊運見其新文毎
曰張華重生不能易也文章行於世　佐幕親臨十萬師騏驥躡雲終有
日　漢武天馬歌志俶儻精權奇籋浮雲晻上馳籋音躡　鸞凰開翅已當期好尋
山寺探幽勝愛上江樓話遠思淺薄幸因遊鄭驛　楊子
雲劇秦美新雄經時淺薄行能無累漢書鄭當時為大子舍人毎五日洗沐常置驛馬長安諸郊請謝賓

客夜繼晷以言文多偶遇深知

上馮貧夘

陸家詞賦掩群英晉書陸機少有異才文章冠世所著三百餘篇並行於世弟雲六歲能屬文性清正有十理少与兄機齊名雖文章不及機而持論過之号曰二陸所著文章三百四十九篇又撰新書十篇並行於世恨賦金閨之諸彦蘭臺之群英却笑虛傳勝上名志操

應將寒竹茂孫子真人在冬則松竹在火則玉英心源不讓玉壺清鮑明遠白頭吟直如朱絲絕清如玉壺冰遠隨旌旆來方虜寒防遂旅鳥鴻王往

城旌旆已出上卷選楊子雲劇秦美新曰振鷺之声充庭鴻鷺之華階注鋭曰振鷺鴻鷺皆喻賢人也

蓮幕鄧林容待物晉書王儉用庾杲之為衛將軍長史蕭緬与儉書曰盛府元僚實難其選庾景行日泛淥水依芙蓉何其麗也時人以入儉府為蓮花池故緬書美之景行杲之字山海

（經夸父逐日渇飲河渭不足北飲大澤未至道渇而死弃其杖化為鄧林也）翩々窮鳥自
哀鳴（王仲宣詩孤鳥翩々飛後漢趙窮鳥賦有一窮鳥戢翼原野云）

贈田校書

芸閣仙郎幕府賓（魚豢典畧芸香辟紙魚蠹故藏書臺稱芸閣詩史曉登芸香閣湥書衛青征匈奴大克獲帝就拜爲大將軍於幕中因曰幕府）鶴心松操古詩人清如
水鏡常無累（晉書衛瓘見樂廣奇之命諸子造焉曰此人之水鏡見之瑩然若披雲霧而覩青天）德比蘭蓀自有春（家語芝蘭生於深林不以無人而不芳君子修道立德不以困窮而改節避齋閑覽楚詞所詠香草曰蘭曰蓀曰茳曰藥等凡十五種莫類不一亦不能盡識其名狀辯者但一切謂之香草而已離騷逸以香草善鳥鸞鳳以比忠貞君子）日夕笙歌（徃免）瀰耳
平生書劍不離身（書劍出上巻已）應憐苦節成何事許借餘

波激涸鱗莊子周昨來見道中呼周者視乎轍中有鮒魚焉曰君豈有斗升之水活我哉周曰我且激西江之水而迎子可乎魚曰吾得斗升之水然活耳

九成宮懷古道志隋仁壽宮唐書太宗本紀六年二月戊辰如九成宮八年庚辰如九成宮

憶昔文皇定鼎年唐書本紀太宗文皇帝帝王世紀武王伐紂營洛邑而定鼎焉左傳成王定鼎于郟鄏卜世三十卜年七百四方無事幸林泉歌鐘響徹煙霄外左傳晉悼公賜魏絳女樂二八歌鐘一肆羽衛光分草樹前江淹詩羽衛藹流景注羽衛羽葆護衛天子也玉樹金階青靄合高樓丹檻白雲連

追思冠劒橋山月史記漢武帝本紀祭黃帝冢橋山上曰吾聞黃帝不死今有冢何也或對曰黃帝已僊上天群臣葬其衣冠詩追先帝弓劒遺註皇帝葬於橋山崗空棺無尸唯劒舄在乎

古行人盡憐然

杜荀鶴詩十首　王公百家詩選字彥之自稱九華山人大順中登進士及第

秋日泊江浦

一帆程歇九秋時漠漠蘆花覆釣磯寒浦更無船並宿暮山時見鳥雙歸焰山烽火驚離鴻抱葉風霜逼暑衣江月漸明汀露濕靜驅吟魄入玄微　曹子建七啓玄微子注幽玄精微也

長安感春

出京無計住京難深入東風轉索然滿眼有花寒食下一家無信楚江邊時時晴景愁於雨是處鶯聲苦

却憚公道等來終達去更從今日望明年

贈彭蠡釣者（十道志江南道江州有彭蠡湖）

偏坐漁舟出葦林葦花零落向秋深祇將波上鷗為侶（列子海上之人有好鷗鳥者每旦之海上從鷗鳥遊鷗鳥之至者百數而不止其父曰吾聞鷗鳥從汝遊汝取來吾玩之明日之海上鷗鳥舞而不下）不把人間事係心傍岸歌來風欲起卷絲眠去月初沉若教我似渠閑散（集韻佢通作渠吳人呼彼稱）贏得湖山到老吟（前漢貨殖傳贏得注所獲贏餘）

途中春

年光身事旋成空畢竟何門遇至公（仲張子昌言人主臨之以至公行之以至仁也）人世鶴歸雙鬢上客程蛇繞亂山中牧童向

日眠春草漁叟隈灘避曉風一醉未醒花又落故園
廻首楚江東

贈友歸赴燕辟命

連天一水漫吳東十幅帆飛二月風好景探拋詩句
裏別愁驅入酒杯中魚依岸柳眠圓影鳥傍巖花戲
暖紅 羨魚集詩話杜荀鶴詩人嘗笑有機對菜新柴之句号為巧者詩然亦解道鶴去巢盛月鳥傍山品花戲暖紅露淋秋檜鷄声清似此句亦可賞 不是桂枝終不得 桂枝見上折桂注
自緣年少好從戎 曹子建詩捐軀遠從戎

夏日登友人林亭

暑天長似秋天浴帶郭林亭盡不如蟬噪檻前遮日

竹鷺窺池面弄萍負抛山野客横琴醉種藥家僮踏月鉏衆惜才不堪上第莫因居此與名跡

春日寄友人自居山

野吟何處最相宜春景暄和好入詩高下麥苗新雨後淺深山色晚晴時半巖雲脚風牵断平野花梢鳥踏垂倒載干戈當是日晋書武成偃武修文注倒載干戈包以虎皮示不用近來麋鹿自相隨晋書潘岳關中記長城西北有立將山前漢末辛益与攵子居之年百七十著麋衣与麋鹿同群遊不知其死世謂之鹿仙

秋日湖外書事

十五年來筆硯功只今猶在苦吟中三秋客路湖光

外萬里鄉關楚色東島程枝黎山驛雨猿村歛枕樹

搖風朱門處若相似此命到頭應亦通

旅舍秋夕　第二句云難爲情選王昭君詞傳語後世人遠嫁難爲情第四句意用礼記兄弟之齒鴈行

寒雨蕭〻燈焰清燈前孤客難爲情千戈闊別鄉國

鴻鴈來時憶弟兄今極瞻無離枕夢苦〻吟有徹雲

聲出門便作還家計直到如今計未成

雪

風攪長空寒骨生光於曉色報窓明江湖不見飛禽

影巖谷唯聞折竹聲殷堯藩詩話林前鶴賦雪云江湖不見飛禽影當谷唯聞折竹声

謌王一云此句頗嫌着言禽飛鼠竹折声勁而有力
此正如古詩雨中枝葉間雷起穴中龍欲語助何不
言菌生枝上雨龍起穴中雷未嘗有一巢穴我爹相
字添入而句健乃介韓旋其意故也
似處一作潸深聲無本復滿路彧瀟得一般平擁袍公子莫言
冷中有樵夫跣

曹唐詩十首 唐藝文志曹唐詩三卷字堯臣

黃帝詣崆峒山謁容成 史記黃帝者少典之子姓公孫名軒轅列仙傳容成公者自稱黃帝師見於周穆王能善補導之事髮復黑齒落復生事老子亦云老子師道志肅州崆峒山注黃帝訪道處

黃帝修心息萬機崆峒到日但情微 僊字蘆無心已歸人也不識世情
先王道向容成得 穆天子傳癸巳至群玉山容氏所守先王之所謂冊府也山海經玉

山西王母所居使者珠随象罔歸荘子黄帝遊於赤水之北登乎崑崙之丘而南望还歸遺其玄珠使知索之而不得使離朱索之而不得乃使象罔象罔得之黄帝曰異哉象罔乃可以得之乎涿鹿罷兵形欲蚘史記黄帝本紀蚩尤作乱不用帝命於是黄帝乃徵諸侯与蚩尤戦於涿鹿之野東方朔畫賛蝉蛻龍変弃世登仙注蝉蛻謂脱殻出身洞庭張樂夢何稀荘子黄帝張咸池之楽於洞庭之野列子黄帝晝寝夢遊華胥之國六宮一閉袍無主周礼皇后正寝一燕寝五是為六宮也夫人以下分居焉月滿空山雲滿衣

穆王却到人間惘然有感仙傳拾遺周穆王名滿昭王子也少好神仙之道常欲使車轍馬迹遍於天下以効黄帝焉乃乗八駿之馬奔戎為右造父為御得白狐玄貉以祭于河宗導車渉弱水魚鼈黿鼉以為梁遂登於春山又觴西王母於瑶池之上王母謡曰白雲在天山陵自出道里悠遠山川間之將子無死尚能復来王荅曰予歸東土和治諸

夏萬民平均五口頗見汝比及三年將復豁蜚祭
父自崩圖東謁諫王以徐偃之亂王乃返宮宗
社復安王造崑崙時飲蜂山石髓食玉樹實又
登群玉山王母所居皆得飛靈仙人之道而示
迹託形者蓋所以示民有終耳又云王母降穆王時
王之宮相与乘雲而去廣記王母侍周穆
命八駿与士華之士使造父爲御西登崑崙
而賓于王母穆王持白圭重錦以爲王母壽

瑤池一宴久徘徊瑤池見題下注春宴香繁玉藥開花名玉藥風
度短簫霜竹冷風俗通舜作簫其形參差以象鳳翼謝玄暉鼓吹曲注蔡邕云鼓吹歌軍
樂也謂之短簫鐃歌樂書蕭雲夢之霜筠裁龍吟之異韻五經通義簫編竹爲之長尺有五寸月殺
秋琴冰絲哀漢書黃帝命素女鼓瑟帝悲不止故破五十絃爲二十五絃也杜陽編元和八
年大軫國貢重明枕神錦衾錦衾水蠶絲所織也方二丈厚一寸其上龍鳳彩繡非人工其國以五色石
甃池塘採大柘葉飼蚕於池中始生如蚊蠛遊泳其間及老長五六寸池中有挺荷雖驚風疾吹不能動

大者可闊三四尺而蚕長徑十五月即跳入荷中以
成其繭形如方斗自然五色国人繰之以織神錦亦以
謂之靈泉絲使者曰此蠶之絲氷蠶也得水則舒水
火相返遇火則縮遂於上前令四官張之以水一噴
即方二丈五色爛爛於向時上嘆曰本乎天者親上
本乎地者親下不亦然哉即却令以火逼之須臾如
故白雲真思勞相秋下見題注紅露瑤觴不要催洞冥記畢勒国
人三寸有翼善言語載笑因名語国飲丹露為漿丹露者日初出有露汁如朱也長恐穆
王從此去便随千古夢難迴
穆王有懐崑崙舊遊
周上御日駕龍軒見上注周礼凡馬八尺已上為龍笑覽一作攬秋雲
看化元李白詩覽雲渕変化馬繫月中紅桂樹虞書安天説俗傳月中有仙人
桂樹今見真初生見仙人之是瀬已成形桂樹後生焉人須天上紫霞樽李白

詩光祿紫霞杯四溟水照纓緌冷八極風吹劍珮[illegible]張景陽詩雲根臨八極雨足灑四溟李善注淮南子八紘之外有八極高誘曰八極八方之極也四溟四海也

一別玉妃殘酒醒靈寶赤書經元始登命大真按筆玉妃拂筵鑄金為簡刻書玉篇

不知何處是崑崙列仙傳西王母在崑崙山

虎帝將感西王母降漢武內傳武帝忽見青衣女子曰七月七日王母暫來東帝問東方朔此何人朔曰西王母紫蘭室玉女傳命往來至日帝盛服立壇下夜閒雲中有簫管声王母乘紫雲車駕九色斑龍別有天仙皆身長一丈王母上殿自設精饌云云

崑崙溟漠最高峯注見上

金母來乘九色龍集仙錄西王母者九靈太妙龜山金母也一号太虛九光龜臺金母元君也

歌聽紫鸞猶縹緲山海經女林山有鸞鳥自歌自舞廣記封陟傳鸞良語而徘徊鸞虛歌而縹緲出傳奇

語成青鳥許

從容漢武故事七月七日上於承華殿齋忽有一青鳥從西方来集殿前上問東方朔〻曰此西王母欲来也有頃王母至有二青鳥如烏夾侍於王母傍風迴水落三清漏張衡漏水轉渾天儀制曰以銅為器再疊差置實以清水下各開孔以玉虬吐漏水入兩壺右為夜左為晝三清見上卷鶴辞仙閣下三清注月苦霜傳五夜鐘山海經豐山有九鐘是知霜鳴郭璞注霜降則鐘鳴故言知也青箱雜記漢旧儀曰中黄門郎持五夜之法謂甲乙丙丁戊也顔氏家訓曰或問一夜五更〻何所訓荅漢魏以来謂為甲夜乙夜丙夜丁夜戊夜又謂五鼓亦謂之五更皆以五為節樹影悠悠花悄悄略聞簫管是行蹤簫管見上注

再訪玉眞不遇

重到瑤臺訪舊遊瑤臺見上卷瑤臺無路可追尋注忽悲身事淚雙流雲霞已歛當年事草木空添此夜愁月影西傾鸞

七夕七夕見上注水聲東注感千秋唯知伴立魂非斷魂斷
見上旧遊魂斷注何處笙歌醉碧樓
王母使侍女許飛瓊鼓雲和笙以宴武帝漢武内傳
王母將二侍女上殿帝跪問寒暄畢而立因呼
帝坐帝面南王母自設天厨精妙非常異饌上
菓芳華百味清香之酒非地上所有甘氣殊絶
帝不能名也於是酒觴數廻王母乃命諸侍王
女上華王子登弾八琅之璈董雙成吹雲和之
笙石公子擊昆庭之琴許飛瓊鼓震靈之簧又
命法嬰歌玄靈之曲歌華王母曰夫欲修身當
先營其氣張景陽七發吹孤竹搊雲和注周礼
曰孤竹之管雲和之琴瑟鄭
玄曰孤竹竹特者雲和山名
秋水新傳禁漏長飛瓊綽約鼓笙簧飛兮綽約若處子百年
塵夢驚新破五夜雲和樂未央詩夜如何其夜未央靈宝度人經注央已

也花影暗廻三殿月見上卷三殿注樹聲深鎖九門霜九
見上卷九重注六宮宮女從如玉六宮見上注詩有女如玉自恨無因見
武皇

武帝食仙桃留核將種人間

仙菓蟠根接閬山仙菓見上卷海中仙菓一子生遲注淮南子崑崙山去地萬一千里上
有層城九重或上倍之是謂閬風葉成花謝九天開九天見道家上清經棗田
易浪初無會海水成塵始破顏葛洪神仙傳麻姑謂王方平曰自接待已
来見東海三爲桑田向到蓬萊水乃淺於往者略半
也豈復將爲陵陸乎方平乃曰東海行復揚塵耳
浩劫未終身已老注靈寶度人經唯有元始浩劫之家注元始者天尊也浩劫者浩浩無
數也元始之尊經無數之劫常居大羅之天也大和潛□難運乾卦乾道變化各正

性命保合大和乃利貞揚子或問泰和曰其在唐虞成周乎　三千年後知誰在欲
種紅桃著世間見上卷子生遲之注
萼綠華將歸九疑山別許真人華陽隱居陶弘景撰真誥萼綠
華者女仙也年可二十許晉穆帝昇平三年己
未十一月十日夜降於羊權家自云是南山人
不知何山也自此一月六過其家權字道李郎
晉簡文帝黃門郎羊欣祖也權及欣皆潛修道
要躭玄味真綠華云我本姓楊又云九疑山中
得道羅郁也宿命時曾為其師母毒殺乳婦玄
洲以先罪未滅故謫降臭濁以償其過贈權詩
一篇許期豈朝華識慕於吾子并火澣布手巾
一枚金玉條脫各一枚條脫似指環而大異常
精好謂權曰慎無泄我下降之事泄之則彼此
獲罪訪仙傳許穆為晉護軍長史入華陽洞得
道為左卿仙侯穆第三子翽小名玉斧為侍帝
晨也韋應物萼綠華歌云世謠謂兮不可階胡
下來兮玉斧家真誥曰雲林王夫人謂許長史

曰玉醴金漿交生神梨萬丈火棗玄光靈芝我當与山中許道士不以与人間許道士名玉斧
長史之子也又曰侍帝晨有八人李廣王嘉何晏等如世之侍中侍帝晨仙官号又曰王媚蘭
王母第十三女名雲林夫人又曰玉醴金漿交梨火棗此則飛騰之藥不比金丹吞体未真正
穢念盈怏恐此物華不肯來也又曰火棗交梨之樹已生君心中為荊棘相雜故二樹未可見
九點煙霞儼色濃湘中記九疑山在營道縣北九山相似行者疑惑故名九疑手鏡黛
眉黑緑華歸思頗無窮每愁馭鶴身難住吳叔鶴賦或馭於江夏之
樓注述異傳曰荀環字叔璋潛棲却粒嘗東遊憩江夏黄鶴樓上望西南有物飄然降自霄漢俄頃已至
乃駕鶴之賓也鶴止其側仙者就席羽衣虹裳賓主歡對已而辭去跨鶴登空眇然煙滅長恨臨
霞語未終舞鶴賦振玉[illegible]而臨霞花影暗移雲蓋月十道志淮南道安州
有雲夢澤歌聲閑落洞庭風洞庭已出上卷藍絲動勒金條遠藝文

類聚紫騮馬詩云長安美少年金絡錦連錢宛轉青絲鞚照曜珊瑚鞭盧氏雜記唐文宗一日問宰臣古詩輕衫襯條脫條脫是何物也宰臣不對上日即今之腕釧也真誥安妃有鄧粟金條脫是謂臂飾也又見題下注

留與人間許侍中 許侍中見題下注

張碩對杜蘭香留貺織成羣水之衣淒然有感

廣記杜蘭香者有漁父於湘江洞庭之岸聞兒啼声四顧無人唯三歲女子在岸側漁父憐而挈之十余歲天姿奇偉靈顏殊瑩殆天人也忽有青童靈人自空而下来集其家攜乃女而去臨昇天謂其父曰我仙女杜蘭香也有過謫於人間玄期有限今去矣自是時亦還家其後於洞庭包山降張碩家蓋修道者也蘭香降之三年授以挈形飛化之道碩亦得仙初降時留玉簡玉唾盂紅火浣布以爲登真之信焉又一夕命侍女賫黄鱗羽帔絳履玄冠鶴氅之服丹玉珮賻劒以授於碩曰此上仙之所服非洞天之所有也不知張碩仙官定何班品漁父亦老因益

少維桂一不食亦學江湖不知所之
端簡焚香送上真端手宜如礼記振書端書之端簡見上王妃注集仙録大茅君傳食
夜光洞草者總主左右御史之任壽齊天地命爲司命上真五雲無復更相親博物
志崑崙山仙人所集出五色雲氣五色流水魂亦繞有丹臺夢莊子其寐也魂交紫
陽真人周季通入蒙山遇羨門子再拜乞長生訣羨門子曰名在丹臺玉室何憂不仙骨重衰
非碧落人碧落見上卷放鶴詩注風靜更悲青桂晚神農本草箘桂葉冬
夏當青不枯月明空憶白榆春古樂府詩天上何所有歷々種白榆彝鹿衣鶴
鸞鏡愁託蘇秀見題下注又藝文類聚游仙詩霞綺公叢劉盖綴纓世說孟昶未達之時家在
京口嘗見王恭高輿被鶴氅於時微雪昶於籬間窺之曰此神仙中人也終作西陵石上
塵魏志魏武遺令吾伎人皆著銅雀臺於臺上施六尺牀張穗帳朝晡上脯糒之屬月朝十五日輒向

帳作伎樂汝等時時登銅雀臺望吾西陵墓田

漢武帝再請西王母不降

武帝清齋夾帳閑漢武故事西王母感上區々之誠暮必神降上盛施帷帳燒兜末香而香聞數百里重桁王母下瑤臺列仙傳王母在崑崙山拾遺記崑崙山上有瑤臺

内人執酒空長望教坊記妓女入宜春苑謂之内人亦曰前頭人常在上前頭也

王女留書許再迴漢武内傳王母曰汝若反惡修善後三年七月更來告汝要道見上武帝將感王聘降注露夕月光清滿樹火寒香燼暗成灰黃金燒

盡秋宮冷神仙傳李少君者齊人漢武帝招募方士少君於安期先生得神丹爐火之方家貧不能辨藥謂弟子曰老將至矣而財不足雖躬耕力作不足以致辦今天子好道欲往見之求爲合藥可得恣意乃以方上帝云丹砂可成黃金金成服之昇仙九色真龍不見來九色真龍

見上金毋宋乘注

方干處士詩十首王公百家詩選字雄飛新定人咸通中進士不第隱會稽之鏡湖江東人相謂玄英先生

題千峰榭宋玉招魂詞層臺累榭注有木謂之臺無木謂之榭爾雅注榭臺上起屋也

豈知平地有天台十道志台州有天台山注云內有金庭不死之鄉瓊樓玉堂碧琳樹人之都上有蔡嘯陳適隱處佟庭深沉別徑洞見響露蟬穿檻去

斜行沙鳥向池來窗東早月當樓欄墻上秋山入酒

杯何事世中知世外應緣一半是仙才漢武內傳西王母曰劉徹好道形慢神穢雖語之以至道殆非仙才

旅次洋州寓居郝氏林亭（十道志山南道有洋州）

舉目縱然非我有思量似在故山時鶴盤遠勢投孤嶼蟬曳殘聲過別枝（詩話惣龜云于鄴爲詩鍊句字又有功寄人云鶴盤遠勢投孤嶼蟬曳殘聲過別枝）涼月照牀欹枕巻澄泉繞砌泛觴危青雲未得行又去（史記須賈謂范雎曰不意君自致青雲之上楊雄解嘲當塗者升青雲失路者委溝渠顏延年五君詠仲容青雲器注李善云青雲言高遠也）夢到江南身在茲

寄杭州于郎中

雖方聖主識賢明自是山河應數生（王勃安陸王碑文稟河嶽之上靈孝經援神契五嶽之精雄聖四瀆之精仁明孟子五百年必有王者興其間必有名世者）大雅篇竟無子篇（詩義疏自文王之什以下至巻阿卅八篇是文王武王成王周公之正大雅）

门世業有公卿（高门見上 卷于公注）入樓早月中秋色繞郭寒
潮半夜聲白屋青雲至懸闊（白屋青雲見上）愚儒肝膽若爲
傾

越中言事王大夫到任後作

雲霞水木共蒼ヌ元化分明秀一方（李白樂府詩百伊皐澤元化）
里湖光暄撼月（十道志江南道越州有鏡湖）五更軍角護吹霜淡
邊賈客喧魚肆山上潛夫醉筆莊（後漢王符著潛夫論）終歲道
遙仁術内（孟子曰是乃仁術也）無名甘老買臣鄉（買臣鄉見上 衣錦还鄉注）

贈孫鑾百篇

御題百首思縱横半日功夫舉世名羽翼便從吟處

出珠璣纉向筆端生（鍾嶸記室詩評序陶潛詠貧士之製惠連擣衣之作斯皆五言之警策所謂篇章之珠澤文彩之鄧林乎）莫嫌黃綬官資小（董巴輿服志四百石丞尉三百石長相二百石皆黃綬一采純黃）必料青雲道路平（類篇料力弔反量也青雲見上注）才子風流復年少（才子已出上卷晉書王衍樂廣宅心事外見重於時天下言風流者推王樂爲首）無愁高臥不公卿

題報恩寺上房

來々先到上房看眼界無窮世界寬巖溜噴空晴似雨林蘿礙日夏多寒衆山迢遞皆相疊一路高低不紀盤清峭闌心惜歸志他時夢到亦難安

贈李郢端公（端公已出上卷）

暖景融〻寒景清越臺風送曙鐘聲越臺已出上卷四郊遠火燒山月一道驚波撼郡城夜雪未知東岸綠秋霜猶放半江晴謝公吟處依稀在見上卷謝公曾重遠相看注千古無人繼盛名

杭州杜中丞

昔用雄才登上第後漢書仲長統謂高幹曰君有雄志而無雄才今將重德合明君苦心只為安人術陸士衡猛虎行志士多苦心援筆皆成出世文寒角銅吹孤嶠月秋潮橫卷半江雲掠天飛勢應非久一鶚鄰棲衆鳥群史記趙簡子曰鷙鳥累百不如一鶚

贈會稽張少府十道志江南道越州有會稽郡府異記定命錄皆曰縣尉為少

府

高節何曾似任官藥苗香潔備朝餐一分酒户添應易五字詩名隱即難南史顔延之嘗問鮑照曰己与靈運優劣照曰謝五言如初發芙蓉自然可愛君詩若鋪錦列繡亦雕繢滿眼鍾嶸詩評序謝客元嘉之雄顔延年為輔此皆五言之冠冕文詞之命世也笑我無媒成鶴髮庾信竹杖賦予老夫鶴髮雞皮知君有意戀漁竿明年莫便還家去鏡裏雲山是共看會稽有鏡湖

述方齋寄虞縣表宰

湖北湖西往復還經時只處自由間暑天移榻卧深竹月夜乘舟歸淺山遠砌紫鱗那在釣亞窗紅葉奇

勞攀古賢暮藤芳如此應笑愚儒鬢未斑

李雄詩十首

漳水河

蘸柳飄花繞故城（類篇蘸莊陷切說文以物没水也）昔時伊洛等佳名（伊洛見上注楊佺期洛陽記城南七里名曰洛水洛水之南曰伊水）倚欄餘翠手门影匝岸筵歌五夜清（五夜見上注）芳草似愁又更遠碧波如恨恨難平憐君不肯隨人事今古潺湲一種聲（楚詞觀流水之潺湲）

雲门寺（南史齊何胤以山多靈異往还焉居若耶山雲门寺）

北齊大寺舊禪林（北史北齊都鄴高祖姓高名歡凡五世）竹冷松寒一

徑深塵壁獨看亡後影見遠公廬山集沙門誰見定中心釋氏要覽沙门世家之都名唐言勤息謂勤修善品息諸惡故起信論奢摩陀此云定地偏京國無遊客陶潛詩心遠地自偏山繞樓臺有異禽早晚得陪高尚者易曰不事王侯高尚其志好花流水共閑吟

秦淮孫氏晋陽春秋秦始皇東遊望氣者曰五百年後金陵有天子氣於是始皇於方山掘流西入江亦曰淮今在潤州江寧縣土俗亦号曰秦淮

穿雲入郭逐平沙綠遶千门一帶斜謾作秦名蹤野外豈知吳分隔天涯吳都賦注曰牛斗星吳分野樓臺影動中流月葭葦風飄兩岸花欲向淮邊舊時事古碑秋草是王家見上卷六朝文物注

臺城 金陵有臺城見上王樹花注

雲月蕭條愴旅情路人言是故臺城鵷鴻尚集千官位 鵷鴻見上卷入鵷鴻鷺注 龍虎空傳六代名 呉録刘備使諸葛亮至京口覩秣陵山阜曰鍾山龍盤石頭虎踞此乃帝王之宅也六代見上卷六朝注 舊壘只聞長戰伐古園何處辨公卿強吞弱吐皆如夢 詩強亦不吐柔亦不茹 不改風潮夜々聲

江淹宅

詩客仍兼草檄臣 南史江淹少孤貧常慕司馬長卿梁伯鸞之為人不事章句之学留情於文章云云桂陽之役朝廷周章詔檄久之未就齊高帝引淹入中書省先賜酒食淹素能飲噉鵝炙垂盡進酒數斗訖文誥亦辦云云凡所著述自撰為前後集并齊史十志並行於世 碧溪遺舍

訪清塵楚詞聞赤松之清塵廣絶交論慕荘惠之清塵相如諫獵疏注師古曰塵謂行而起塵也言清者尊貴之意也朝天路在金貂遠南史江淹年十三時孤貧常採薪以養母曾於樵所得貂蟬一具將鬻以供養其母曰此故汝之休徵也汝才行若此豈長貧賤也可留待得侍中著之至是果如母言應劭漢官儀侍中左蟬右貂金取堅剛百鍊不耗蟬居高飲潔目在腋下貂内勁悍而外温潤夢筆亭空彩翼川南史江淹嘗宿於冶亭夢一丈馬夫自稱郭璞謂淹曰吾有筆在卿處多年可以見還淹乃探懐中得五色筆一以授之介後為詩絶無美句時人謂之才盡選射雉賦采毛之英麗兮有五色之名翬鶯鐵翼而顧褊灼繡頸而衮背李善注翬雉也伊洛以南素質五采皆備成章曰翬鶯文章皃詩云有鶯其羽翼如鷸文頸毛如繡背如衮章言五采備也萬古江山空落照一川風景向殘春臺城月上不歸去臺城見上終

嗟樵夫此卜鄰左傳諺曰非宅是卜唯鄰是卜注卜良鄰

向吳亭 杜牧潤州詩向吳亭東千里秋

向吳亭外岳重々覽古題詩共未窮北苑雨餘煙遶郭 建溪北苑茶錄云北苑之地 南朝事去草連空 建康實錄云始自吳起後與平元年終于陳禎明三年吳四帝東晉十一帝而禪于宋宋八帝而禪于齊々七帝而禪于梁々五帝而入于陳陳五帝止隋開皇九年南朝六代並都於金陵云 鈎歌不盡青谿月王氣潛銷玉樹風 十道志江南道潤州有青溪青溪玉樹並見上玉樹花無主注王氣亦見上昆陽王氣注 唯有潮聲至今在夜深長到郡城中

水簾亭

噴珠飄雪巧無蹤 從 旦暮高懸香藹中 南都賦香藹當蓊欝時於谷底 户不遮青嶂色拂簾長卷碧溪風秋垂十幅鮫綃冷

博物志南海外有鮫人水居如魚不廢織績其眼能
泣珠又述異記南海出鮫綃紗泉先潜織一名龍紗
其價百金以為服入水不濡
月映千行玉筯垂
六帖甄后面白淚雙垂如玉筯古樂
府陸瓊長相思紅樓千愁色玉筯兩行垂
自愧未為仙府客
史記蓬萊方丈瀛洲在渤海中三神山為仙府
等閑行至水精宮
諸集拾遺盧杞未第遇仙嫗曰麻氏以大胡盧如二斛嫗令杞乘之騰入霄漢至一處曰水精宮見一大陰夫人問三事曰公有仙相能此居乎能為地仙時一到此中能為中國宰相乎公願何事一願為宰相夫人恨然遣还

濯錦江
已出上卷

綠陰紅葉漾清漣
類篇漣陵延切說文風行水成紋曰漣
應繞人家繡戶邊
沈約春風詠明珠簾於繡戶散芳叢於綺帷
步障影移金谷畔
晉書石崇惠帝時為侍中居洛陽金谷園家富性豪華時王愷每与崇相誇凱作紫綾步障三十里崇作錦步障五

十里以敵之迴文波動玉窗前晉書竇滔妻蘇蕙字若蘭善屬文符堅時滔為秦州
刺使被徙於流沙蘇氏思之織錦字為迴文詩寄滔
循環宛轉以讀之詞甚悽切其詞曰仁智懷德聖虞唐
虞貞妙又顯重榮章言賢推聖配茲皇倫形雖闕淳
江湘津河隔塞殊山梁民士感曠怨路長身微禰皂
處幽房人賤為女有柔剛親所懷想思誰望純清志
潔齊冰霜新故或憶殊面牆春陽熙茂彫蘭芳琴清
流楚之激絃商奏曲發聲悲摧藏音晴光遠送朝朝思
和詠思惟空堂心憂增慕懷慘傷明
暮景輕籠處又煙假色近來時更重不須辛苦與江
堧類篇堧而宣切水濱地也
子規博物志杜鵑生子寄他巢百鳥為飼之成郡記杜宇亦曰杜主自天而降稱望帝望
帝死其魂化為鳥名曰杜鵑亦曰子規爾雅巂蜀王望帝淫其相妻慚亡去為子規故蜀人聞
子規鳴皆起曰是望帝也

蜀王銜羞化子規見題下注劍南良夜亂啼時十道志劍南道劍州劍有大劍山小劍山如何恨魄千年後尚作冤聲萬轉悲形影最傷巴峽月巴峽出上卷血痕偏染杜鵑枝適齋閑覧杜鵑花一名映山紅世傳杜鵑夜啼遺血于地而生此花亦不然介曾有人出一對云杜鵑花發映山紅一物而有兩意少有能對者自得翁嘗和人詠杜鵑花一絶云杜鵑花發杜鵑啼緑怨紅愁萬叉枝鳥自有声花不語幾年三月斷腸時人多誦之豈能終日恢餘憤丹鷙飛無上訴期

張儀樓十道志益州張儀樓注西門張儀築初作屢頹忽有大龜周旋因其行處乃令成城樓舊迹存焉亦曰西門樓

錦宮城畔拂雲樓十道志劍南道益州有錦宮城今名錦里草没樓基錦水流錦水已出上卷花外有橋通萬里十道志益州万里橋注蜀使費禕聘呉葛

亮餞之於此橋上韓曰萬里之路於此為始檻前無主已千秋銅梁霧雨

迎歸思蜀都賦外負銅梁於宕渠注銅梁山名也玉壘煙霞送暮愁蜀都賦包

玉壘而為字注玉壘山名人去人來自惆悵夕陽依舊浴沙鷗

夾注名賢十抄詩卷中

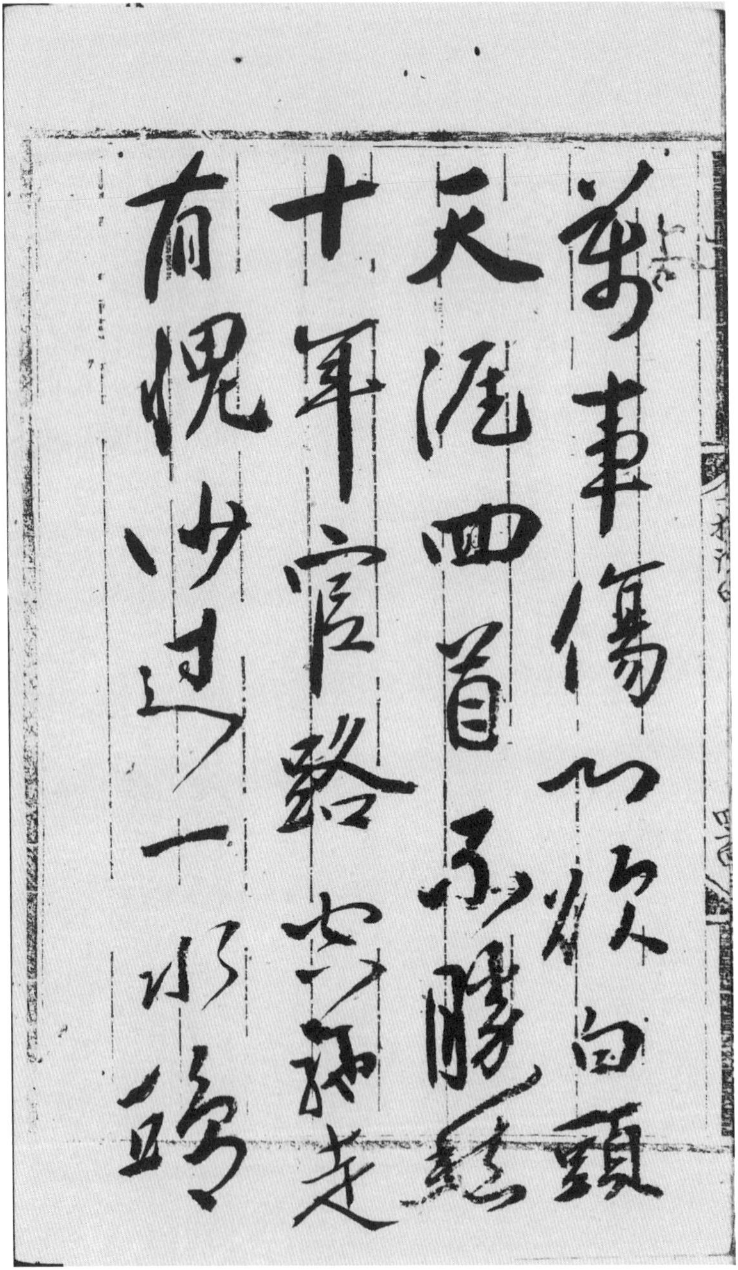

萬事傷心對白頭
天涯回首不勝愁
十年宦路空奔走
有愧沙邊一水鷗

夾注名賢十抄詩卷下

吳仁璧詩唐書藝文志吳仁璧詩一卷字廷寶大順中爲進士第

宣州十道志江南道有宣州

臺鸞鳳閣偶廻旋曹子建應詔詩朝發鸞臺李善注長安有鳴鸞鷄閣鳳鸞殿已出上

卷綏撫陵陽已半年十道志宣州有陵陽傳說霧多三郡內書說

命若歲大旱用汝作霖雨唐書地理志宣州觀察使治宣州管地等州謝公山滿四

窓前謝玄暉宣城高齋閑坐詩窓中列遠岫庭際付平林通興宣州屬縣有當塗李白五雲歌注云

謝朓宅在當塗青山下歌謝朓已沒青山字文詩云宅近青山同謝朓門垂碧柳似陶潛自陪飛

蓋醒還醉曹子建公讌詩飛蓋相追隨不覺虛蟾缺又圓陶潛詩注夜景

月也月景月也月有盈虛故曰春秋孔演墻蟾月精也秋名六月闕也言滿則復缺今日丹誠

更何事唯憂排比五湖舡（換言排比迎新樂天招客從舟詩排比管絃行翠袖指揮舡舫）

羅隱書記借亦詩集尋惠園蔬以詩謝

江天冷落欲晨時靜搨閑披二雅詞（大雅小雅）才薄致言師吐鳳（西京雜記揚雄著大玄夢吐白鳳）吟餘旋見寄蹲鴟（前漢食貨志注師古曰蹲鴟芋根也其耳食）年光易得令人恨鄉味難忘只自知讀徹殘篇問圓碧（碧當作和璧之璧遊雲賦因方為珪過圓成璧班珪於土璧圓王曹子建書人人自謂握靈蛇之珠家家自謂抱荊山之玉）可能終使楚王疑（見中宗卷注王注）

宛陵題顧蒙處士齋即元徵君舊居（十道志宣州漢宛陵）

縣陶徵士誄注陶潛隱居有詔礼徵為著作郎不就故謂之徵士
陵陽蟠卧十年餘陵陽已出上楊子注言龍蟠于泥魏志徐庶謂先主曰諸葛孔明者
卧龍也
元氏山前又卜居遯卜居注原往太卜之家卜已冝何所居因述其辞荘
叟雖留龜尾誡荘子釣於濮水楚王使二大夫先焉曰願以境内累焉荘子持竿不顧曰
吾聞楚有神龜死已三千歲矣王巾笥而藏之此龜者寧其死為留骨而貴乎寧其生而曳尾於塗中乎
二大夫曰寧生而曳尾塗中荘子曰往矣吾將曳尾於塗中
周顒應望鶴頭書齊書
周顒字彥倫始隱於鍾山後為剡縣令孔稚珪徑其草堂作北山移文其詞曰鳴騶入谷鶴書赴隴注鶴
書謂之鶴頭書古著用之以招隱士
宅從借後唯栽竹見上巻此君若欲長常見注
園自荒來未種蔬陶潛詩摘我園中蔬
即擬與君偕隱去相憑
先為結雲廬

呉中早春題王處士山齋
東歸彼此作遺民又見江南日落春越使好梅香欲
謝說苑越使諸發執一枝梅遺梁王梁臣韓子顧左右日惡有一枝梅遺列国之君乎楚臣芳
草綠初勻見中巻萬里人南去早注楚心緣詩句分張苦檄蜀文巴蜀一
州之衆分張守備難以禦天下之師家被棊枰斷送貧韋曜博弈論賭及衣物徒棊易
行所志不出一枰之上所務不過方罫之間注棊子也枰棊局線道也名利人皆忙到
老唯應君是不忙人

蘇州崔諫議

長裾容易造旌旃鄒陽上呉王書今臣飾固陋之心則何王之門不曳長裾乎正
見春歸茂苑前茂苑已出上巻當檻琴塵煙柳細劉海伯州黎望若楚軍

壘上囂擒左傳楚子登巢車以望晉軍曰甚囂且壘上矣伯州犂曰將塞井夷竈欲為行也滿庭巴錦露花鮮異聞集東城父老傳江淮綺穀巴蜀錦繡貪傾北海三卮酒後漢書孔融字文舉為北海相又為太中大夫賓客日盈其門歎曰座上客恒滿樽中酒不空吾無憂矣忘却東周二頃田史記蘇秦東周洛陽人曰使我有雒陽負郭田二頃吾豈能佩六國相印乎唯恐朝昏急徵到又擕簑笠上漁舡

秋日寄鍾明府

麻衣漸怯九秋風詩麻衣如雪張景陽七命遡九秋之鳴飈多以愁生半夜中青女揚翹虛室吟淮南子青女乃出以降霜雪高誘注青女乃天神青要玉女主霜雪曹子建七啓揚翠羽之雙翹李善注漢書曰皇太后入廟充為花勝上為鳳凰以翡翠為毛羽王逸楚詞注羽名莊子虛室生白素娥沉影小窗空謝希逸月賦集素娥於後庭注

淮南子曰羿請不死之藥於西王母常娥竊而奔月注常娥羿妻銷魂别路雲長碧

夢斷前山葉盡紅此際不堪思往事宋書謝景仁善叙前言往事

十年羸馬逐飛蓬

西華春寒寄潘校書本注校書將赴佳礼

露桃煙柳靚粧新上林賦靚粧刻飾注郭璞曰靚粧粉白黛黑也寒色蒼茫

忽聞春曉谷却催鸎羽翼詩出自幽谷嚶其鳴矣求其友声暮天重

見鴈精神礼記正月鴻鴈来詩邕〻鳴鴈旭日始旦士如歸妻迨冰未泮秦山邐迤

嵐猶礙三秦記長安正南曰秦嶺吳季重書登東岳者然後知衆山之邐迤也注小而相連皃礙一作礙渭水迴環緑未匀三輔舊事初秦都渭北渭水貫都以象天河周官雍州其浸渭洛

渭濆會句芒今日意礼月令正月其帝大皞其神句芒注昔大皞氏以木德繼

天而王故為春帝高辛氏有天下置五行之官太正曰句芒為木神佐大皞芳菲留付鳳
臺人見上巻蕭先生詩注

梅花

年々最解占春光猶自凌寒澹佇芳天台山賦恵風佇芳於陽村注
佇猶積也佇乃寧同開近洞天琪樹小南史陶弘景止于句曲山恒曰此山下是第八
洞宮名金陵華陽天山海經崑崙之墟北有琪樹天台山賦琪樹璀璨而垂珠落飄粧閣粉
塵香宋書武帝女壽陽公主人日臥於含章簷下梅花落公主額上成五出之花拂之不去自後有
梅花粧艶隨越寄枝偏好見上越使好梅注聲入羌吹恨更長
盧子陽詩胡笳而下思羌笛隴頭鳴李白司馬將軍歌羌笛橫吹阿嚲迴向月樓中吹落梅樂府雜録笛
羌樂青女功夫如可乞靈宝度人經青帝注青帝位東主木官盡應移向

月中央

還羅隱書記詩集

三百餘篇語詩三百一言蔽之詩序詩有六義焉六義和曲江春感次
黄河曲江見上卷知君忘却曲江春注黄河見甫雅秦娥捻竹清注文陸士集敵衡雜
擬詩卷●娥張女彈注方言曰秦俗美皃謂之娥潘安
仁笙賦○纖蔽以震幽篁注○掐捻也奴協切事見
上卷甫先生詩注晉帝遺鞭寶未多晉書明帝大寧二年六月王敦將舉兵向帝
密知之乃乘巴滇駿馬微行至于湖陰察敦營壘
而出有軍士疑帝非常人又敦正晝寢夢日環其城
驚起曰此黄鬚鮮卑奴來也於是使五騎物色追帝
帝亦馳去馬有遺糞輒以水灌之見逆旅賣食嫗以
七寶鞭與之曰後有騎來可以此示也俄而追者至
問嫗曰去已遠矣因以鞭示之五騎傳玩稽留遂久
又見馬糞冷以爲遠而止信不追帝僅而獲免自有
漢書灌夫傳上必多君有讓師古曰多重也

聲詩符至道 礼樂記樂師辨乎聲詩故北面而弦 何須名姓在珠科 摭言

羅隱員外免扵丹桂 耒陽城畔青山下蘭麝千今瀨遠渡 夔賣

有耒陽縣草堂先生詩碑序草堂先生謂子美也云又云先生去之東川移居夔州遂下荊渚泝沅湘上衡山卒於耒陽工部集奉贈崔于二學士詩傳遺魏路隨水到龍門注公自言不第若點之遺遺路介又不第故曰到龍門也

放春牓日獻座主 見上卷日下黄金牓注座主已出上卷

重修簦蹻到西秦 史記虞卿躡蹻擔簦説趙惠王三遊廣曰蹻草履也簦長柄笠音登有柄者謂之簦西京賦四海同宅西秦豈不詭哉 再見荊山玉便真 荊玉已出下卷

清禁漏聲猶在耳 刘禎詩誰謂相去遠隔此西掖垣拘此清切禁中情無由宣 皇州春色已隨人 謝玄暉詩春色滿皇州 登門漸覺風雷急 [illegible]

記魚躍龍門化為龍必有雷電焚其尾乃化也入漢堪驚羽翼新相鶴經二年落子毛易黑點云云後五年羽翮具復七年飛薄雲漢文云一舉千里不崇朝而徧四海者也若問他年報恩事合將肌骨碎為塵

韓琮員外詩唐藝文志韓琮詩一卷字成封大中中湖南觀察使

柳

雪盡青門弄影微青門已出上卷暖風遲日早鶯歸若憑細葉留春色須把長條繫落暉彭澤有情還[illegible]南史陶潛小有高趣宅邊有五柳樹故嘗著五柳先生傳為號澤令十道志江南道江州有彭澤縣古詩樹前園中柳隋堤無主亦依依見中卷隋堤寂寞岸靡注詩昔我往矣楊柳依依世間惹恨偏如此可是行人折贈稀東坡長短句注昔人贈別必折柳者以取

絲條留繫之意

松

倚空當檻冷無塵往事閑微夢欲分微恐作微韓公詩今微前事為

吳錄丁固夢松生腹上意甚惡之友人趙直解之曰松字十八公君後十八年為公乎果如其言翠

色本宜霜後見莊子大寒既至霜雪將降吾是以知松柏之茂也寒聲偏許

月中聞啼猿想帶蒼山雨選顏延年詩謂帝蒼山蹊注謂帝舜蒼梧山名舜

葬處歸鶴和鳴紫府雲抱朴子蒲坂有項曼都修道山中得乘天遊紫府仙人飲流霞

一杯輒不飢渴忽思家為帝所斥河東謂之斥仙人莫向東園近桃李阮嗣宗詩嘉樹

下成蹊東園桃與李春風過盡不容君

霜

青女為神挫物端青女已出上攙神契霜以挫物栢臺威助欲消難驄官書御史府有霜栢臺栢臺烏臺春秋感精符霜殺伐之表季秋霜始降鷹隼擊王者順天行誅以成肅殺之威平飛殿瓦鴛鴦冷斜傍珠欄翡翠寒詩史殿瓦鴛鴦冷宮簾翡翠寒注鄴都銅雀臺皆鴛鴦瓦庾信賦云昔為一雙瓦飛入魏王宮漢武故事上起神屋以白珠為簾箔洞冥記漢武帝起招靈閣翠羽麟毫為簾楚辞翡帷翠幬飾高堂帶月不知瑤圃曉屈原九章吾与華遊兮瑤之圃○背陽空想玉階殘班孟堅西都賦玉階彤庭

四時何處應長在須向愁人鬢上着

露

長隨聖澤墮遙天晉中興書王者敬養耆老則甘露降於松栢尊賢容衆則竹葦受之甘露者仁澤也濯遍幽蘭葉々鮮楚詞結幽與蘭兮延佇幾喜輕塵銷陌

上已隨初月到階前（謝莊月賦白露曖空素月流天）紋騰要地誠非
久（江淹別賦露下地而騰文）珠綴秋荷偶得圓（梁簡文帝詩露荷珠生古詩風飈）
（荷珠難暫圓）繫處花枝把離別曉風殘月正潸然（詩潸焉出涕）

煙

可憐輕素欲何從（沈休文詩久陰帶曾阜長煙引輕素）敗柳踈槐半不
容依稀翠欄（欄恐作蘭）疑有恨遠隨流水忽無蹤丹墀曉
伴爐香細（西京賦青瑣丹墀墀塔也以丹染塗之詩史爐煙細細駐遊絲）碧落晴含
桂蘂濃（碧落已出上卷桂蘂見中卷月中紅桂樹注）偏憶鳳城迴首處（鳳城已出上卷）暮天樓閣鎖千重

淚

事發情牽豈旬田偶成惆悵則〔注李白詩浮淨／易難收覆泪難收〕已聞
把玉沾衣濕〔把玉己／出中卷〕更說迷途滿目流〔淮南子楊朱見岐路而泣／之為其可以南可以北可以東可以西〕滴盡綺窓紅燭暗〔簡文帝嬌號／中合花鬘菜〕
〔萸慢東鋪錦筵緣炬悵翠朱襴含／丹視横蒼之照曜見翁泪之蹤跡〕隨殘粧閣曉花羞〔後漢梁冀妻孫／壽作愁眉啼粧〕世间何處偏留得萬點分明湘水頭〔帝王世紀舜巡狩崩於蒼梧之野／二妃哭向湘江涸泪染竹成斑〕

別

花無長色水無期一旦秋風萬事悲〔宋玉九歌悲哉／秋之為氣也〕
月照離庭人去後露棲叢菊鴈來時銀河清淺揺情急〔古詩云迢迢牽牛星皎皎河漢女河漢清且／淺相去復幾許盈盈一水間脉脉不得語〕翠幄

寒香結夢遲吳都賦譪譪翠幄嫋嫋素女明月錦機何限字又應
和淚寄相思見中卷廻紋波動玉窓前注

水

方圓不定性皆柔世說云人倫俱屬陰陽而生何以好醜不等良久無荅殷君曰比
如覆水在地漫散無定方圓任運而成其形象人以為名對矣東注滄溟早晚休淮南
子地不滿東南故水潦塵埃歸焉呂氏春秋水泉東流日夜不息高截碧雲長耿々
謝玄暉詩秋河曙耿耿注耿耿光也遠飛清洛自悠々十道河南道洛州有洛水湘
江月浸千年色湘水已出中卷夢澤煙含萬古愁十道志淮南道洛州
有雲夢澤子虛賦臣聞楚有七澤嘗見其○名曰雲夢別有隴頭嗚咽處為君
分作斷腸流秦記隴右西關其阪九廻不知高幾里欲上者七日乃越上有清水四注流下

俗歌曰隴頭流水鳴聲幽咽遥望秦川心腸斷絶

愁

来何容易去何遅半結裹腸半在眉門掩落花人別後窻含殘月酒醒時濃於萬頃連天草長却千尋繞地絲（韓公詩遊絲百丈飄）除却五侯歌舞外（五侯已出上巻）世間何處不相期

恨

草濃煙澹思悠々（詩注悠悠思之長）人佳人分楚水頭（王維送張四兄詩楓林已愁暮楚水復堪悲）故國不歸空悵望殘春無事獨淹留何曾廣陌紅塵歇（廣陌已出中巻）只是前山碧樹秋安得

文通夢中筆 已出中巻 為君重賦古今愁 江文通作恨賦

崔承祐詩 三國史記薛聡傳崔承祐以唐昭宗龍紀二年入唐景福二年侍郎楊渉下及第有四大六卷自序為本集

鏡湖 十道志越州有鏡湖捜神記鏡湖俗傳軒轅氏鑄鏡於此今有磨鏡石石上葛草不生

採蕨山前越國中 蕨當作葛十道志越州葛山注句踐種葛於此以為布獻呉王採葛入歌曰葛之蔓兮寄長條為絺為綌織且調當暑是服輕飄飄又呉越春採葛越之婦人傷越王用心乃作若何之歌曰嘗膽不苦味若飴令我採葛以作絲

麴塵秋水瀲連空 紺珠集麴塵注揚巨源詠柳詩江邊楊柳麴塵絲立馬煩君折一枝玉篇集彩色部藍黄繡畫麴塵翡翠

蘆花散撲沙頭雪菱葉吹生渡口風 方朔綺囊詩遊渺 六

列仙傳東方朔楚人也武帝時上書拜爲郎至宣帝棄郎去後見會稽賣藥五湖鴟夷桂楫

去忽忽見上卷烟水微茫變姓名注桂楫已出上卷明皇乞與知章後萬

頃恩波竟不窮唐書賀知章傳知章云天寶初病夢遊帝居數日寤乃請爲道士還鄉詔許之以宅爲千秋觀而居又求周官湖數頃爲放生池詔賜鏡湖一曲恩波已出上卷

獻新除中書李舍人前漢景帝紀注凡言除除故官就新官也

五色仙毫入紫微五色仙毫已出中卷紫微已出上卷好將新藁助雍

熙孟子亨不進不得佐與唐虞雍熙之和東京賦上下共其雍熙玄鄉石上長批詔

林府校閲已作詩陸士衡文賦遊文章之林府銀燭剪花紅滴又

陳顧野王舞影賦羅金波兮綺戶列銀燭兮蘭房銅壺輪刻漏遲又漏刻已出上卷

自從子壽登庸後繼得清風更有誰新唐書張九齡字子壽以道佯

伊尹小朴策高第爲左拾遺玄宗即位遷中書舍人云
云是歲襄拜中書侍郎門下平章事固辭不許明年
遷中書令

送進士曹松入羅浮

雨晴雲斂鷓鴣飛古今注鷓鴣常向日而飛畏霜落夜棲以樹葉覆其背嶺嶠
臨流話所思厭次狂生須讓賦後漢書禰衡字正平平原般人也東方朔
畫贊序大夫諱朔字曼倩平原厭次人也建安中分厭次爲樂陵郡故又爲郡人焉注漢書平原郡有樂
陵縣也又見中卷賦學館賓處士狂注宣城大守敢言詩南史謝朓爲宣城大守詩
史詩接謝宣號依攀月桂淩天險見中卷桂心迸暢注揔知折好把烟蘿
避逝范梁書伐樓傳揖此薛蘿出從鷥鷺七十長溪三洞裏羅浮山記羅浮
者蓋總稱焉羅羅山也浮浮山也二山合体謂之羅浮在曾城博羅二縣之境羅浮高三千丈七十石室

七十長溪神明神禽玉樹草木也他年名遂□相宜
三洞見上卷鶴犇仙闕下三清注
老子功成名遂
身退天之道

春日送韋大尉自西川除淮南

廣陵天下最雄藩通典淮南道廣
陵郡今之楊州也借名侯重寄兮
東觀漢記寇恂字子翼為河内大守徵為執金吾潁
川盜賊起車駕南征恂從到潁川盜賊悉降百姓遮
道曰陛下復借寇君一年乃留恂有感稼範送玄思
豆自生李白詩賢人當重寄天子借高名
攀帛溪書何武字君游蜀人為人仁厚好進士稱
錦水人之善其所居時無赫赫之名去後常見思
錦弌已
心上卷柳迎桑暮挽淮壖後漢廉范字叔度為蜀郡
大守成都人物豐盛邑宇
蜀側舊制禁昏夜作以防其火災范乃毀削先令但
嚴儲水百姓為歌曰廉叔度來何暮不禁火民安堵
平生無襦今五袴詩
鍾鼓淮壖仍執醜虜齋穰從此資良藥宵旰日給須幾

聖君漢文帝紀宵衣旰食應念風前退飛鷁左傳六鷁退飛鶂盖過宋都風也不

知何路出雞群晉書嵇紹字延祖魏中散大夫康之子也紹始入洛或謂王戎曰昨於稠

人中始見嵇紹昂昂然若獨鶴之在雞群戎曰君未見其父耳

閬中送陳策先輩赴邠州幕十道志關内道有邠州注后稷之後公刘所居

禰衡詞賦陸機文後漢書禰衡才藻捷疾善為詞賦晉書陸機字士衡少有異才文章

冠世張華曰人患才少子患才多弟雲文辭不及機持論過之雲与機書云君苗見兄文輙欲燒其筆硯

葛洪稱機文玄圃之積玉無非夜光焉再捷名高已不群詩豈敢定居一月二捷注

捷勝也魏志阮瑀字方卓逸不群於俗琢凝遠辭裴吏部魏祖叔辨千里思潤下知

連珠晉書裴楷字叔則明悟有識量弱冠知名尤精老易少与王戎齊名鍾會薦之於文帝辟相国掾遷

尚書郎云　〻吏部郎缺文帝問其人於鍾會〻曰裴𤥨
楷清通筍間要皆其選也於是以楷為吏部郎云云
邈今奉竇將軍 刻公許以賦布象牙之席薰珖琱之 邈後漢竇憲与單于戰於稽洛山大
破之憲遂登燕然 刻石令班固作銘 樽前有雪吟京路馬上無山入塞
雲從幽幕中聲價重 聲價已 出上卷 紅蓮丹桂共芬芳 紅蓮 纂已
出中卷已丹桂見中卷 堪知折桂心還暢注
贈薛雜端 雜端已 出中卷
聖君須信整朝綱轂歲公才委憲章 札記孔子 憲章文武 接轡
已清雙闕路 世說陳仲舉言為士則行為世範登高 攬轡有澄清天下之心應璩与弟君苗
書曰攬 轡清路 搢紳俱奉一臺霜 前漢郊祀志其語經見搢 紳者弗道生手日搢搢也
搢笏於紳大帶也師古日李搢搢是也字本作搢
搢笏於大帶与革帶之間自非搢大帶也或作薦紳

者亦謂薦笏於紳帶之間基臺霜見上注　鴻飛碧落曽猶漸　易鴻漸于陸其羽可以儀

注鴻水鳥也漸進也碧落已出上卷　鷹到金風始見揚　詩惟師尚父時惟鷹揚元命苞立秋

鷹隼擊張景陽雜詩金風扇素節李善注西方爲秋主金故曰金風　長慶橋邊休顧望

忽聞消息入文昌　新唐書百官志龍門二年改尚書省曰文昌臺俄曰文昌都省垂拱

元年曰都臺長安三年曰中臺

讀姚卿雲傳　未詳

曽向紗窓褐縹囊　洛中遺事最堪傷　愁魂已逐朝雲

散　朝雲已出上卷　怨淚空隨逝水長　論語子在川上逝者如斯夫刘公幹詩逝者如

流水哀此遂離分　不學投身金谷檻　晉書石崇字季倫有妓曰緑珠美而艶善吹

笛孫秀使人求之崇時在金谷別舘方登涼臺臨清流婦人侍側使者以告崇盡出其婢妾數十人以示

之皆蘊蘭麝被羅縠曰在所擇使者曰君侯服御麗
則麗矣然本受命指索緑珠不識孰是崇勃然曰緑
珠吾所愛不可得也使者曰君侯博古知今察遠照
邇願加三思崇曰不然使者出而又反崇竟不許秀
怒勸倫誅崇秀矯詔收崇崇正宴於樓上介士到門
崇謂緑珠曰我今為爾得罪緑珠泣曰當效死於君
前因自投於樓下而死崇曰吾不過流徙交廣耳及
載詣東市崇乃歎曰奴輩利吾家財收者曰知財致
害何不早散之崇不能答

却憑倫眼宋家墻

宋玉好色賦楚國之麗者莫若臣里東家之子增之一分則太長減之一分則太短著粉則太白施朱則太赤眉如翠羽肌如白雪腰如束素齒如含貝嫣然一笑惑陽城迷下蔡然此女登墻窺臣三年至今未許也

尋思都尉為一作憐才子大底功曹分外忙

憶江西舊遊因寄知己

堀劍城前獨問津

十道志江南道洪州界有豐城雷煥堀劍處也晉書斗牛之間常有

紫氣張華謂雷煥妙達象緯問之煥曰寶劍之精在豫章豊城即補煥豊城令到縣堀獄屋基得一石函光氣非常中有雙劍以南昌西山土拭劍光芒艷發送一劍於華留一自佩華得劍報曰詳觀劍文乃干將也莫耶何為不至雖然神物終當合耳又以華陰土勝西山者乃以一斤致煥煥以拭劍倍以精明其後煥子華佩煥劍過延平津劍忽躍入水使人求之見兩龍恐而返

渚邊曾遇謝將軍晉書袁宏孤貧運租自業謝尚時鎮牛渚秋夜乗月泛江會宏在舫中諷詠遺問即其詠史之作尚迎乗舟与談申旦不寐自此名譽日盛李白夜宿牛渚懐古詩牛渚西江月青天無片雲登舟望秋月空憶謝將軍

團〻吟冷江心月班婕妤扇詩團又似明月片又愁開織頂雲

風頭鴈聲孤枕過星排漁火幾舡紅分白醪紅鱠鮭牽夢傳毅七激膾其鯉魴積如委紅敢負明時更羨君

別

入越遊秦恨轉生趙景真与嵇茂齊書李叟入秦
及關而歎梁生適越登岳長謠夫
以嘉遁之曰猶恨戀
根況乎不得已者哉
每悵傷別問長亭漢書注師古
曰秦法十里
一長亭五
里一短亭
三樽緑酒應傾醉一曲丹唇且待聽庾信
聽歌
詩但令聞一曲餘響三日飛
曹植七啓動朱唇發清商
南浦片帆風颼颼楚辭
子交
手兮東行送美人兮南浦江淹別浦送君
南浦傷如之何楚辭風颼颼兮木蕭々
東門駈馬
草青青送東門行注東都門長安城門名別離之地
故叙去留之情晉古樂府詩青青河畔草
不唯兒女多心緒亦到離筵盡涕零世說周顗与兄
嵩將別涕不止
嵩愍之因曰唯婦人与
人別涕泣乃便捨去
鄴下和李錫秀才與鏡通典鄴郡相州魏氏建
都於此注魏氏都在鄴
郡

漢南才子洛川神曹子建書昔仲宣獨步於漢南曹子建作洛神賦舞容并袖稱有幾人波前勇臉光爭乃溢注宋玉招魂詞娭光眇視注娭戲也眇眺也目增波也注波華也美人醉樂顧望娭戲身有光文既視曲眄月采眇然白黑分明精若水波山横眉黛可冒勺趙后外傳合德為薄眉號遠山黛紛紛舞袖雪一作飄衣拳張衡舞賦裾似飛燕袖如迴雪褭褭歌遶珠一作送酒頻遶雜擬詩白揚信鳥褭褭注風吹衣兒礼歌者居中猶句中鈎聚々平端不貫珠只恐明年正月半暗教金鏡閙亡陳本事詩徐德言陳太子舍人德言之妻後主叔寶之妹封樂昌公主才色冠絕時陳政方亂德言知不相保謂其妻曰以君才容國亡必入權豪之家斯永絕矣儻情緣未斷猶冀相見宜有以信之乃破一鏡各執其半約曰必以正月望日賣於都市我當在側以是日訪之乃陳亡其妻果入越公陽素之家寵嬖殊厚德言流離辛苦僅能至京遂以正月望日訪於都市有蒼頭賣半鏡者大高其價人

皆笑之德言直引至其家設食具言其故出半鏡以合之仍題詩曰鏡与人俱去鏡敀人不敀無復恒娥影空留明月輝陳氏得詩涕泣不食素知之愴然改容即召德言還其妻仍厚遺之聞者無不感歎仍与德言陳氏偕飲令陳氏為詩曰今日何迁次新官對舊官笑啼俱不敢方驗作人難遂与德言敀江南竟終老

崔匡裕詩

御溝崔豹古今注長安御溝謂之楊溝植楊於其上

長鋪白練靜無風謝玄暉詩澄江靜如練澄景涵暉文照白鏡同皎鏡已出上卷堤草雨餘光映綠墻花春半影含紅曉和斜月流城外夜帶殘鍾出禁中人若有心上星漢乘查來必此難通見中卷海查注

長安春日有感

麻衣䧛拂路岐塵（詩麻衣如雪）鬢改顏衰曉鏡新上國好花愁裏盡（魯靈光賦恭王始都下国李善注天子爲上国諸侯爲下国）故園芳樹夢中春扁舟煙月思浮海羸馬關河倦問津（浮海問津已出中巻）祇爲未酬螢雪志（螢見中巻螢窓注宋齊孫康家貧映雪讀書）綠楊鶯語大傷神

題知己庭梅

練盡霜輝照四鄰庭隅獨占臘天春（風俗通夏曰清祀殷曰嘉平周曰大蜡漢曰臘臘者獵也因獵取獸以祭祀又礼記歳十二月合聚萬物而饗之也）毎枝半落殘粧淺曉雪初銷宿涙新寒影伍遮金井日（金井已出上巻）

冷香輕鏁玉窻塵李白舊别離玉窻五見櫻桃花故園還有臨溪樹

應待西行萬里人

送鄉人及第歸國

仙桂濃香惹雲麻仙桂已出中卷雲麻見上注一條歸路指天涯

西都賦披三條之廣路高堂朝夕會調膳論衡曰親之生也坐之高堂之上其死也葬之黃泉之下束晳補亡詩馨尔夕膳潔尔晨羞上國歡遊罷醉花上国見上注

紅映蜃樓波吐日蜃樓已出上卷紫籠鼇岫横霞三島十州記須知録蓬萊島在大海東南一云云四面海水遠之皆黑色謂之溟海上有九氣七宝樓閣神仙所居之處常有巨鼇形似龜背負此山随水来去同離故國君先去獨把空書寄遠

家

郊居呈知己

車馬何人肯暫勞 詩史謾勞車馬駐江干 滿庭寒竹靜蕭騷
含落炤溪光遠 簾卷殘秋岳色高 仙桂未期攀兔窟 神仙本紀楚伯入月中 上黃金臺有猉猬兔窟 鄉書無計過鯨濤 江賦介鯨乘濤以出
入生成仲虺裁商誥 書湯敗自夏至于大坰仲虺作誥 莫使非珍似旅獒 書西旅獻獒注西戎遠国貢大犬高四尺曰獒以犬為異

細雨

風繰雲緝散絲綸 繰蘇刀反絡雨虫取糸也緝七入切 說文續也張景陽雜詩騰雲似湧烟密雨如散絲 禮記王言如絲其出如綸
一陰曀濛又海岳春 拾遺記甘雨濛濛微
滋曉花紅濕咽 詩滋然 口出潮 輕霑煙柳翠眉 顰天宝歌傳 號錄貴妃嘗

作新粧宮中多能鮮勑之有柳葉眉能鮮石徑麋蹝鮮解邑表沙提馬足
壓国史補凡拜宰相礼絶班行府縣載沙填路自宮城至第名日沙提煬帝錦帆應見
忌錦帆已出中巻偏宜蓑笠釣舡人

早行

鷄鳴獨鬧店鷄鳴獨鬧扃羸馬嘶悲萬里亭高角遠聲吹片
月高角已出上巻一鞭寒傺拂殘星風牽蹤響過山嶰露濕
微光隅水螢誰念異鄉遊子苦前漢高記上謂沛父兄日遊子悲故鄉師
古日遊子行客也悲顧念也香燈幾處照銀屛

鷺鷥

煙洲日暖隱蒲叢閑刷霜絲伴釣翁高跡不如丹頂

鶴相鸂鶒之相瘦頭朱頂踈情態及紺翎鴻嚴光臺畔蘋花曉後漢書嚴光字子陵耕於富春山後人名其釣處爲嚴陵瀨十道志睦州有嚴子陵釣臺范蠡舟邊葦雲風范蠡舟已出上卷兩處斜陽堪愛尓雙又雲零落斷霞中

商山路作

春登時嶺鴈迴逕馬足移遲雲潤泥綺季家邊雲擁由見中卷四山皓廟注張儀山下樹籠溪十道志商州注古商國後魏置洛州周爲商州取商於地爲名史記張儀相楚懷王云云臣獻商於之地六百里云云懸崖猛石驚龍虎咽澗狂泉振鼓聲懶問冋鄉多少地斷煙斜日共悽悽

憶江南李處士居

江南曾過戴公家南史戴顒字仲若与兄勃並隱遁有高名云云出居吳下並為築室聚石引水植林開澗文帝每欲見常謂黃門侍郎張敷曰吾東巡之日當宴戴公山下門對空江浸曉霞坐月芳樽傾竹葉張景陽七命荊南烏程豫北竹葉張華輕薄篇蒼梧竹葉清宜人九醞酒也遊春蘭舸泛桃花任昉述異記魯班刻木蘭為舟詩家所云木蘭舟出於此前漢志來春桃花水盛師古曰月令仲春之始雨水桃始華蓋桃方華時既有雨水川谷冰泮眾流猥集波瀾盛長故謂之桃花水耳庭前露藕紅侵砌魏都賦丹藕凌波而的皪丹藕蓮也注窗外晴山翠入紗徒憶舊遊頻結夢風憔悴滯京華

羅鄴詩摭言羅鄴餘杭人也家富於財父則為鹽鐵小吏有子二人俱以文學干進鄴尤長以七言

詩時宗人隱亦以律韻著稱然隱等雄而麁踈鄭谷清而綺咸通中崔安讃侍郎廉問江西志在引旌竟為幕吏所召既而脩就督郵因茲舉事闌珊無成而卒

旅館秋夕言懷

一半年光逐水流　馬蹄南北幾時休　青雲有路難知處史記須賈謂范睢曰不意君自致青雲之上揚雄解嘲當塗者升青雲失路者委汚溝　白髮無情已滿頭　曉上河橋蟬叫樹　曉離山館月沉樓　誰憐萬里單車去前漢龔遂傳單車獨行　野菊殘花欲過秋

同友人話吳門舊遊前漢梅福變姓名為吳市門卒

春色吳王舊境多十道志江南道蘇州注揚州之域本吳国越滅吳遂屬越云云　前年此地幾經過　花枝笑日妬紅粉　樽酒酌風生綠波

入浦野橋縈柳岸巢簷近檻鳥喙宮菸如今共話成塵

事相對持盃有淚和

秋過靈昌渡有懷十道志河南道滑州有靈昌渡通典古兗州靈昌郡

背河驅馬已秋風葦浦蒹洲處又同舊隱碧峰高嶠

外去程黃葉乱蟬中因悲失計為遊子遊子見上注始覺

長閑是釣翁此恨滿懷誰共說繳陽沙兩正濛又

冬日獨遊新安蘭若漢書武帝元鼎三年開於新安以故關為弘農縣

上房高處獨登攀一宿新安雪後山未向芳林休息

意見中卷心還陽注折挂卻愁清鏡有衰顏終朝驅馬悲長路

殘日聞鴻憶故關見上新安注明發千峰又行役詩明發不寐

此生誰得似僧閑

海上別張尊師

雲海歸帆似鳥輕重來何處訪先生暗飄別袂靈桃碧田喜內傳喜從老子西遊省大真王母共食碧桃實醉勸離觴寶瑟清沈休文詩衆筵鳴寶瑟金瓶泛羽卮李善注漢書曰華何羅行觴寶瑟風燭自悲塵土世簡文帝玄虛公子賦感風燭与石水嗟民生其如寄鶴書難算往來程鶴書已出上卷腥

曈漸覺人家近雞犬村中入夜聲

秋曉

殘星殘月一聲鍾水際巖隈爽氣濃晉書王徽之以笏柱頰曰西山朝來致有爽氣不向碧堂驚醉夢但來清鏡促愁容徽繁金露

浤荒籬菊張季鷹詩青條若總翠黄花如散金籬菊已出中巻獨翠煙凝遠澗

松左大沖詩鬱鬱澗底松閑歩幽林真苔徑漸移棲鳥息鳴蛩

蛺蝶

草色花光小院明短墻飛過勢便輕紅枝裊〻如綖

力粉翅高高別有情俗説義妻衣化状梁山伯祝英臺傳大唐異

事冬祚瑞有一賢才身姓梁常聞博學身榮貴毎見

書生赴選場在家散袒終無益近好尋師入學堂云

云一自獨行無伴侶孤村荒野意悃惶又遇未来時

稍暖婆娑樹下兩風涼忽見一人隨後至唇紅齒白

好兒郎云云便導英臺身姓祝山伯稱名僕姓梁各

言拋捨離鄉井尋師願到孔丘堂二人結義為兄弟

死生終始不相忘不經旬日㕘夫子一覧詩書數百

張山伯有才過二陸英臺明德勝三張山伯不知它

是女英臺不怕丈夫郎一夜英臺魂夢散分明夢裏

見爺孃驚覺起来情悄悄欲從先啟辭父孃英臺説

向冢兄道兄家住處有林塘兄若後欲迴至步莫嫌
情舊到兒莊云云欲舍來適三五日其時山伯也思
鄉拜辭夫子登歧路渡水穿山到祝莊云云英臺緩
步徐行出一對羅襦繡鳳凰蘭麝滿身香顏貌千嬌
萬態並無雙山伯見之情似醉英臺是文郎帶
病偶題詩一絕黃泉共設作夫妻云云因茲感得相
思病當時身死五魂飄葬在越州東大路託夢英臺
到蓑堂英臺跪拜哀哀哭殷勤酹酒向墳堂祭曰君
既爲奴身已死妾今相憶到墳傍君若無靈教妾退
有靈須遣墳開張言訖墳堂面破裂英臺透入也身
亡鄉人驚動紛紛又散親情隨後援衣裳片片化爲胡
蝶子身變塵灰事可傷云云十道志明州有梁山伯
塚注義婦箋英臺同塚

書稱傲吏夢彰名郭景純遊仙詩漆園有傲吏注向只莊周爲蒙漆園吏楚成王聞周賢使厚幣迎請之爲相周笑謂使者曰亟去無汙我故云傲吏又見上卷別後詩成莊叟夢注

四時四時恐誤羨爾尋芳去長傍佳人襟袖行天宝遺事明皇春詩使嬪妃插花親放蝶隨其至幸之又日都下名妓楚蓮香者國色無雙每出則蜂蝶相隨

聞其香

秋日有懐

西風一葉下庭枝淮南子一葉落知天下秋對此愁人感盛衰辛苦縱成他日事歡娛已失少年時浮生却羨龜饒壽俗貌難將鶴共期郭景純游仙詩借問蜉蝣輩寧知龜鶴年李善曰養生要訣龜鶴壽有千百之數性壽之物也只有世間青紫分又嗟青紫掛身遲前漢書夏侯勝字長公毎講授謂諸生曰士病不明經術經術苟明其取青紫如俛拾地上芥耳學經不明不如敀耕

春日題贈友人洛下居

柳巷松齋春半還洛聲総翠入門開十道志洛水有嵩高山洛水

入心似在煙霞外馬足慙為塵土間醉倚杯樽忘客
路吟憐樹石類家山蟬鳴此境君須別年少青雲得
桂攀青雲見上注攀桂已出中卷
望江亭桂苑叢談甘露寺夏夜月瑩有數人自西來直抵望江亭命酒吟曰趙一能為賦鄒陽會獻書可惜西江水不救轍中魚次曰悼乱横海鱗壯美垂天翼一旦失風水龍為螻蟻食吟罷欻尒而散
倚雲軒檻夏疑秋下瞰西江一帶流韓公詩江作青羅帶鳥簇
晴沙殘照在風迴極浦片帆收驚濤浩浩遙天際遠
樹離離古岸頭從此登攀心便足何須箇又向瀛洲史記蓬萊方丈瀛洲此三神山諸仙及不死藥在焉黃金白銀為宮闕

秦韜玉詩　唐藝文志秦韜玉投知小録一卷字中明撫言京兆人也有詞藻亦工長短歌有貴

公子行　日㬉前莎毯緑不卷銀龜噴香挽不斷乱花織錦初披線柳點池臺畫昇展主人功業傳國初六親聯絡馳朝車闘雞走狗家世事抱來皆是黄金魚却笑儒生把書卷學得顔回忍飢面然慕栢耆爲人至於蹕進駕幸西蜀爲田令孜擢用未暮歳官至丞郎判益鐵特勅賜及第

長安書情

涼風吹雨滴寒更　鄉思欺人閑不平　長有歸心懸馬首　堪憐無睡枕蛩聲　嵐收楚岫和空碧　秋染湘江到底清　早晚身閑著蓑去　橘花深處釣舡横

春雪

雲重寒空思寂寥　玉塵如糝滿春朝　何遜雪詩若逐微風起誰言非

玉塵莊子蕤蕤不擲片綫著地輕輕陥力不禁風旋旋銷恣砌

任他香粉妬蘂叢自學小梅嬌誰家醉卷珠簾看絃管堂深暖易調

題竹

削玉森森幽思清阮家高興尚分明晉書阮籍兄子阮咸字仲容任達不拘与叔父籍為竹林之游卷簾陰薄漏山色欹枕韻寒宜雨聲斜對酒缸偏覺好靜籠棊局最多情却驚九陌輪蹄外漢宮殿踈長安中有九陌獨有溪煙數十莖

鸚鵡已出上卷

每聞別鴈竟悲鳴却歎金籠寄此生早是翠襟爭愛

惜可堪丹觜猿分明禰衡賦紺趾丹觜綠衣翠襟雲漫隴樹魂應斷隴樹見上卷鸚鵡注歌接秦樓夢不成詩史王注秦樓又秦女弄玉吹簫於樓上得仙故曰秦樓幸自禰衡人未識賺他作賦被時輕禰衡作鸚鵡賦

對花

長與韶光暗有期梁元帝纂要春景曰韶景可憐蜂蝶却先知誰家促席臨低樹何處橫釵戴小枝麗日多情疑曲炤和風得路合偏吹向人雖一作誰道渾無語幾勸王孫對一作到醉時

題李郎中山亭

儂家手鏡我也儂雲水本相知每到高齋獨展眉瘦竹弊煙遮板閣卷荷擎雨出盆池幾吟山色同欹枕閑背庭陰對覆碁魏志王粲觀人圍碁局壞粲為覆之碁者不信使更以他局為之用相比較不誤一道也不見主人多野興肯開青眼重漁師晉書阮籍能為青白眼之礼見凡俗以白眼見賢達以青眼宋書王弘之性好釣上虞江有一處名三石頭弘常垂綸於此經過者不識之或問漁師得魚賣不弘之曰亦不得亦不賣日夕載魚入上虞郭經親故門各以一兩頭置門而去

釣翁

一竿青竹老江隈詩籊〻竹竿以釣于淇荷葉衣裳可幅裁楚詞製芰荷以為衣兮集芙蓉以為裳潭闊靜懸絲影直風高斜颭浪紋

開朝携輕棹穿雲去暮背寒塘戴月迴世上無窮嶮
巇事楚詞何周道之平易然蕪穢而嶮巇王逸云嶮巇顛危也算應難入釣舟來

隋堤柳

種柳開河為勝遊已出上巻亭前是使路人愁陰埋野色
萬條恩翠東寒聲千里秋西日至今悲兔苑已出上巻東
波終不返龍舟見中巻注盧氏雜説隋煬帝幸江都時樂工王令言子自内飲令言聞其
子今日所進曲子何曰安公子令言命其子奏之曰汝不復迴駕云此曲子無宮聲往而不返大駕東廵
必不迴矣果如其言遠山應見繁華事不語青又對水流

送友人罷舉授南陵令宣城郡國有南陵縣經

共言誰愁一作是酌離盃況值絃歌枉大才語子之武城聞絃歌

之聲曰割雞焉用牛刀獻賦未能龍化去楊雄長楊賦序雄從至射熊館還上長楊
賦以風李白詩漢帝長楊苑誇胡羽獵歸子雲叨侍後獻賦有光輝事始前漢唯射策隋及唐初亦止試
策并試雜文至神龍初試六經天寶中甲科舉人向策外更試詩賦為三場見上登門瀨覺風雷急注
除書猶喜鳳銜來職林楊炎字公南為中書舍人与常袞並掌綸誥袞長於除書炎善
於德音鄴中記石季龍与皇后在觀上有詔書五色書着鳳凰口中既銜詔侍人放數百丈緋繩轆轤迴
轉鳳凰飛下鳳以木作之五色畫之味脚皆用金花明驛路燕一作烟脂暖北戶
錄習鑿齒与謝侍中書此有紅藍北人採取其花作烟支婦人粧時作頰色用如豆許按令遍頰殊覺鮮
明匈奴名妻為閼氏言可愛如烟支也山入江亭罨畫開倦游錄昔人歌詩多言罨
畫莫知其狀南恩門有五人能罨畫乃今之生色也莫把新詩題別處謝家臨
水有池臺南史謝朓出為宣城太守

春遊

還勝逢君叙解携思和芳草遠煙迷小梅香裏黃鸝囀垂柳陰中白馬嘶春引美人歌調熟風牽公子酒旗低酒旗已出上卷早知未有閑身事悔不前年往越溪十道志越州山陰有若耶溪

羅隱給事詩見上羅鄴注

寄徐濟進士

往年蹤跡懶共江湖月滿花香記憶無霜壓楚蓮秋後折雨催蠻酒夜深酤紅塵偶別迷前事丹桂相輕慍後圖一作徒見上名姓在殊科注何須出得函關抽得手初學記秦地東有函

谷閣從来不及阮元瑜魏志阮瑀字元瑜衮才卓逸不群於俗太祖為司空召為軍謀祭酒又管記室書檄多瑀所作又轉丞相曹王粲傳陳留阮瑀少受學於蔡邕建安中都護曹洪欲使管記室瑀終不為屈

寄韋瞻

石城蕪岸阻心期吳都賦戎車盈於石城注石頭塢也在建鄴西臨江落盡槐花有所思已出中卷羸馬二年蓬轉後曹子建詩轉蓬離本根飄飄隨長風類與客遊子捐軀遠從戎故人何處月明時風催曉鷰看又别兩脅秋蠅漸又癡韓公詩癡如遇寒蠅禪智欄干橋市酒茶譜揚州有禪智寺縱饒相見只相悲〜

甘露寺看雪寄獻周相公九域圖潤州有甘露寺前對北固山後枕

大江唐寶曆中李德裕建時甘露降於此因以為名
節寒灑白乱滔濛禱請功兼造化功光濟作迷京口
月十道志潤州舊名京口郎楚之金陵建鄴影寒交轉海門風顏記伍子胥死投尸
於江自海门山潮頭洶湧高數百尺越鐵塘漁浦細糝謝客衣襟上宋書大明中元
日雪花降殿庭右將軍謝莊下殿雪集衣白上以為嘉瑞群臣皆作雪花詩輕隨梁王酒
盞中謝惠連雪賦歲將暮梁王不悅遊兔園乃置酒賓友俄如末至俄而密雪下王乃謂司馬大夫
日為寡人賦之一種為祥君看取半穰災沴半年豐謝惠連雪賦盈
尺則呈瑞於豐年袤丈則表沴於陰德向日隱公之時大雪平地一尺是歲大熟為豐年也桓公之時平
地廣一丈以為陽傷陰盛之徵不和之氣
臨川投穆端公端公已出上卷

試將生計弔蓬根（蓬根見上注）心委寒灰首戴盆（莊子形如枯木心若死灰　司馬子長書戴盆何以望天　李善曰言人戴盆不得望天）翅弱未知三島路（三島已出上）舌頑虛棹五侯門（前漢書蒯通謂韓信曰酈生掉三寸舌下齊七十餘城　五侯見上卷）嘯煙狖斷沉高木（劉安招隱猿狖群嘯兮虎豹嘷　異物志曰狖猿類）擣月砧清觸旅魂家在碧江歸不得十年漁艇長苔痕

東歸途中

松檎（一作村樹）蒼黃覆釣磯早年生計近年違老知風月終堪恨貧覺家山不易歸別岸客帆和鴈落晚程霜葉向人飛買臣嚴助精靈在（買臣嚴助皆會稽人見漢書）應笑無

成一布衣

桃花

暖觸衣襟漠漠香選注漠々布散皃間梅遮柳不勝芳數枝

艷拂文君酒前漢司馬相如傳臨邛富人卓王孫有女新寡夜亡奔相如相如盡賣。○買

酒舍乃令文君當壚云云半里紅歆宋玉墻已出上盡日無人疑怨

望有時經雨乍淒涼舊山山下還如此廻首東風一

斷腸

寄主客高貟外

憶見蒲津從相公初學記臨晉關今蒲津關所在藹然清興滿開東

庾樓宴罷三更月已出上卷弘閣譚時一座風已出上卷別後

光陰添旅鬢到來鷲鷺上晴空　鷲鷺已出上卷　不堪門下重
迴首依舊飄飄六尺蓬　家語延夾之徒無乎先王之制而習亡國之声豈能六尺之軀哉

金陵夜泊

冷煙輕澹傍衰叢此夕秦淮駐斷蓬　秦淮已出中卷　棲鴈遠
驚酤酒火乱鴉高避落帆風地銷王氣波聲急　王氣已出中卷
山帶秋陰樹影空六代精靈人不見　六代已出上卷　思量
應在月明中

送瞽光師古文　瞽辨字

禹祠分手戴灣逢　十道志山南道忠州有夏禹祠又渝州塗山有禹祠摭言羅隱餘杭

人也十道志餘杭有錢塘県錢塘有戴湾本集錢塘見觔逢詩曰今日与君羸得在戴家湾東兩輪然
援筆尋知達九重本集注師以草書應制九重已出上卷聖主賜衣憐
絶藝僧史畧技唐書則天朝有僧法朗等九人重譯大雲経畢並賜紫袈裟銀龜袋此賜衣之始也自此諸代皆行此賜侍臣摛藻許高蹤班孟堅荅賓戲摛藻如春華注葦那曰摛布也勅施切藻求草之有文者寧親久別街西寺詩皎寧父母韓公詩街東街西講佛經
待制初離海上峯一種苦心師得了陸士衡志士多苦心不須
迴首笑龍鍾青箱雜記古語有二聲合為一字者如不可為叵何不為盍從西域二合之音盍切字之源也世之学者殆不曉龍鍾潦倒之義二三其說雜然不一余謂正如二合之音龍鍾切為癃字潦倒切為老字謂人之老羸癃疾者即以龍鍾潦倒名之其義取此

送卞明府赴紫溪任通典杭州順縣有紫溪

金徽玉軫肯踟躇
知著尚書故実蜀中雷氏斵琴常自品
第七○玉徽次者以瑟〻文求者
以金徽前漢書天弦者高張急徽師古曰徽金徽也新
以表裝撫抑之處也呉叔琴賦或云軫以瓤辭注韓
詩外傳曰孔子適楚至於阿谷之隧有處女珮璜而
浣孔子曰彼婦人可与言矣抽琴去軫以授子貢曰
善為之辭以觀其對子貢曰於此有琴而無軫願借
子以調其音婦人曰吾野鄙之人也僻陋而無心五
音不知安能調琴家語云宓子賤理單父
不下堂彈琴而邑自理韓詩擽首踟躇
偶滯良途

半月餘樓上酒闌梅折斫一作後
漢書酒闌注文穎曰
闌言希也謂飲酒者
半罷半在
謂之闌
馬前山好雪晴初
欒公社在憐鄉樹
前漢
欒布
梁人也彭越為家人時嘗与布游窮困賣庸於齊為
酒家保云云孝文時為燕相至將軍布稱曰窮困不
能辱身非人也富貴不能快意非賢也於是嘗有德
厚報之有怨必以法滅之呉楚反時以功封為鄃侯
復為燕相燕齊之間皆
為立社號曰欒公社
潘令花繁賀板輿
晋書潘岳
為河陽種

桃李花人号日河陽一縣花潘岳閑居賦序大夫人在堂有羸老之疾尚何能違膝下色養而屑屑從斗筲之役乎云云乃作閑居賦其詞曰大夫人乃御板輿乘輕軒遠覽王畿近周家園体以行和藥以勞宣稱萬壽以獻觴咸一懼而一喜壽觴舉慈顔和

縣譜莫辭留舊本

南史傳琰父僧祐山陰令有能名琰仕宋為武康令迁山陰令並著奇績時云諸傳有理縣譜子孫相傳不以示人昇明中迁益州

異時尋度看何如

又

賈島詩

唐書盧仝傳賈島字浪仙初為浮屠名無本撫言賈島元和中元白尚輕淺島獨変俗人癖以矯浮艶雖行坐寢食吟哦未輟嘗跨驢張蓋横截天衢時秋風正厲黄葉可掃島忽吟曰落葉滿長安志重其衝口直致求之一聯杳不可得不知身之所從也因之搪突大京兆劉栖楚被繫一夕而釋之又嘗遇武宗皇帝於定水精舍島尤肆侮慢上訝之他日有中令与一官謫去乃授長江縣尉稍迁普州司倉而終

送道士

短褐新披清淨苔（一作蒲委苔淮南子貧人冬則羊裘短褐不掩形也）靈溪深處觀門開（郭景純遊山詩靈溪可潛盤安事登雲梯注靈溪溪名）却從城裏携琴去許到山中寄藥來臨水古壇秋醮後宿松寒鳥暮飛迴未遊彼地空勞思師去如雲不可陪

寄韓潮州（按韓公年譜元和十四年已亥貶受潮州）

此心曾與木蘭舟（木蘭舟已出上）重到天南潮水頭隔嶺篇章來華岳（周官豫州其鎮山曰華山）出關書信過瀧流（十道志嶺南道瀧州有瀧水）峯懸驛路殘雲斷海浸城根老樹秋半夜瘴煙風卷盡月明初上近（浪一作）西樓

崔君夏林潭

新潭見底石和沙已有浮萍雜晩霞盤貯井氷蹲叫
噪纓明帝賜許琉昔公鷹斛紋簟玉井氷以表優恩手擎葵扇帽敧斜晋書謝安傳鄉
人有罷中宿縣者還詣安問歸資答曰嶺南郡雜唯有蒲葵扇五萬安乃其中者執之京師士庶競市價
增數倍洞深一徑甚行藥鮑明遠行藥至城東橋詩良日昭因疾服藥○而宣導之
遂至建康城東橋見游宦之子而作是詩臺迥千峯盡在家異卉奇芳無
不種山中花必此中花

送周充範歸越

原下相逢便別離蟬鳴關路使迴時過淮漸有懸帆
興到越應將墮葉期城裏秋風生蒯早驛西寒渡落

潮遷已曾幾度隨旌節（唐書職官志隋煬帝罷州爲郡置通守武德改郡爲州州置刺史初漢代奉使者皆持節故刺史臨部皆持節至德之後守康用兵大將爲刺史者兼理軍旅遂依天宝过將故事加持節使之號連制數郡奉使之日賜雙旌雙節）一去（一作）謁司空大禹祠（書舜典禹作司空平水土禹祠已出上）

早秋寄天竺靈隱二寺（見上卷天竺靈隱寺注）

峯前峯後寺新秋絶頂高窓見沃洲（丸山録支遁嘗遣人就竺潛買剡山則沃洲少嶺潛日欲来輙給豈聞巢許買山而隱）人在定中鳴蟋蟀（見中卷定中心注詩蟋蟀在堂）鶴曾棲處掛獼猴（上音弥下音侯猱猱之屬也）山鐘夜度空江水蘿月寒生古石樓長憶徃帆秌未遂謝公此地昔年遊（見上卷題詩舊壁傳名謝注）

贈岳人

還似微才命未通相逢雲水意無窮清時年老為幽客寒月更深聽過鴻東越山々連古壘（漢書注閩中東越之別名也光武紀注鄭玄云周礼云軍壁曰壘）南朝城故枕長空（南朝出中巻）蒼洲欲隱誰招我（杜陽雜編元藏幾隋大業中為過海使風浪壊舡為破木所載忽達於洲島洲入日此蒼洲也乃出昌滿桃花酒飲之花木常如二三月人多不死衣逢掖衣戴遠遊冠所居或金闕銀臺玉樓紫閣奏簫部之樂飲香露之醑云々）羨爾家林即是中

贈亢郎中

心在瀟湘無別期（已出中巻）巻中多是得名詩高臺聊望新秋色片水塘留白鷺鴛鴦宿有時逢夜雨朝迴盡

日伴禪師舊文去歲畱時獻蒙賞美人説始知

一　送崔秀才歸覲

歸盃騎驢三千里月向舡窓見幾宵野鼠獨偷高

樹菓前山漸出隨禾苗境深柵鏁淮波疾長楊賦木擁槎纍以

為儲胥注槎纍作木槎相累為柵也集音初革切村柵也豎木編以為之葺動風生雨氣

遙重入石頭城裏寺吳志建安十六年孫權徙治秣陵明年城石頭改秣陵為建業

南朝杉老未乾燋

愚性踈散常以弈碁釣魚為事以詩義翫之此題恐非

野鵒危巢為道侵鳥道記出中巻斷雲高木晩沉沉臺空碧

草歌聲絶銅雀臺月落青山恨思梁武帝翌華在何處

漳川流水至如今 魏志大祖武皇帝姓曹諱操字孟
德漢相国參之後南都賦望翠華
之葳蕤 魏志陳思王植讀誦詩論及詞賦數十萬言
善屬文六祖嘗觀其文謂植曰汝倩人耶植跪曰言
出為論下筆成章顧當面試奈何倩人時鄴銅雀臺
新成大祖悉将諸子登臺使各為賦植援筆立成賦
曰從明后而嬉遊兮登層臺以娛情云云立中天之
華觀兮連飛閣乎西城臨淳水之長流兮望園菓之
滋榮云云揚仁化於宇内兮盡肅恭於上京惟桓文
之爲盛兮豈足方聖明休矣美矣恵澤遠揚翼佐我
皇家兮彌彼四方同天地之規量兮齊日月之輝光
永貴尊而無極兮等年壽於東王云云大祖深思之
漢書魏郡武始縣
水至邯鄲入漳
秋風蕭瑟蒹葭雨 宋玉九歌悲哉秋之為氣也蕭
瑟兮草木揺落而
變衰詩蒹葭蒼蒼 今
寂寞漁人千載心

・臨晉縣西寺偶懷 十道志河東道蒲州有臨晉縣

獨立西軒遠思生片帆煙末有鄉程川長不變蒹葭

岸拋古長留晉魏城見十道志河東道蒲州注高樹幾家殘照在
重關欲塞少人行無因一向興亡事唯有青山與月
明

李山甫詩唐書藝文志李山甫詩一卷

讀漢史

四百年來又復尋歷代統紀東西兩漢自高祖盡獻帝通王莽合二十四帝四百二十六年漢家興替好沾襟每逢奸詐須傷手老子代大匠斲者希有不傷其手竟過英雄始醒心王莽乱一作莽來曾半破前漢王莽字巨君東京賦巨猾閒釁竊弄神器歷載三六偷安天位注巨猾王莽曹公將去便平
沉魏代帝王世紀魏曹姓也武皇帝諱操漢建安二十四年進爵為魏王改二十五年為延康元年春

正月山崩于洛陽年六十六太子丕代立是為文皇帝其年冬十月受漢禪都洛陽當時虛受君恩者晉權衰君無虛臣無虛受言謾向青編作鬼林穆天子傳大康二年汲縣民盜發古塚所得皆竹簡青絲編皆古之史書也魏文帝与吳質書頃撰其遺文都為一集觀其姓名已為鬼錄

隋堤柳

曾傍龍舟拂翠華隋堤柳龍舟已出中卷翠華見上注至今凝恨倚天涯但將春色還秋色不覺楊家是李家歷代統紀隋高祖文皇帝姓楊氏名堅漢太尉震十四代孫也煬帝名廣高祖子隋禪位于唐唐高祖姓李氏名淵背日古陰從北朽逐波蹤影向東斜年年只有晴空便遙為雷塘道上落花隋書本紀義寧二年左屯衛將軍宇文化及等以驍果作亂入犯宮闈上崩于

温室蕭后令宮人撤床簀為棺以埋之化及弑後右禦衛將軍陳稜奉梓宮於成象殿葬呉公臺下發歛之始容皃若生衆咸異之大唐平江南之後改葬雷塘九域圖呉王臺在今楊州廣陵郡界

送李秀才罷業從軍

弱柳貞松一地栽不因霜霰自成媒曹子建求自試表自衒自媒者士女之醜行也書生只是平時物男子爭無乱世才鐵馬已隨紅旆去陸佐公石闕銘鐵馬千群李善曰鐵馬鐵驄之馬旆說文繼旐之旗銅魚曾著畫轓来唐六典曰銅魚符所以起軍旅易守長兩京留守若諸州諸軍折衝府諸處提兵鎮守之所及宮總監皆給銅魚符後漢車服志中二千石皆皂蓋朱兩轓到頭功業須如此莫為初心首重迴

送蘇州裴員外

正作南宮第一人摭言南行駈霓旆憶雜詳高窟航宮礼部郎馬芳忄潤君達雲旆
攬爲旌注以雲攬爲旌旆曉隨闕下辞天子春向江邊待使君五
馬尚迷青瑣路遯齋閑覧世謂大守爲五馬人罕知故事式言詩云孑孑干旟在浚之都
素絲組之良馬五之鄭注謂周礼州長建旟漢大守
比州長法御五馬故云後見龐元英朝奉云古乘駟
馬車至漢時大守出則増一馬故古樂府羅敷行云
使君從南来五馬立踟蹰風俗通云王逸少出守永嘉
庭列五馬繡鞍金勒出則控之雙
故永嘉有鶩坊青瑣已出上卷雙魚猶惹翠蘭芬雙魚
謂銅魚符見上隨旌節注應劭漢官儀尚書郎主作
文書起草更直於建礼門内懐香握蘭趨走丹墀
明朝天路尋歸處枚乘樂府詩美人在雲端天路隔無期禁樹參差隔
紫雲

曲江

南山祇對紫雲樓見上卷曲江春注樓影江陰瑞氣浮一種是春偏富貴大都爲水亦風流爭攀柳帶雙〻手鬪擲花枝萬〻頭獨向江邊最惆悵滿衣塵土避君侯前漢劉屈氂傳注如淳曰漢儀注列侯爲丞相稱君侯師古曰揚惲傳立常謂惲爲君侯是則通乎列侯之尊稱耳非必在於丞相也如說不通矣

蜀中有懷

千里煙霞錦水頭錦水已出上卷五丁開得已風流藝文類聚秦惠王欲伐蜀迺刻五石牛置金於後曰此牛能便金蜀王卽發五丁力士拖入蜀國成道蠶乃使張儀隨石牛路伐蜀嵇叔夜琴賦徠制風流莫不相襲注仲長子昌言曰乘此風順此流而下走誰復能爲此恨者哉春粧寶殿重重樹日炤仙洲萬萬樓蛙似公孫雖

不守後漢書隗囂使馬援往觀公孫述於蜀援与述
有舊以爲當握手如平生而述盛陳陛衛以迎援
援曰公孫不吐哺走迎國士乃修飾邊幅還謂囂曰子
陽井底蛙耳注述志識褊挾如坎井之蛙光武紀呉
漢臧宮与公孫述戰於成龍如葛亮亦須休蜀志諸
都大破之述被劍夜死葛亮傳
亮父玄卒亮躬耕隴畝好爲梁父吟漢晉春秋亮家于
南陽之鄧縣徐庶謂先主曰諸葛孔明者卧龍也將
軍豈見之乎先主病勅後主曰汝与丞相從事事之
如父建興元年封亮武郷侯五年率諸軍北駐漢中
臨發上表曰先帝三凪中無限英雄思應對江山谷
顧臣於草廬之中
自羞

風

喜怒寒温直不勾揚泉物理論風者陰陽乱氣激發
而起者也怒則飛砂揚礫發屋拔
樹喜則不摇枝動草順物布始終形狀見無因能將
氣天地之性自然之理也

塵土平欺客解把波瀾枉陷人飄葉遮看隨日在綻花開柳逐年新早知造化由君力試為吹噓借與春後漢書鄭大傳清談高論噓槁吹生注槁者噓之使生生者吹之使槁言談論有所抑揚也

月

皎兔頑蟾沒又生五經通義月中有兔与蟾何月陰也蟾蠩陽也而与兔並明陰係於陽也春秋孔演圖蟾蠩精也度雲經漢淡還明夜長雖剛對君坐年少不堪隨汝行玉珥一作桂影移烏鵲動荊州占月珥且戴不出百日主有大喜魏武帝短歌行月明星稀烏鵲南飛繞樹三匝何枝可依金波寒注鬼神驚金波已出上卷人間半被虛拋擲唯向孤吟合有情

侯家

曾是皇家幾世侯入雲高第對神州史記中国名日神州赤縣柳

遮門户橫金鎖花擁笙歌咽畫樓錦袖妬姬爭巧笑玉

銜嬌馬索狂遊麻衣泣献平生業醉倚春風不點頭

菊

籬下霜前偶獨存苦教遲晚避蘭蓀蘭蓀已出中卷能銷造

化幾多力未受陽和一點恩生處豈容依玉砌要時

還許上金樽陶公死後無知己露滴幽叢見淚痕續晉

陽秋陶潜九月九日無酒宅邊東籬下菊叢中摘盈

把坐其側未幾望見白衣人至乃王弘送酒也便即

酬飲

李群玉詩唐藝文志李群玉詩三卷後集五卷字文

山澧州人裴休觀察湖南厚延致之及為

相以詩論薦授校書郎攄言李群玉詩篇妍麗才力遒健

釣池

雷爆豊城掘釣池注見上年深事遠跡依俙泥沙難掩衝天氣風雨終迎躍匣飛衝天躍匣見上掘釣城前注夜電尚搖波底影梁吳均戰城南詩釣光夜如電秋蓮空吐鍔邊輝吳越春秋越王允常以純鈞劍示薛燭燭曰光乎揺陽之華沉沉如芙蓉始生於函湖郭元振古劍詞曰瑠璃匣裏吐蓮花一縱星拆中台後晉書張華爲司空中台星拆少子韙勸華遜位華云天道玄遠當靜以待之俄爲趙王倫所誅也化作雙龍去不歸雙龍見掘釣城前注

黃陵廟十道志江南道岳州有黃陵廟注堯之二女爲舜之妃葬於此

小哀洲北浦雲邊九域圖有大哀洲二女啼粧注王儼然野廟

向江春寂寂 古碑無字草芊芊 韓公黃陵廟碑湘旁有廟曰黃陵自前古立以祠堯之二女舜二妃者庭前古碑斷裂分散在地其文剥缺江總妻一日見庭草作詩兩過草芊芊連雲鏁南陌門前君識看似郁羅裙色 東風日暮吹芳芷 楚辭雜杜衡与芳芷注皆香草名也 落月山深哭杜鵑 杜鵑已出中卷 猶似含顰望巡狩 九疑愁絶 一作疑鑪 隔湘川 含顰已出上卷 史記舜南巡狩崩於蒼梧之野葬於江南九疑是為零陵皇覽曰舜冢在零陵營浦縣其山九谿皆相似故曰九疑湘川見上注

秣陵懷古 呉録張弦言於孫權曰秣陵楚武王所置名為金陵秦始皇時望氣者云金陵有王者氣故斷連崗改名秣陵

野花黃葉舊呉宮 六代豪華燭散風 六代已出上卷燭散風見上注 龍虎勢衰佳氣歇 見中卷臺城詩注 鳳凰名在故臺空 千道志金

陵有鳳臺山注宋有鳳集此山因名之李白登金
陵鳳凰臺詩鳳凰臺上鳳凰遊鳳去臺空江自流市
朝還蜃氣秋燕綠墳隴高低落照紅陸士衡樂府詩市
朝互遷易城闕或
丘荒墳隴日月
多松柏欝芊芊霸業鼎圖人去盡三国名臣賛三略
既陳霸業已基左
傳定王使王孫滿勞楚子楚子問鼎之大小輕重對
曰在德不在鼎昔夏之方有德也遠方圖物貢金九
牧鑄鼎象物協于上獨來惆悵水雲中
下以承天休云云

金塘路中作伏滔登古臺詩序夫差姑蘇臺
東有丹湖萬頃內有金銀塘
山川楚越復吳秦蓬梗何年住一身蓬見上二年蓮
轉後注詩史漂
梗無安地注用民如榛
梗便飄泊不遑寧處也黃葉黃花古城路秋風秋雨
別家人氷霜夜度商於冷十道志商州注古商国後
魏置洛州周為商州取商
於地為名史記張儀說楚
王曰臣請献商於之地云云桂玉愁居帝里貧戰国策
蘇秦之

楚對楚王曰楚国食貴於玉薪貴於桂十如繫心抛不得詩史丸征詩十口隅風雪

云每廻廻首即長嚬

湘陰江亭寄友人通典岳州湘陰縣本羅子国秦為羅縣北有汨水即屈原

依沙自沉之處俗謂之羅海又有屈原家

湘岸初晴淑景遲風光正是客愁時幽花不落騷人

水王逸離騷經序屈原之所作也屈与楚同姓仕於懐王為三閭大夫同列上官靳尚妬害其能共譖

毀之王乃流屈原原乃作離騷經不忍以清白久居濁世遂赴汨羅江自投而死賈誼弔屈原文造託湘

流敬弔先生湘水名汨羅流湘川芳草春深帝子祠見上黄陵廟詩注往事

隔年如過夢舊遊廻首謾追思煙波自此扁舟去小

酒聯文杳未期後漢書市有賣漿老翁條長房曰樓下有小酒与卿為別

奉和張舍人送秦鍊師歸岑公山

仙翁歸卧翠微岑（翠微已出上卷）一葉西飛月峽深（華陽國志巴郡江州有明月峽）松澗定知芳草合（松澗已出上）玉書應念素塵侵（集仙録天尊上聖朝宴之會考校之所王母皆臨决焉上清宝經三洞玉書凡有授度咸所關預也李白詩陰符生素塵）閑雲未繫東西影野鶴寧傷去往心（雲鶴見上卷蕭先生詩注）蘭浦蒼蒼春欲暮落花流水思難禁（注見上卷何人知處武陵溪注）

送陶少府赴選（廣異記定命録皆昌縣尉為以府）

陶公官與本蕭疎長傍青山碧水居久向三茅窮藝術（南史本傳陶弘景字通明丹陽秣陵人也止于句容之句曲山恒曰此山下是第八洞宫名金陵華

陽天昔漢有咸陽三茅君得道來掌此山故謂之茅
山乃山中立館自號華陽陶隱居焉又云始從東陽
谿遊嶽受符圖經法尤明陰陽五行風角星筭山
川地理方圓産物醫述本草年代暦以筭推知仍
傳五柳舊琴書五柳見上注故去來詞悦親戚之情話樂琴書以銷憂迹同飛
鳥栖高樹心似閑雲在大虛陶潜故去來鳥倦飛而知還雲無心以出岫天
台山賦大虛遼廓而無閡自是葛洪求藥品晉書葛洪字稚川從祖吳玄將學道得仙
號曰葛仙公其鍊丹秘術悉得其法以年老欲鍊丹砂以期遐壽聞交阯出丹砂求為句漏令行至廣州
刺史鄧嶽留不許洪乃止羅浮山鍊丹不閑梅福戀簪裾前漢書梅福字子真九江
壽春人也補南昌尉後去官歸壽春數上言變事至元始中王莽顓政福一朝棄妻子去九江至今傳以
為仙其後人有見福於會稽者變名姓為吳市門卒云

寄張祜

越水吳山任興行五湖雲月掛高情五湖已出上卷不游都
邑稱平子後漢書張衡字平子善属文遊京師四十不仕順帝時閹官用事欲歸田里故作歸
田賦曰遊都邑以永久無明以佐時云云起應機以縱逝与世事乎長辭云云祇向江東作
步兵晉書張翰縱任不拘時人号為江東步兵昔歲芳聲到童稚老來佳
句遍公卿知君氣力波瀾地留取陰何沈范名本傳詩史
類學隱何苦用心又沈范早知何水部

盧逸人隱居

碁局茅亭幽澗濱竹寒江靜遠無人村一作庭梅尚斂
風前笑沙草初偷雪後春鵬鷃論中銷日月鵬鷃見莊子滄
浪歌裏放心神見上卷漁父詩注平生自有煙霞志久欲拋

身神隱論 謝朓詩隱論既已託靈異居然栖注隱論隱逸也桓子野新論天下神人五一曰隱論神習也

唐大詩話

道齋

仙家夜醮武陵溪 已出上卷 環珮珊珊隊仗齊 環珮已出上神女賦動霧縠以徐步兮拂墀声之珊〻注珊〻声也

銀燭繞壇香炧落 銀燭已出上炧徐也切燭餘也

玉童傳法語聲低 三元元始天王於明霞之館大霄雲户下教以授三天玉章

要知消息求青鳥 古樂府辭道衡豫章行願作王母三青鳥飛来飛去傳消息相庭事范消息注消盡也息生也謂可加即加可減即減

別換衣裳熨紫霓 仙傳拾遺郭周藩記神仙譚宜事詩曰頭冠簪鳳凰身著紫霓裳熨於勿切尉火展帛也

說向人間如夢見再來唯恐被花迷 見上卷武陵溪注

十抄詩卷下終

余寀洛東寀路出密陽適見重刊夾注十抄詩
取看一兩板注多魚魯特以告府伯李侯〻之
言曰是詩抄者東賢也注者亦東僧也而世之
啓蒙者率由是入眞吾東方之青氈也然板本
甚鮮且今更設進士科用詩賦則學者固不可
不知也惜其湮沒旁求僅得一本竊有重刊之
志告于監司相國金城李公公欣然樂從卽命
鋟梓而予行適至誠幸也將予爲我刊誤以惠
來學重違雅命就校之然學未精博旁無書籍
姑以所記憶者改正之凡四百單五字雖有所

謬誤不敢的記爲某字仍留以俟博聞者噫是
卒逝後至元三年丁丑歲今安東府所刊尙福
城君愼村權先生諱思復爲進士時所寫也距
今纔百有六年世已無識者誠可惜也僕旣乏
於詩精於三尺深味是詩有切於初學故擧々
若是而盖可李 公樂與爲善之意亦至矣噫維
自今知二君子之用心使不泯以傳著有幾人
乎候陽城世家也名伯常號景泰三年壬申仲
夏初吉奉訓郎校書校理知製 敎權擥敬跋

五更曉影聽猜樣
無語別殘光斷猜
旅月半夜來雁生
杏花殘[illegible]涛光亮

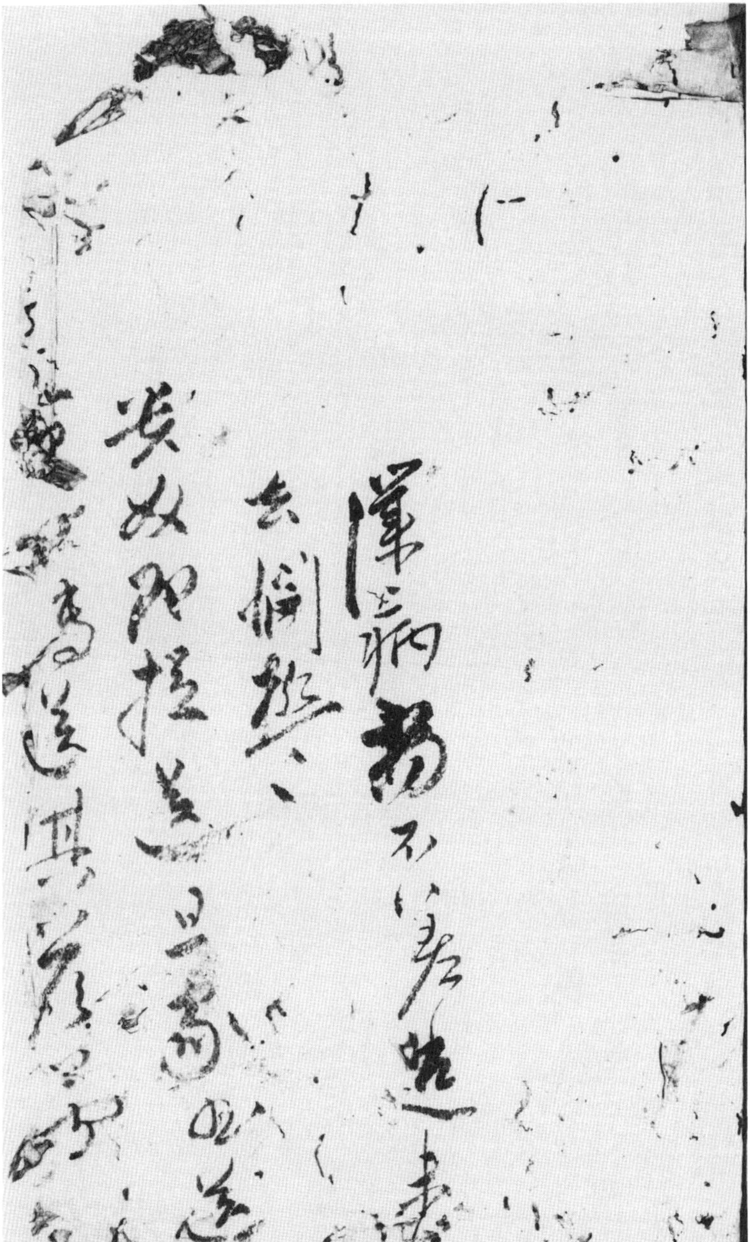

解題篇

解　題

一　『十抄詩』『夾注名賢十抄詩』の編撰

『十抄詩』は、中唐・晩唐の詩人（五代に及ぶ李雄も含む）二十六家（劉禹錫・白居易・溫庭筠・張籍・章孝標・杜牧・李遠・許渾・雍陶・張祜・趙嘏・馬戴・韋蟾・皮日休・杜荀鶴・曹唐・方干・李雄・吳仁璧・韓琮・羅鄴・秦韜玉・羅隱・賈島・李山甫・李群玉）および新羅の詩人四家（崔致遠・朴仁範・崔承祐・崔匡裕）、あわせて三十家、各家十首の七言律詩、すべて三百首を選錄する詩集である。總詩數三百としたのは、「詩三百」という『詩經』の詩篇所收概數に倣ったのであろう。

この『十抄詩』の注釋書が『夾注名賢十抄詩』である。『夾注名賢十抄詩』は、撰者の自序「夾注名賢十抄詩序」の末尾に「月巖山人神印宗老僧　子山略序」（本書頁一九七。以下、別に注記を施さない頁次は本書のもの）と記し、撰者が子山という朝鮮密敎の神印宗の僧であることが知られる。また「夾注名賢十抄詩序」に「本朝の前輩鉅儒、唐室の群賢の全集に據り、各おの名詩十首を選び、凡て三百篇。命（なづ）け題して十抄詩と爲す」とあり、『十抄詩』が朝鮮の學者によって唐人の別集から錄出された名詩選集であり、所收詩人おのおの十首を選錄したゆえ、「十抄詩」と命名したことが分かる。『十抄詩』は各卷十五家を收錄する二卷本であるが、『夾注名賢十抄詩』は各卷十家を收める三卷本に改編しているに過ぎず、兩書の間で選錄作品の出入は全く見られない。

『十抄詩』の編者については、『夾注名賢十抄詩』の權擥の跋文に引く李伯常の言に「是の詩抄する者は東賢なり」(頁四五九)とあるのみで、ここにも姓名を示さず、殘念ながら誰氏の編か知りがたい。その成立時期も明確にしがたいが、『十抄詩』には唐・五代詩九十九首や新羅の崔致遠六首の佚詩が傳存しており、また既存の作品であっても宋代以降のテキストとは異なる古い系統の本から選錄されており、作者や詩題・本文に異同が甚だしいことから推測して、唐(九〇七年亡)・新羅(九三五年亡)の末代より遠く隔たらない高麗(九一八～一三九二)前期に編せられたと考えられる。韓國の扈承喜氏「『十抄詩』一考――『全唐詩』未收錄作品を中心として(原副題「『全唐詩』미수록작품을 중심으로」)――」(「季刊書誌學報」第一五號、一九九五年三月)が高麗前期、中國の查屏球氏「新補《全唐詩》１０２首――高麗《十抄詩》中所存唐人佚詩」(「文史」二〇〇三年第一輯・總第六二輯)が一〇〇〇年前後、新羅末・高麗初(五代・北宋初に相當)と推定するのは首肯し得よう。『夾注名賢十抄詩』も成立時期の確定は困難であるが、高麗後期、西暦一三〇〇年を挾む前後數十年の閒に撰せられたと考えられる(中國藝文研究會、二〇〇七年六月、拙著『唐代の詩人と文獻研究』所收「朝鮮本『夾注名賢十抄詩』の基礎的考察」參照。以下、拙稿と略稱)。『夾注名賢十抄詩』はその注にも貴重な佚文の引用がしばしば見られ(拙稿參照)、兩書は、中國文學および朝鮮漢文學の研究資料として甚だ高い價値を有している。また日本の大江維時『千載佳句』は、唐詩の佚句や異文を傳える貴重資料であるが、唐人の作品のみならず新羅詩人の作を收める點において『十抄詩』と同樣であり、かつ共通する詩を採錄する事例も見える。『十抄詩』『夾注名賢十抄詩』は、東アジア漢字文化圈という廣い視野で漢詩を考察する上において、極めて重要な資料を提供している。

二　『十抄詩』『夾注名賢十抄詩』に存する佚詩

『十抄詩』『夾注名賢十抄詩』のみに傳えられた詩は、唐・五代詩人十八家九十九首、新羅詩人の崔致遠六首、すべて一百五首を數え、所收三分の一强が佚詩で占められている。市河寛齋の『全唐詩逸』より陳尚君氏『全唐詩補編』（中華書局、一九九二年一〇月。なお中華書局、一九九九年一月、簡體字横組み『全唐詩（增訂本）』所收の『全唐詩補編』は訂正を加え、「新見逸詩附存」を附す）に至る『全唐詩』補佚の歴史において、一擧に約百首もの佚詩を拾えることは、まさに奇跡といえる。佚詩が收錄された詩人を次に示しておく（以下、詩人名や詩題に加えた數字は本書資料篇の「『十抄詩』『夾注名賢十抄詩』所收詩人・作品一覽」の整理番號である）。

【所收十首すべて】13韋蟾　20李雄　21吳仁璧
【九首】05章孝標　14皮日休　【八首】18曹唐　25羅鄴　【七首】09雍陶
【六首】07李遠　15崔致遠　【五首】22韓琮　【四首】11趙嘏
【三首】04張籍　12馬戴　28賈島　【一首】02白居易　06杜牧　27羅隱　30李群玉

これらのうち注目すべき作品を一、二首紹介しておきたい。はじめに07李遠の065「❺轉變人」を擧げよう。

轉變人
綺城春雨洒輕埃
同看蕭娘抱變來
時世險粧偏窈窕

變を轉ずる人
綺城の春雨　輕埃を洒（あら）ひ
同（とも）に看る蕭娘の變を抱きて來るを
時世の險粧　偏（ひと）へに窈窕たり

風流新畫獨徘徊　風流の新畫　獨り徘徊す
場邊公子車輿合　場邊の公子　車輿合し
帳裏明妃錦繡開　帳裏の明妃　錦繡開く
休向巫山覓雲雨　休めよ巫山に向ひて雲雨を覓むるを
石幢陂下是陽臺　石幢陂下　是れ陽臺

この詩は、女性の變文語りを描いた作品である。變文を題材にした唐詩として、これまで敦煌變文や日本の「繪解き」研究に重要視されてきたのが次に引用する吉師老の「看蜀女轉昭君變」詩（唐の韋縠『才調集』巻八所收）である。

看蜀女轉昭君變　蜀女の昭君變を轉ずるを看る
妖姫未着石榴裙　妖姫は未だ石榴裙を着せず
自道家連錦水濆　自ら道ふ家は錦水の濆に連なると
檀口解知千載事　檀口解く知る　千載の事
清詞堪嘆九秋文　清詞嘆ずるに堪ふ　九秋の文
翠眉嚬處楚邊月　翠眉嚬む處　楚邊の月
畫卷開時塞外雲　畫卷開く時　塞外の雲
説盡綺羅當日恨　説き盡す　綺羅　當日の恨み
昭君傳意向文君　昭君　意を文君に傳ふ

この吉師老詩と同じように、李遠「轉變人」も艶冶な女性が畫卷を開きつつ變文を講唱するという設定である。かつまた兩者、演目が王昭君もの（敦煌變文に伯2553「王昭君變文」あり）であることも等しい。唐代の變文流行を窺い知る同時代資料として、新たにこの李遠詩が加わったことは俗文學研究に大きな意味をもつ。吉師老の生平が全く分からず、彼の詩は何時の作か詳らかにしがたい。一方、李遠（生卒年未詳）の場合、大和五年（八三一）の進士であるので（『登科記考』巻二一）、おおよその制作時期が把握でき、王昭君の變文の行われていた時期も推定できる點、李遠詩の資料性は吉師老詩に優るといえよう。

續いては25羅鄴247「❼蛺蝶」詩に注目したい。

蛺蝶

草色花光小院明
短橋飛過勢便輕
紅枝裊裊如無力
粉翅高高別有情
俗說義妻衣化狀
書稱傲吏夢彰名
四時羨爾尋芳去
長傍佳人襟袖行

蛺蝶

草色　花光　小院明らかに
短橋　飛び過ぎ勢便(すなは)ち輕ろし（「橋」字『夾注名賢十抄詩』は「墻」に作る）
紅枝裊(でう)裊として力無きが如く
粉翅高高として別に情有り
俗に義妻は衣狀を化すと說き
書に傲吏は夢に名を彰らかにすと稱す
四時　羨む　爾の芳を尋ね去り
長(つね)に佳人の襟袖に傍(そ)ひて行くを

これは蝶を主題にした詠物詩である。詠物詩を好んだ羅鄴は、『全唐詩』に七絶「秋蝶」二首も遺している。詠物詩は典故を用いることが多い。「蛺蝶」詩も後聯に故事を詠み込み、その第五句は、梁山伯と祝英臺という男女の悲戀物語として中國で名高い「梁祝故事」を用いたものである（第六句は言うまでもなく『莊子』齊物論「莊周夢爲胡蝶」に基づく）。この「俗說義妻衣化狀」という一句は、梁山伯の死に殉じ黄泉路で結ばれた「義妻」祝英臺の衣が蝶に化すという「梁祝故事」の最も印象的な情節を詠じており、この說話と蝶との結びつきが相當に古いことを示す貴重な資料となっている。なお『夾注名賢十抄詩』は、「俗說義妻衣化狀」の句に俗閒の歌辭「梁山伯祝英臺傳」を引用する。これもまた俗文學資料として貴重な佚文である（詳細は前掲拙著所收「『夾注名賢十抄詩』中の「梁山伯祝英臺傳」と「梁祝故事」說唱作品との關聯」參照）。

このように『十抄詩』『夾注名賢十抄詩』は、唐詩研究の新資料として重要なだけではなく、俗文學研究にとっても有意義な資料を提供しており、東アジア文學史上、極めて價値の高い文獻である。

三　『十抄詩』『夾注名賢十抄詩』選錄の底本

『夾注名賢十抄詩』の編者子山の自序に、『十抄詩』は「唐室の群賢の全集に據りて」選錄された詩集であると記されている。しかし本書所收の各詩人の「全集」がいかなる系統の本であったのかは、今となっては固より詳らかにはしがたい。所收の三分の一强が他書には見られない佚詩によって占められているので、編選に用いられた底本は古くに傳來を絕った「全集」であったことが容易に知られる。隻句の存在すら知られず、當然『全唐詩』にも名を留めない幻の詩人とも稱すべき李雄の作が『十抄詩』『夾注名賢十抄詩』から出現したことは、その最も顯著な例といえよう。

李雄という詩人が晩唐、五代の閒にいたことは、南宋の晁公武『郡齋讀書志』卷一八（衢本。袁本『後志』卷二）に「鼎國詩三卷。右後唐李雄の撰。雄は、洛雒の人。莊宗の同光甲申歲（二年、九二四）、金陵・成都・鄴下に遊び、各おの詠古の詩三十章を爲（つく）る。三國鼎峙を以ての故に鼎國と曰ふ」と傳えられていたが、全くその存在が不明であったのである。『十抄詩』『夾注名賢十抄詩』に選録された20李雄詩十首すべて、次に示すように「金陵・成都・鄴下」の古跡や風物に取材した詩であり、まさしく『郡齋讀書志』にいうところの「鼎國詩」を底本とすることが判明する。

【鄴下（魏）】191❶漳水河　192❷雲門寺
【金陵（呉）】193❸秦淮　194❹臺城　195❺江淹宅　196❻向呉亭　197❼水簾亭
【成都（蜀）】198❽濯錦江　199❾子規　200❿張儀樓

『十抄詩』編選に用いられた別集が佚傳のテキストであったと推定しうる根據は、佚詩を収録する李雄のような事例ばかりでなく、現存する作品が選ばれた詩人においても見いだせる。たとえば劉禹錫の十首すべては既存作であるが、興味深いことに今本の劉禹錫集ではいずれも外集の詩として収録されている。それゆえ『十抄詩』の編者が外集を用いたという推測も可能なように思われる。しかし劉禹錫集の外集は、もと四十卷あった劉集の十卷（卷二一～卷三〇）が散佚し、それを北宋の宋敏求（一〇一九～一〇七九）が種々の資料から輯佚したものである（徐鴻寶影印宋紹興本『劉賓客外集』附宋敏求・董弅「後序」）。『十抄詩』の劉詩選録は外集からではなく、古く傳わった原四十卷本の劉集に基づいたと思われる。その根據として、『夾注名賢十抄詩』撰述のころにも、この舊本系の劉集が遺存していたことを物語る、第五首005「王少尹宅讌張常侍二十六兄・白舍人大監、兼呈盧郎中・李員外二副使」詩の題下に加えられた「本注、時充弔册烏司徒使」という夾注（頁二〇五）が存在する。「本注云々」は『夾注名賢十抄詩』が本集の原注を引用する際の表記であるから、この注は劉禹錫集の原注と見なしてよい。ところが現存の二種の宋版足本劉集（四部叢刊影印蜀大字本と前掲紹興本）にはこの注が見えないのである。『十抄詩』の成立は高麗前期と推定され、宋敏求の外集編纂時期はこれに近いが、『十抄詩』の編者は宋敏求本を用いず、この原注を有する舊本系劉集を用いたと考えられる。

さらに注目すべき點として、『十抄詩』『夾注名賢十抄詩』所收詩と各詩人の現行作との閒に文字の異同が隨所に見えることも擧げられる（これに關しては、査屏球氏整理の『夾注名賢十抄詩』上海古籍出版社、二〇〇〇年八月、附錄「《十抄詩》與《全唐詩》異文對照」に詳しい）。また拙稿で指摘したごとく、『十抄詩』には10張祜と12馬戴に現在、許渾詩として傳わる作品が多く見られるという重出現象も特色がある。こうした異文の夥しさ、特異な重出現象も『十抄詩』が唐五代の舊本を用いていることに由來しており、唐詩校勘の資料、あるいは作品傳來の多様性を示す資料として極めて價値が高い（なお『夾注名賢十抄詩』も舊本を用いた校勘をなし、唐詩の校勘に大いに資することを拙稿に指摘した）。

四　『十抄詩』『夾注名賢十抄詩』と大江維時『千載佳句』との關連性

『千載佳句』は、唐代の詩人および新羅詩人（崔致遠・金雲卿・金可記・金立之〈朴昂も加えるべきか〉）の七言詩（主として七言律詩）から一聯を摘錄し（所收一〇八三聯）、分類集成した摘句集である。編集には、日本に將來された唐代の作品集を用いており、中國では後世失われた詩篇を多く遺存している。興味深いことに、『十抄詩』『夾注名賢十抄詩』と『千載佳句』とは類似點がいくつか窺える。まず成立時期が兩者相近く、いずれも唐代から甚だしくは隔たらない頃に編せられている。それゆえに唐代の舊本を用いることができたため、佚篇を多數傳えている。また、選錄が七言律詩に重點が置かれ、かつ中・晩唐詩に偏る傾向があることも共通する。最も注目すべきは、『千載佳句』に多數の聯を選錄された詩人が『十抄詩』『夾注名賢十抄詩』所收詩人と少なからず重なる點である。このことを『千載佳句』末尾に附す詩・作者の注記に基づき表示すると、以下のようになる（臨川書店、二〇〇一年七月、『國立歴史民俗博物館藏貴重典籍叢書』所收本による。なお金子彦二郎氏『平安時代文學と白氏文集　句題和歌・千載佳句研究篇』培風館、一九五五年六月が修訂した所收數を括弧内に附した)。

詩千八十二首(一、〇八三首)

作者百五十三人(一四九人)

五百七首一人　02白居易(五三五首)

六十五首一人　元稹(六八首)

卌四首一人　08許渾(三三首)

卌首一人　05章孝標(三四首)

廿首一人　17杜荀鶴(一九首)

十九首一人　01劉禹錫

十八首一人　楊巨源(一四首)

十六首二人　19方干(一七首)　03溫庭筠(一八首)

十三首一人　11趙嘏

十二首二人　何玄(一一首)　賀蘭遂(竝びに『全唐詩』未見詩人)

十一首一人　王維(一〇首)

十首一人　27羅隱

九首二人　15崔致遠　盧倫〔綸〕

七首三人　鮑溶　李端　張蕭遠

六首六人　羅鄴　金立之(七首)(新羅詩人)　杜甫

溥〔傅〕溫（五首）（『全唐詩』未見）　　陳標　　莊翶
（以下、五首四人・四首七人・三首十二人省略）
二首十九人　　蘇替（『全唐詩』未見）　28賈島　（以下、省略）
一首七十八人　……張祐烝（承の誤字であろう）〔10張祜〕……04張籍……
（他に新羅詩人の金可記・金雲卿などを見るが省略）

『千載佳句』と『十抄詩』に互見する詩人は十三名である。『千載佳句』が十首以上を選んだ詩人は十四名を數えるが、そのうち『十抄詩』の詩人が九名いる。これに次いで九首が選ばれた崔致遠を加えると、『十抄詩』所收三分の一の詩人が『千載佳句』選錄數の上位を占めることになる。この重なりは、『千載佳句』の選錄が『十抄詩』と同様に中・晩唐に偏する傾向があり、この時期の詩名を有する詩人を選んだ當然の結果であると判斷することも可能であろう。

ところが『十抄詩』と『千載佳句』との採錄詩が共通するという例も見られるのである。その詩人名と詩數を示すと、下記の通りとなる。

劉禹錫三首　　白居易四首　　溫庭筠四首　　張籍一首　　章孝標一首　　許渾八首
張祜一首　　崔致遠一首　　杜荀鶴一首　　方干三首　　羅隱一首　　賈島一首

『千載佳句』が一首しか採錄しない張籍・張祜の作が『十抄詩』の選錄と同一というのは、餘りにも偶然すぎよう。また劉禹錫・溫庭筠・許渾・方干の場合、選錄詩の重複率が比較的高いといえる（劉3／19、溫4／18、許8／33、方3／17）。一體この現象をいかに理解したらよいのであろうか。『千載佳句』の編集に『十抄詩』が參考に用いられたとするならば、このように詩人・作品の選錄が重なるのは至極當然といえる。ただし、「莊宗の同光甲申歳（二年、九二四）、金陵・成都・鄴下に遊び、各おの詠古の詩三十章を爲る」という制作背景をもつ李雄『鼎國詩』の詩を選んだ『十抄詩』が、大江維時（九六三年卒）の生前に編集され、かつ日本に傳來したという事實があって始めてこの考えは成り立つ。前後の期間の短さに問題は殘るが、大江維時が『十抄詩』を利用する機會は全くなかったと斷言することはできないと思われる。兩者の共通點を理解する一つの假説として、維時が『十抄詩』を參考にした可能性を提示しておきたい。

ただし、兩書が共通して採録する詩の本文が全く同一であれば、この可能性も高くなるが、次に示すように、異同の甚だしい詩句が存在する。その一つとして05章孝標の042「❷十五夜翫月遇雲」を擧げよう（引用は前後聯の四句。○は同文を示す）。

十抄詩	千載佳句（全唐詩逸）
無端玉葉連天起	○○○○○○○
不放金波到曉流	○○○○○○○
魑魅得權辭古木	暗惜蚌胎沈海面
笙歌失意散高樓	仰思鵬翼破風頭

この詩は『全唐詩』『全唐詩補編』未收である。『千載佳句』卷上「天象部・月」に265章孝標「玩月遇雲」として録され、續いて「同上」として録された詩句を採って、『全唐詩逸』卷上は併せて「玩月遇雲」四句として輯佚した。『十抄詩』『夾注名賢十抄詩』は、その全句を傳えて甚だ貴重であるが、後聯が『千載佳句』と全く異なっている。

また10張祜098「⑧題楊州法雲寺雙檜」は、『千載佳句』卷下「草木部・檜」に619「告（按寺字之形謁）雙檜」として後聯が録されているが、次のように詩句が異なる。

十抄詩　　　　千載佳句

遠無山處秋嵐色　　高臨日戸〇雲影
長似階前夜雨聲　　靜入風簾〇〇〇

宋蜀刊本『張承吉文集』（上海古籍出版社影印本）巻七および『全唐詩』巻五一一は、この詩を「楊州法雲寺雙檜」と題し、『千載佳句』とほぼ等しく後聯を「高臨月殿（全一作戸）秋雲影、靜入風廊（全作簷、注云一作廊）夜雨聲」に作っている。『十抄詩』『夾注名賢十抄詩』の本文は孤立しており、『千載佳句』とも大いに異なっている。

こうした本文上の相違を見る以上、大江維時が『千載佳句』を編纂する際に『十抄詩』から摘句したとは言えまい。このほか最も大きな違いとして、『千載佳句』が白居易に次いで多く収めている元稹詩を『十抄詩』『夾注名賢十抄詩』が選録していないということが擧げられる。したがって、假に大江維時が『十抄詩』を利用した場合、それは選録の參考に資したという範圍に止まるようである。

しかし、たとえ大江維時が『十抄詩』を見られなかったとしても、『千載佳句』は崔致遠・金立之・金可記（章孝標「送金可紀歸新羅」詩は「金可紀」に作る）・金雲卿といった新羅詩人（朴昻も新羅人か）の作を採録しており、新羅あるいはまた高麗の詩文集が日本に將來されていたことは疑いない事實である。今後、平安漢文學を考察するにおいては、朝鮮半島の漢文學の動向にも注意を向ける必要があると思われる。その重要資料として、本書に影印した『十抄詩』『夾注名賢十抄詩』の利用は缺かせないであろう。

五　北京大學圖書館所藏整版本『十抄詩』

本書の『十抄詩』は、確認し得た諸本のうち最も精善な北京大學圖書館所藏の整版本を影印した。この本の書誌は次の通りである。

二巻（上・下各巻十五家收錄）。李朝朝鮮前期（明宗・宣宗閒）刊（後修）、整版。薄茶色空押し雷紋地菱花紋散らし表紙（二四・一×一五・六糎）、一册、白絲による五針眼裝。墨筆外題「十抄詩全」。單邊（一七・八×一一・七糎）、有界八行、行十五字。版心大黑口、上下内向黑魚尾「抄詩幾　（丁附）」。料紙は厚手の楮紙。序・跋および目錄を附せず、また刊記も有しない。詩題上に墨圈を加え、詩人各家十首の區切りを示し、その題下には詩人名が墨書されているが、これらは後人の補筆によるものである（頁八〇の「韋濟」は「韋蟾」、頁一四二の「崔承佑」は「崔承祐」とすべきである）。また、101「長安秋晩」の詩題の上に「中」（頁六七）、201「宣州」に「下」（頁一三〇）とあるのは、『夾注名賢十抄詩』における卷次を示すもので、これも後人の補筆である。卷末に微細な蟲損を見るのを除けば、保存狀態は極めて良好である。ただし、後印にかかり、印面が不鮮明な部分が存在する。卷下の第十九葉裏（頁一三六）はその顯著な箇所であり、第二行第六字から十字までの「西秦再見別」・第三行第六字から十一字までの「耳皇州春色已」・第四行第六字から十三字までの「入漢堪驚羽翼新若」には墨書の補筆の跡が見られる。また僅かに朱點を加える。103「早春渭津東望」詩の末句「歸夢」の右傍に「下上」と加筆があるが（頁六九第四行）、これは文字の誤倒を正すものである。印記は、表紙裏面に「硯湖祕藏／奇書之壹」朱文長方印、首葉に「尙古／齋・寶／藏」上部白文下部朱文長方印・「孝經樓」朱文雙邊橢圓印・「罟（？）雄／私印」白文方印・「北京大／學藏」朱文方印・「山西等處承宣／布政使司之印／滿文雙行」朱文大方印、この他に判讀不能の藍文方印と白文長方印があり（本書口繪の首葉書影參照）、末葉には「北京大／學藏」朱文方印・「李印／盛鐸」白文方印・「木齋／祕玩」朱文方印・「罟（?）雄／之印」白文方印を見る。「硯湖」と「尚古齋」は、福井藩の右筆を務めた幕末・明治前期の佐藤誠（天保二年〈一八三一〉〜明治二十三年〈一八九〇〉）の別號であり、「孝經樓」は江戸後期の儒者として名高い山本信有（號北山。寶曆二年〈一七五二〉〜文化九年〈一八一二〉）の書齋號である。なお筆者は、二〇〇八年六月二十三日と九月一日に本版の閲覽の機會を得た。

藏書印によって本版は、江戸時代には日本に存在して山本北山から佐藤硯湖に轉じ、明治以後に李盛鐸（號木齋。一八五八〜一九三七。宣統三年〈一九一一〉山西布政使となる）の所藏を經て、北京大學に歸したことが分かる。『木犀軒藏書題記及書錄』（北京大學出版社、一九八五年一二月）の李盛鐸手稿の目錄「木犀軒藏書書錄」に「【十抄詩】二卷朝鮮刊本（明朝鮮刻本）朝鮮人編。雜收唐人及朝鮮人七律」と著錄される（該書頁三六七）。李盛鐸は、光緖二十四年（一八九八）十月に視察のため訪日し、そのまま使日欽差大臣に任ぜられ、同二十七年十一月に歸國するまでその任にあった。彼は公務の傍ら日本の古刻舊抄や朝鮮本を多數購入したが（『木犀軒藏書題記及書錄』附錄の張玉範「李盛鐸及其藏書」）、この『十抄詩』も在日中の購書の一つであったに違いない。

『十抄詩』『夾注名賢十抄詩』の傳來や現存本については、金程宇氏「《十抄詩》叢劄」（『域外漢籍研究集刊』第一輯、二〇〇五年。のち金氏『域外漢籍叢考』中華書局、二〇〇七年七月再錄）に詳しい。金氏によれば、現存の『十抄詩』はすべて刊本で、北京大學の他はすべて韓國に藏本が確認でき、高麗大學校晚松文庫、ソウル大學校奎章閣、澗松文庫にそれぞれ收藏されるという（なお後述の韓國學中央研究院影印『夾注名賢十抄詩』の林熒澤氏「《夾注名賢十抄詩》解題」は、このほか莽蒼蒼齋の藏本を擧げる）。筆者は、二〇〇七年六月に奎章閣本の覆寫を攜えソウルに赴き、短時間ながら晚松文庫本と奎章閣本を實査する機會に惠まれた（以下、北京大學本は北大本、晚松文庫本は晚松本、奎章閣本は奎章本と略す）。

晩松本と奎章本の版式は、既述の北大本と同一である。奎章本は、本文首尾各一葉の缺佚があるほか著しい損傷もあり、版心の完好な最初の葉は巻上第十八葉であった。その版匡は一七・五×一一・一糎である。晩松本は一七・六×一一・〇糎で、奎章本とほぼ等しい。兩本、北大本と同様に詩人名を補筆していた。晩松本は、久しい閲讀のための汚損が惜しまれた。文字は墨色が淡く、描補を施すことが多いが、一見、異同はないように思われた。ところが上巻第十二葉表に字形の差違に氣附いた。例えば奎章本は、晩松本「御」（第六行）の「卩」を「阝」に作り、「才」（第七行）を「寸」のごとくに作る。これらの字形において、北大本（本書頁二七）は晩松本に一致する。今回、覆寫によって北大本と奎章本を比べると、なおも上巻第十二葉と第十三葉に相異點を見いだした。その數例を次に擧げよう。

第十二葉表第二行では北大本「懽」を奎章本は「歡」に作る。同葉裏第一行では北大本「舩」を奎章本「舡」、第六行「鶯」を「鸎」に作る。第十三葉表第二行では北大本「曾」を奎章本は「曽」のごとくに作り、第三行「舊」において、草冠下に奎章本は「口口」を加え、北大本は「臼」を「旧」に、その上部を「権」の右旁に作る。同葉裏第三行では「樹」の中央を奎章本は「十」を缺いて「豆」に作る。また、かくのごとく奎章本と字形の相異が見られる北大本の上巻第十二葉と十三葉（本書頁二七〜三〇）は、字様の差違も感ぜられ、北大本は奎章本の鋭さが弱まり柔らかに見える。北大本自體においても、兩葉は前後の葉と字様を異にしている。そして何より、この二葉の版心は前後の葉と變化しており、上下とも魚尾と黑口との閒に空隙がなく、丁付の位置が下がっている。こうした相異點を晩松文庫本において確認するため、高麗大學校漢文學科の沈慶昊教授にお願いして寫眞を送ってもらい對照したところ、晩松本は北大本と盡く一致していた。つまり北大本と晩松本の上巻第十二葉と十三葉は補刻葉と判斷できるのである。北大本に漫漶が見えるのは後修本に屬するがためであった。したがって奎章本が原刻本、北大本と晩松本が後修本と見なしうる。

晩松本は本文の前に「十抄詩名氏目録」一葉を附している。これは北大本にはなく、奎章本は巻首に缺佚があるので原有は知り得ない。晩松本の「十抄詩名氏目録」の書影（撮影は沈慶昊教授の御協力による）を後掲資料篇の參考書影（頁五三八・五三九）に加えたが、惜しいことに原本の印面やや清爽を缺くので、次の通り翻字しておく（括弧内はもと小字雙行〈一部は單行〉。改行を／で、前葉末尾を」で示した）。

十抄詩名氏目録　　是詩抄者東賢也

劉禹錫（字夢得／中山人）	白居易（字樂天其／先太元〔ママ〕人）
温博士（名廷〔ママ〕筠／字飛卿）	張籍（字文昌和／州烏江人）
章博士（名孝標）	杜紫微（名牧字牧／之京兆人）
李員外（名遠字／求古）	許員外（名渾字用晦／潤州丹陽人）
雍端公（名陶字國／狀(1)成都人）	張祜（字承吉／南陽人）
趙渭南（名嘏字承／祐山陽人）	馬戴（字虞臣）
韋左丞（名蟾）	皮博士（名日休／字襲美）」
崔致遠（字孤雲新／羅慶州人）	朴仁範（新羅人）
杜荀鶴（字彦之(2)）	曹唐（字堯臣）
方干（字権〔ママ〕飛／桐廬人）	李雄
呉仁璧（字庭筠）	韓琮（字成封）
崔承祐（新羅人入／唐及第）	崔匡裕（新羅人入／唐遊學）
羅鄴（餘抗人）	秦韜玉（字中明／京兆人）

羅隱（字昭諫）　　　　　　　　　　賈島（字浪仙／范陽人）

李山甫　　　　　　　　　　　　　　李群玉（字文山／澧州人）　　終

（1）夾注09雍端公詩小傳引唐藝文志亦作國狀、百衲本新唐書藝文志等竝作國鈞

（2）之字下有墨書補筆云自称九華山人大順中登進士及第

標題下の「是詩抄者東賢也」は、『夾注名賢十抄詩』の權擘の跋文に引く李伯常の語を用いたものであり、雍端公の小傳の「字國狀」も『夾注名賢十抄詩』に從ったと思われ、この「目錄」は『夾注名賢十抄詩』に基づいて作られたものと推測される。それゆえ金程宇氏は、原本『十抄詩』に「目錄」はなかったものと指摘する。しかし版本『十抄詩』は、本文に詩人名を刻しておらず、「目錄」がなければ、十首ごとに誰の作か分からないという奇妙なことになるので、「目錄」があってしかるべきであろう。

現存を確認できないが、李仁榮氏も巻上の殘本を所藏したことが李氏『淸芬室書目』（巻二・壬辰以前刻本及鈔本　朝鮮人撰述下。寶蓮閣、一九六八年一〇月、頁一二二）に見え、「明宣閒刻本」すなわち李朝朝鮮の明宗（一五四六〜一五六六）宣宗（一五六七〜一六〇七）時代の刊本という（李氏が北朝鮮に移られたので、その藏書の存佚は不明である）。恐らく版式・字樣からこの見解を示したのであろうが、朝鮮本を富藏し、朝鮮版本に通じた李氏のこの出版時期の推定は傾聽に値しよう。さすれば、後述するごとく現存『夾注名賢十抄詩』の刊本が、權擘の跋文が記された景泰三年（一四五二）仲夏の頃の出版であるので、整版本『十抄詩』は、これに後れること約百年から百五十年の刊行にかかる。それゆえに整版本『十抄詩』は、『夾注名賢十抄詩』から本文のみを抽出して再編された可能性が想起される。また前述の通り「十抄詩名氏目錄」が『夾注名賢十抄詩』に由來することも、この可能性に一つの根據を與える。

しかし、整版本の『十抄詩』と『夾注名賢十抄詩』とを對校すると、詩本文に次の例のごとき異同を見る（上の詩

句が『十抄詩』、下が『夾注名賢十抄詩』、それぞれに本書の該当頁次を示す）。

113「河曲」（頁七五・頁二九八）第一句

三城樹影靄難分　　三城樹綠靄難分

178「蕚綠華將歸九疑山別許眞人」第四句（頁一一六・頁三六一）

長惜臨霞語未終　　長恨臨霞語未終

232「長安春日有感」第四句（頁一五〇・頁四〇九）

故園芳草夢中春　　故園芳樹夢中春

240「憶江南李處士居」第五句（頁一五五・頁四一四）

窓前露藕紅侵砌　　庭前露藕紅侵砌

251詩題（頁一六一・頁四二二）

長安書懷　　長安書情

以上の相異から考えて、整版本『十抄詩』は『夾注名賢十抄詩』から本文を抽出して再編されたものとは一概には言えないであろう。別に正文本『十抄詩』が存在して、それを底本に用いて刊刻された可能性も十分に考えられる。

なお、整版本『十抄詩』の詩題が『夾注名賢十抄詩』に比べ短くなっている作品が八例ある。それらを作品整理番号で列擧すると、002・005・011・044・082・176・179・202である（後掲資料篇の「『十抄詩』『夾注名賢十抄詩』所收詩人・作品一覽」參照）。いずれの詩題も十四字になっている。整版本『十抄詩』は一行十五字からなり、詩題は低一格の體裁を取るため、十五字以上の原題に刪修を加えて十四字としたのであって、原『十抄詩』がこのような便宜的な標題を行っていたとは思われない。

上記の擧例以外にも整版本の『十抄詩』『夾注名賢十抄詩』には文字の異同が散見され（頁四七一所掲の「蛺蝶」詩第二句など）、閲讀利用の際には兩本對比して是非を判斷する必要がある。この影印本が『十抄詩』『夾注名賢十抄詩』を併せ収めた所以である。

六　陽明文庫所藏『夾注名賢十抄詩』

『夾注名賢十抄詩』として、本書は目下、日本で唯一存在が知られている財團法人陽明文庫の所藏本（以下、陽明本と略稱する）を影印した。先の北大本『十抄詩』と同じく、先ず陽明本の書誌を記しておきたい。

三卷（上・中・下、各卷十家収錄）。景泰三年（一四五二）跋刊（密陽府、後修）、整版。鬱金色表紙（三〇・七×二一・三糎）、改裝二册（卷中第二十一葉を以て二分册）、紺絲による四針眼裝。四周雙邊（二四・六×一六・八糎）、有界十行、行二十字、注小字雙行。版心大黑口、上下内向黑魚尾、「十抄詩上（丁附）」。表紙に墨筆外題「唐人詩話乾（坤）」、また右下に「共二」とある。料紙は楮紙。首に月巖山人神印宗老僧子山「夾注名賢十抄詩序」、「夾注名賢十抄詩目錄」各一葉、卷末に景泰三年壬申（一四五二）仲夏初吉、奉訓郎校書校理知製敎權擥（一四一六〜一四六五）の跋（一葉）を附す（李云俊跋と列銜を缺く。改裝時の脱落であろう）。保存狀態は概ね良好であるが、少許の蟲損が惜しまれる。印面に部分的な漫滅や字畫の缺損が生じているのは、後述するごとく本版が後修本に屬するがためである。本文に墨筆の旁點を加える處がある。また乾坤兩册の前後表紙裏に墨書が施されている。乾册には朱子の「克己」詩（『晦庵集』卷二）「寳鑑當年照膽／〔寒〕向來埋沒太無端／祇今垢盡明全／見還得當年寳鑑看」、「次范碩夫題景福僧開窓韻」詩（同卷十）「昨日土墻當面立／今朝竹牖向陽開／此心若道無通塞／明暗何緣有去來」が記され、坤册の大字の墨書には

「籬園花落後竹／砌筍生初一夜春光／盡千年樂事虛」、「五更燈影照殘粧／無話別離先斷腸／落月半庭椎戸出／杏花疎影滿衣裳」とある。坤册の二首は誰氏の作か未詳。坤册にはなお墨書があるが、これも本書に何ら關わることがない朝鮮學人の筆のすさびである。毎册首葉に「近衞藏」朱文長方印と「陽／明／藏」朱文横長印を鈐す（本書の口繪參照）。前者は、第二十一代近衞家當主の家煕（寛文七年〈一六六七〉～元文元年〈一七三六〉）以前の使用印であるので、本版が近衞家に收藏されたのは江戸初期と推測される。

　權擥の跋文によれば、『夾注名賢十抄詩』には、後至元三年（一三三七）に安東府で刊行された版本があって、景泰三年（一四五二）の重刻に際して「四百單五字」もの改正を加えたという（本書頁四五九・四六〇）。後至元三年本は、恐らく『夾注名賢十抄詩』の初版本と考えられるが（拙稿參照）、權擥の當時においても「旁く求めて僅かに一本を得」たというほどの稀覯本であって、今や傳本を確認できない。現存する版本『夾注名賢十抄詩』は、すべて陽明本と同じく權擥校訂重刻本である。陽明本以外は皆、韓國に所藏される。足本はソウル大學校奎章閣（以下、奎章本と略稱。なお別に近抄本を藏す）、韓國學中央研究院藏書閣（慶州孫氏宗宅松簷所藏本の寄託保管。以下、松簷本と略稱。本版はかつて『韓國典籍綜合調査目録』第一輯、文化財管理局、一九八六年、頁七三〇に「韓國月城郡孫東滿藏本」として著録された）に所藏されており、他に殘本が國立中央圖書館（存中・下卷。二部。以下、中央本と略稱）、誠庵文庫（存中卷）、慶北大學南權熙氏（存上下卷殘葉）に藏され、また李仁榮氏『清芬室書目』（卷二、頁一一九）に中・下卷の所藏を記している。奎章本・中央本（書號古貴3715－16）の覆寫、松簷本の影印本（『韓國學資料叢書39　夾注名賢十抄詩』韓國學中央研究院、二〇〇九年一月）をもって陽明本と對比すると、陽明本は、松簷本との間に異同箇所が確認でき、奎章本・中央本とでは松簷本において見られる異同がないことが分かった。陽明本と松簷本との異同箇所は次に列記する通りである（頁次は陽明本では本書、松簷本では影印本に從う）。

陽明本	松簷本
1鸞鳥詩序（頁三〇五第一行右）	鸞鳥序詩（頁一四五）
2而后意不回（頁三一六第七行右）	而後意不回（頁一五六　墨筆描改作后）
3孕秀生奇特十二乘舟（頁三二五第二行左）	孕秀奇特十二乘舟（頁一六五）
4謂先生曰（頁三八三第二行左）	謂先生白（？）（頁二二三　墨筆描改作曰）
5尚書郎□云□□吏部郎（頁四〇二第一行右　□白匡）	尚書郎云云吏部吏部郎（頁二四二　上吏部二字、加墨圍以示衍字）
6嫣（右旁有缺）然一笑（頁四〇四第七行右）	婿然一笑（頁二四四　墨筆描改作嫣）
7登墻窺臣（頁四〇四第七行左）	登墻●（未詳、門部某字）臣（頁二四四　墨筆描改作闚）
8因茲感得相（頁四一九第三行左）	因茲□□相（頁二五九）

以上いずれも夾注部分である。陽明本のこれら八箇所を一見すると、前後の文字との不自然さが顯著であり、埋木や剜改による訂正であることが容易に知られる。奎章本・中央本も陽明本と同様の改刻がなされており、三本はすべて後修本であり、松簷本は補刻の加わらない原刻本であると判明する。後修本は、1では誤倒、2・4・6・7では誤字、5では誤衍をそれぞれ正し、3・8では脱字の補訂を行うものである。1から7までは、現在の我々でも夾注の引用書に基づけば訂正しうるが、8は先に言及した佚文の歌辭「梁山伯祝英臺傳」を引く注に當り、たとえ僅か二字といえども、この補正は極めて貴重である。原刻本は尊ぶべきではあるが、後來、補正を加え重印することが往々あり、後修本も無視し得ないことは版本學上の注意點である。この『夾注名賢十抄詩』もその例であって、原刻本の影印が既に行われたが、後年の補正本の價値を認め、陽明本を廣く利用に供したく、ここに影印出版したのである。

權擘による四百餘字の訂正を經、その後の訂補も施されたのが陽明本等の『夾注名賢十抄詩』であるが、なお魯魚の誤りが遺されている。今、一例を擧げると、頁三五八第七行右「華」は「畢」が正しい（松簷本頁一九四は「畢」と墨筆校改する）。査屏球氏の整理本（上海古籍出版社、二〇〇五年八月）は校訂も行われ甚だ有益であるが、底本に奎章閣の近抄本を用いたことや、なお漏校があるのを憾みとする。詳細な校注本の公刊が望まれる。なお整版本『十抄詩』及び『夾注名賢十抄詩』には、異體字の使用が少なくなく、にわかに判讀しがたいものもあるので、難讀異體字の一覽を本書の附錄の一つとした（資料篇「『十抄詩』『夾注名賢十抄詩』異體字一覽」）。また、陽明本に缺ける李云俊跋と刊記・列銜の各一葉及び漫漶・補刻葉の一部を松簷本の影印本から轉載し附錄した（資料篇の參考書影頁五四〇〜五四四）。なお、松簷本は刊記に缺損があり、また、列銜の首行が不鮮明である。奎章閣の整版本によって補うと、前者は「密陽府開刊」、後者は「色戸長朴蘗」である。

附記‥本解題の四章までは、拙稿「唐詩の新資料・朝鮮本『夾注名賢十抄詩』をめぐって――『千載佳句』との關連性――」（「和漢比較文學」第四〇號、二〇〇八年二月）の一部を修補したものである。

『十抄詩』不鮮明・缺損箇所一覧

漢數字は本書の頁次、算用數字は行數を示し、當該字に圈を施した。ソウル大學奎章閣所藏本を用いて補ったが、これに缺けるところは陽明文庫本『夾注名賢十抄詩』の本文を參考にし、その旨を注記した。異體字や行・草書體の文字は、これを舊字體に改めたものがある。

『十抄詩巻之上』

五　2　二處子劉○禹○錫○
（墨書加筆部分）
　　4　年野○草○
　　5　掩亂○
　　8　久遠○期雪○
六　8　章○韓信
八　7　舊叢○
九　2　佳○氣
一〇　4　殿庭○
　　8　洛陽○

一四　1　駐○浦間
一六　1　虹○殘
二〇　7　李○舍人
二一　1　紫微○
二六　1　無○不
　　5　滿○宮樓
四一　6　野火○
四四　1　硯水清○
四六　4　閩○中
四七　4　搖膝思○無○窮○
　　8　翻○作断○

四九　1　迷對○
五二　1　張○厚
　　2　南○宅
五三　4　西湖○清○讌
　　6　客醉○……桂○戢
　　7　帆○過犖洛就○中
五四　1　獨○振儒○風過盛時○紫
　　泥○
　　2　書劍還○家○
五六　2　壯心○

6　秦樹○
7　如愁○
五八　1　聖朝永○
五九　3　嘶○紫陌……到○門
5　秋居○病○中
6　悄悄○
8　晩蝶縈○蛛○網
六〇　4　鐵爲條○
6　鞘○向……驚○動
六二　3　屛○外碧雲秋○
六五　8　南榮○
六六　2　秋嵐色○長似階○前
3　綠陰○終○借○蹔○
4　登越臺○懷○鄉
5　宿○雲開
7　衡○峯
六七　4　五○湖○直
8　人倚○樓○紫○艶○

七六　1　雨滴○
七七　2　老無○功
3　張谷暗○
7　廟○門開
七九　6　安楡○（末兩劃未刻、奎章閣本同、今據夾注本）
7　前侶暗○……孤鳴○
八二　7　日○欲曛
八三　8　霜夜紀○詠
八四　2　耀○（右旁缺損、奎章閣本同、今據夾注本）虎威
八九　5　奉和令○狐
8　飄灼○灼○
九五　7　野亭○
九六　2　知己○

『十抄詩卷之下』

一〇〇　2　共厭羈○
一一九　8　分○明
一二三　1　似任○官
一二六　4　強○呑
一二七　6　潛銷○玉○樹風
一二八　1　巧無蹤○
一三三　3　二頃田○
6　中青○
8　葉○盡紅
一三四　5　須會○句○
8　猶自○
一三五　3　移向○
一三六　2　西秦○再○見○荊○山玉使
眞清○
3　皇州春○色
4　風雷急○入漢○堪鷩○

	5	合将肥○骨○碎○爲○塵○
	7	暖風○遅○日早○鶯○歸○
	8	憑○細……長○條繫○落○
		暉
一四三	1	澹連○空○蘆○
一四五	7	從此幕○
一四八	3	不唯○兒○
	4	盡涕零○
一五〇	5	臘○天春繁○
一五八	1	先生暗○
一六四	1	作賦被○時○輕○
一七〇	1	門嘯○烟○
一七二	8	送訔光○師
一七三	1	九重聖○
一七九	3	沉沉臺○
	4	武帝○
	8	烟末指○
一八七	1	一從○
一九〇	5	碧水屋久○
	6	舊○琴書迹○同○
一九一	1	張祐○
	8	春鵬○鶚○
一九二	1	平生自○

『夾注名賢十抄詩』不鮮明・缺損箇所一覽

漢數字で本書の頁次、算用數字で行數を示し、夾注の行數には左右行の別を加え、當該字に圈を附した。韓國學中央研究院が二〇〇九年一月に『韓國學資料叢書39　夾注名賢十抄詩』として影印した慶州孫氏松簷所藏本（松簷本と略稱）と對校して補った。これ以外から補った場合は括弧に注記した。異體字や行・草體の文字は、これを舊字體に改めたものがある。

『夾注名賢十抄詩序』

一九七　3　餘閑○
　　　　5　命題○

『夾注名賢十抄詩卷上』

二〇一　5左　由○和州
　　　　6左　十○四年
二〇二　6右　十○九日
　　　　左　山高○擎○

二〇三　10左　元○亀
　　　　5左　吾豈○敢
二〇九　3左　有嘲○……尚白○……
　　　　號○曰
　　　　5右　泊○開○元五○年
二一〇　1右　天楽○……舞鶴○賦
　　　　左　以下也
　　　　3右　神光降○
　　　　4右　語翔○而
　　　　7右　復五○年

二一一　8右　魏○王基○擧○
　　　　左　歴試○
　　　　9左　運○平
　　　　10右　四為魁○
二一二　4左　飄○華纓
　　　　10左　西○省
二一四　5左　錢塘○
　　　　6左　綾○名
　　　　9右　赤○喙
二一五　2　觜漸○紅○

二一六　9左　一○端
1　合歡○被寤○寐相思○
1右　客○従
左　方○来遺我○
2右　相去○萬○餘○里○……尙
尓○
左　結不解○以膠○
3　漁○父
4　漁翁○……居水○勝○
二一九　9右　渭城是○也
二二二　2右　丘壑然○
7右　叩扉○頌○
8右　嗣徽○音
10右　同所攸○
二二三　1　池鳳○已傳○
2　忘情○地
2左　訪○萬○機
3左　有萬種○

7右　辟郑○玄
左　終日無○怠○
9右　欤月欤○荏○苒
10右　浮○海
二二四　3右　其歡○心
9左　梁冀○
二二五　5　化魚○龍
8左　謂侍○従
二二七　6　自知○
二二八　8　草萋○々
8左　草○生兮萋○々
9　李員外○
二二九　5左　国○子博○士
7右　三十○八世
10右　司馬迁○記○事
左　叙○事
二三〇　3右　秦破○
左　綺門外○

10　題○王秘書
二三一　8左　皆○即……桂陽○有桂○
嶺
9右　豹尾車象○
二三二　4左　為○飾……玩○楽
二三三　2右　司隷○校尉
6左　秦○人以
8　春雨微○時
二三五　2左　擢○升○甲科摭○言
6左　昇道○坊龍華○泥寺
7右　秦時隑○
9右　翰林孛○
二三六　1左　歲計○其○所用
3右　素風道業○
10右　江西○兵五○
二三八　8右　元帝賦○月
9左　魍○魎○遁逃
二三九　1右　衆色囪○（囪、幽字

俗體）
2　歸吳
3左　九陌
5右　閑居賦
左　注格至也
7右　句勢
左　氣排寒冬同
8　同官
10右　家依鉛筆注……潘
岳秋興賦獨展
左　垂露書如懸針而勢
不適

二四〇

1　素王風
1右　詩青青子衿
左　傳曰青衿青領也
2右　左傳仲尼為素王家
語南宮敬叔曰孔子
左　讚明易道以爲法式

者天将欲素王之乎
3　臨城雨霽嵩
3右　十道志洛洲有
左　洛水嵩高山
4　過上陽宮
4右　唐書東都上陽
左　在宮城西北隅
7右　參同契河上姹女靈
爲
左　即飛不染塵垢注河
上
8右　即是……并漢眞人
左　大丹訣姹女隱……
注姹女……二書
9右　則姹女……列仙傳
蕭史弄玉
左　汞水銀……同居數
十年吹蕭（當作簫）
10　火催龍

二四一

2右　天法師張道陵
左　道積……降天師……
龍虎
3右　服之能
左　入嵩高……之術
9右　洪州豫章
左　豫章武德初析置
10右　廬岳已

二四二

1　溪廟風
2左　志鵰
3左　本草自呼
4右　瓶沙王

二四三

1　帳雲低……空性
2　傳何處
7右　臨死

二四四

1　名利釣
2右　剡縣令……孔稚珪

左 馳烟駒（當作駟）
路○勒○移
4右 以驕故○
5左 弘察○軍中素恣○横○者
6左 無一敢○
9左 園○中有
10左 牛○伏兎箱○

二四八
1左 凼巖○注凝○上

二五〇
2右 江西團○練
左 校書郎○
3右 趙○成
5右 有章○曲
7右 愽洽○為達○儒
左 屈申器○服○
8右 後飾○
9右 晉○書

二五四
5右 鍾聲和○
左 皆數○

6右 一條解○
左 行歌而迈○
7右 郷賦矣○先○
左 殊雜○
8右 李為河南○
左 礼李○
9右 楽○天……稍減○矣白
曰○
左 後杜牧○

二五五
1右 三千○里
2左 下○盛言
9右 瑤臺十二○

二五六
1右 舞鶴賦○
2左 射之○

二六〇
5右 武昌○
左 亮○至
6左 據○胡○床与浩○
9右 閩中○

10右 謝靈運尋○

二六二
4右 圍碁局壞○

二六三
4左 武王○封○大公

二六八
6左 不崇○朝
8右 思得瓊○樹○枝
9右 色○不異

二六九
1右 呉志○周瑜推道○
左 南○大宅
3右 呉郭○周○匝……六十
歩○六○城
4 前山雨○過○
6右 将○詩……自夏○
8 親友○
5 蘭○堂

二七〇
5左 宴○于蘭○堂
7右 注鞏○
8 東歸○
8右 職林補○闕○拾遺

二七一
左　置○二人
2　有期○
2左　一人敵○
3右　學萬○

二七三
1右　右扶○風左馮翊○
2　夜沐晨○梳○
3右　世說○郗○超
4　雪一莖○

二七六
1左　為○新変
2左　士○（據漢書）卒罷
6右　摭○言

二七七
1左　敀○韓……褎中○
3右　升仙橋○
左　其柱○……高車○
5左　状元○
7左　進士於○

二七八
3左　烈○女○傳
8　荒○園

二八〇
5左　又○云
7右　鎮大○平○日
8右　積○對曰
左　大○過恐変陛下○

二八一
2　滑○篋○
2右　音○滅○竹
3　猶○頼○早時
10右　宴遯○齋

二八四
5左　操蚍○
6右　懼○其……命夸○
左　娥○氏

二八五
1右　周墀○詩
3右　江○州有
左　簡○寂觀及○
8　中○庭月

『夾注名賢十抄詩巻中』

二八九
7左　灞○陵

10右　鍾仅○（松簷本同。今據意補。仅、仪也。儀字俗體）
左　有○司

二九五
3左　極○宴

二九六
1左　壷○子○曰殆○見○
9左　人○臣

二九七
3右　古○楽府
左　河無紅○……中膓○
4右　轉輪○
左　欝○々
9右　鼓○鍾

二九九
1　馬鬣○墳
4右　目極千○
5右　啚○圭璜○作文○侯○……
圭瓚○
6左　錫○命
10右　史記○……燕○昭

三〇〇 1右 所○集欲○採○仙
2左 玉磬○
三〇一 9右 好騎○墮○而
左 入塞○
三〇二 7右 冥○々
10右 召戚○夫○人
三〇三 8左 上○卷
三〇六 10 未○歸
三〇七 8右 韓○詩外傳
左 擧○千里
三〇八 1左 偸○璧○注
2 芳○草
3右 書偶○
6左 春草生○
三一〇 3左 久○時也
5 無○力
7左 隨○絙
三一三 8左 其吉祥○李商隱○

三一五 8左 張易○之
9右 兎禍○
三一七 1右 以飛○世○以○為○名○言
左 鄭崇○
3右 史記○
左 旦○於少昊之墟○
4右 前漢○霍○光字子孟○贊
曰○
左 遊○階○闔之間確○然
5右 當○庙○堂○擁幼君摧○
左 處○廢○置
6左 為○后沉○溺盈溢○
7右 黃帝○
8左 風雨時○
9 花○下○一祠○
三二〇 1 雨来○
8左 童子執○
三二一 8右 愁懣○

三二二 5左 在位一○年
6左 至薊王○
8左 後漢○
10左 百辟○不○謀
三二四 2右 致○（據類說卷一引貴妃外傳）雪衣女
6左 賓貢○
9右 裴瓚○下○……溧○（據三國史）水縣尉○考○
績○
三二五 1右 同年○
2右 下兮○千○里
左 孕秀○
7左 三○閣
9左 二○貴嬪
10左 互相○
三二六 3 草自○
10左 繼○陶○公

三一七　4左　造○舡○二千
三三五　1右　度○支郎中注漢初○
左　善○筭以列侯○主○計○
2左　錢塘即事注○
4左　峯○鴈
6右　枚○淑
10　詩名○
三三六　1　能把○
10　還○郷愧○
三三七　1右　邑子嚴○
左　帝甚○悦
8右　杏園○……唯○漢梁
9　寧○慙
10右　朱叔○元
左　群豕○皆白恢○慙而還○
三三九　1右　咸通唐懿○
8左　初安○禄山
9右　諸○姨……而禄○山母○
事
左　結歡○
10右　帝○欲○以
三四〇　2左　年三○十○入（松簷本墨筆校改作八字）
見異○聞集
三四一　1　書来不○
6右　雨中粧○點
10左　青冠人升○雲○
三四二　1右　下之○
三四三　3左　皆○出
三四四　7　来防虜○未○
8左　輩漸○階
三四五　8左　其○類
9左　龍○鳳
三四六　1左　君豈……活○我哉○
3右　十○道志
左　二○月○戊辰

三四七　2左　華○山人
9　住○京難
10　此○時
三四八　2　釣○者
三四九　1　未○醒
8左　舡○遠
9　夏日登○
三五〇　2　君○才
8右　麋○鹿
10　筆○硯
三五一　1　猿村○欹枕樹○
2　處々若○
9　先於○
10　竹○聲○
10右　漢○臯○詩話杜○
三五二　1右　頗嫩若言○禽飛○影竹
折○声
左　雨○生○枝上○菌……欲

語○勁○
2右 龍起穴○中○雷未○嘗○
左 斡○旋○其意○
2 巣○穴○幾多
3 一○般
4 樵夫○跣足○行○
5左 字堯臣○
7右 自稱黄○帝○師○
左 復生○事○老○子……師
十○
8右 蕭州崆○峒○山○
左 訪道○處○
9 崆○峒到○日世○情
9右 無心曰○鄙
10右 穆天○子○傳
左 先王○之
三五三 9右 以祭○于
三五四 2右 玉樹實○又○

三五五 3右 五色煥○爛○
1 纓裾冷○
三五六 6右 東方○朔
8 崑崙凝○思○
三五九 1右 見○上○卷○開
1 樹○聲深鏁○
2右 六宮○見上○注
左 詩有○女
8右 往者略半○
左 行復揚○尘○
三六〇 4左 降○於羊權
7右 以先罪未○滅○……臭
巇○
左 布子巾○
9左 侍帝○
10右 不可降○
左 王○夫人謂○
三六一 9左 羽○而臨霞

三六三 2左 見上○玉○妃注
5左 名○在丹臺玉○室○何○憂○
7 麟衣○
8 雖然○在
8右 遊○仙○詩
9右 甞○見王恭高○与披○
10右 令吾○伎人○皆○
左 朝○晡上脯○糒……日
輒○向○
三六四 1右 帳○作伎○汝○等○時時○登
銅○
左 雀臺○望○吾○西○陵墓○田
4 重祈○
5右 謂之○
9右 財○不足
左 今○天子好○道○欲往○
三六五 7 別徑開○
8 當琴○榻

三六六　4左　過別枝
三六七　6　湖光輕
　8左　衣錦还郷注
　9　孫發百篇
　10　思縦横
三六八　1右　鍾記室
三七一　4右　莊陷切
　9右　多靈異
三七二　1　亡後影
　1右　遠公
　3　異禽
三七三　8左　梁伯鸞
　9右　詔檄
　左　飲啖
三七四　1右　赤松之清塵
　3左　可留待得
　5右　宿於冶亭
　左　吾有筆

三七五　7右　名輩鶩綺翼
　1右　潤州詩
三七八　1　蜀主
　1右　見題
三七九　1右　亮餞之

『夾注名賢十抄詩巻下』

三八一　10左　墻蟾月精
三八六　1　銷魂
　2　往事
　10左　太（松簷本同。今據意補。太平御覽巻一八引月令注作太）
　皡氏
三八七　1左　行之官
　5　洞天
　9左　楽府雑録
三八八　2　詩集

　6左　內向帝
　7右　察敦營壘而
　左　晝寢夢
　8右　鮮卑奴（松簷本墨筆校改作卑兒。今據晉書元帝紀）……
　五騎
　左　馳去
　9左　示之五騎傳玩
三八九　1　殊科
　1右　摭
　左　言
　2　滿逝波
　左　衡州
　3右　謂子美也
　左　下荊渚泝沅湘
　4右　崔于二學士詩倚風
　左　公自言……若鵜之

遇○風○
7右　趙成王○徐○
左　音登○笠○
8右　荊玉○
左　出中○
9左　垣○拘
10左　見○聞
三九〇　1左　雷電為○焼○
2右　落子毛○易○……七年
飛○
左　薄雲漢○……不崇○……
海者○也
6　早鶯○歸○
7　還欝○々
8左　選○古○詩○欝々
9右　沒遺○塵○
左　注○詩
三九二　1右　已出○上

三九五　5　東注○
三九八　1右　列○仙傳
左　郎○至
三九九　1右　伊尹科○
左　是○歲……平○章事固
辟○
8左　謝宣○城○
10左　博羅○……石室○
四〇〇　1　也○相宜
7左　常見思○
9右　乃毀削先○令但○
10右　平生○無糯今五○袴
左　鋪敦淮○墳○
10　瘡○痍
四〇一　1　退○飛鷁
8　已○不群
四〇二　1右　鍾○會
四〇四　6左　素○齒

7右　嫣○（松簷本墨筆校改作嫣）然
四〇六　1右　昔李叟
四〇七　6左　端如○
9左　是○日
四〇八　3右　令○陳氏
9　夜○帶
四一三　9　帝（據十抄詩）鄉
四一四　10右　冨於○財○父○則○為○鹽鐵○
左　干進鄴○尤○長○七言○
四一七　5左　行觸宝瑟
四一八　10右　是女○……魂夢散○
左　欲從先故○
四一九　1右　林塘○莫嫌○
4右　五魂颺○
四二〇　7左　其取○青紫如○俛○拾地
上芥○耳○
10左　洛水○

四二一　4右　有数○人
10左　不死○薬
四二二　1　秦○韜○玉○詩
2右　莎毯○緑○
左　畫屏○展○
四二三　10　別○鴈
四二五　1　痩竹鞸○
四二六　2右　何○周道
左　嶮巇○
6右　江郡○
7左　隨○駕
四三〇　8左　大○熟
四三三　10左　羅○隠
四三四　6　不○須
四三五　1左　求○者
2右　金徽也○所
8左　将軍布○
四三八　2　蟬叫○

四四二　2右　數十萬○
左　大○祖甞○
5右　桓文○
10　片帆○蒹○葭
四四三　4左　一卷○
9右　巨○猾……弄○神器
左　偷○安……巨○猾王○莽
四四四　1右　崩于○洛陽年○
左　其年○
2右　曹○植
左　授○臣
7　但終○
10左　作乱○入犯宮○
四四五　6右　石闕○銘
左　鐵甲○之○馬
9　重○廻
四五〇　8右　菊叢中○
左　坐其○側……白○衣人

至乃王○弘
10　李群玉○詩○
四五二　2左　其文剥○缺○
3左　似妾○
5左　疑○黛……葬○於江南
九○疑
6右　零陵營○浦○縣
左　見上注○
7　秣陵悵古○
四五三　1左　陵○鳳皇
四五四　1　十口○
4左　羅江○
四五五　10左　宮名○
四五八　8　別換○衣裳熨○紫○霓
9右　神仙○譚

『十抄詩』『夾注名賢十抄詩』異體字一覽

この一覽は、本書に影印した『十抄詩』『夾注名賢十抄詩』に見える異體字（行・草書、楷書の書寫體を含む）で、やや判讀困難と思われるものを舊字體に示したものである（刘・还など、中國現行の簡體字形と同じものは省いた）。兩者に共通するものは『十抄詩』に擧げた。

『十抄詩』

忘　才　夢　朓・眺　舊　看　闕

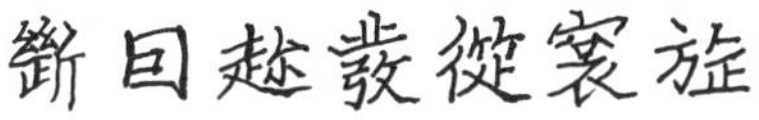

旌　寰　從　發　趁　因　斷

姚　鶴　亡　虛　疑　挑　低

桃　築　邸　定　居

『夾注名賢十抄詩』

贊　幽　邈　蜀　獨　漢　職　懷　壞　武　賦　仙　論

覺　旨　嶼　聞　與　歸　篇　風　離　議　儀　興　選

爾　難　籬　泥　鶴　爾　釋　圖　關　學　倫　鱸　鄭

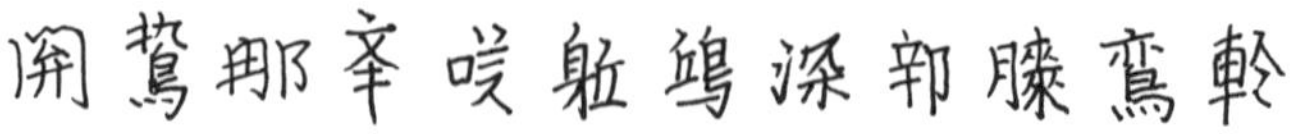

關　鷲　邢　學　嘆　軀　鷗　深　郭　膝　鸞　輪

資料篇

『十抄詩』『夾注名賢十抄詩』所收詩人・作品一覧

凡　例

所收詩人に01から30までの整理番號を附け、參考に『全唐詩』（九〇〇卷本。中華書局、一九六〇年四月）所收卷を示した。詩人名は『夾注名賢十抄詩』に從って擧げ、本姓名が示されていない場合は括弧して補った。また新羅詩人も括弧に「新羅人」と注記した。上段の001から300までの數字が所收作品の通し番號である。また各詩人別に丸圍み數字を詩題に加え、佚詩を黑地數字で示した。上段に『十抄詩』、中段に『夾注名賢十抄詩』の詩題を列し、それぞれに本書の頁次を附した。『夾注名賢十抄詩』において、原題注と見なしうるものは括弧內に附記した。下段は備考欄とし、各詩人の本集や他の總集、『全唐詩』補佚書の所收、別作者、詩題の異同などについて記した。市河寬齋『全唐詩逸』は詩逸、陳尚君氏『全唐詩補編』（中華書局、一九九二年一〇月）は補編と略記した。また本集などの書名は適宜、略稱したところもある。『千載佳句』に摘句せられたものには佳句と略稱し、金子彥二郎氏『平安時代文學と白氏文集　增補版　句題和歌・千載佳句研究篇』（培風館、一九五五年六月）「校定本　千載佳句」の作品番號を附し、『國立歷史民俗博物館藏貴重典籍叢書』文學篇第二一卷（臨川書店、二〇〇一年七月）所收『千載佳句』を參校に用い、歷博本と略稱した。『白氏文集』の作品には花房英樹氏『白氏文集の批判的研究』（朋友書店、一九七四年七月、修訂版）の整理番號を加えた。異體字は舊字體に改めたものがある。

十抄詩巻之上	頁	夾注名賢十抄詩巻上	頁	備　考
01劉員外（劉禹錫）		全唐詩巻三五四～三六五・八六八		
001 ①春日書懷寄東洛白楊二庶子	5	春日書懷寄東洛白二十二楊八二庶子	201	影宋紹興刊本『劉賓客文集』外集巻一、佳句73「春日」録後聯
002 ②白舍人寄詩歎早白無兒因以贈之	5	白舍人寄新詩有歎早白無兒因以贈之	202	外集巻一「蘇州白舍人寄新詩有歎蚤白無兒之句因以贈之」
003 ③上淮南令狐楚相公	6	上淮南令狐楚相公	204	不見劉集。此詩卽白氏文集巻五四・2418「宣武令狐相公以詩寄贈傳播吳中聊用短章用伸酬謝」、亦見金澤文庫本
004 ④酬白樂天	7	酬白樂天	205	外集巻一「酬樂天揚州初逢席上見贈」
005 ⑤王少尹宅讌張白舍人呈盧李二使	7	王少尹宅讌張常侍二十六兄白舍人大監兼呈盧郎中李員外二副使	205	外集巻一「河南王少尹宅燕張常侍白舍人兼呈盧郎中李員外二副使」影明版文苑英華巻二一六「王少尹宅宴張常侍二十六兄白舍人太監兼呈盧郎中李員外副使（一作二副使）」、佳句236「王少尹宅讌」録後聯
006 ⑥和令狐相公題竹	8	和令狐相公題竹	207	外集巻一「和宣武令狐相公郡齋對新竹」
007 ⑦闕下待傳點呈諸同舍	8	闕下待傳點呈諸同舍	208	外集巻一
008 ⑧題集賢閣	9	題集賢閣	209	外集巻一、佳句564「題集賢閣」録後聯
009 ⑨和令狐相公初歸京國賦詩言懷	10	和令狐相公初歸京國賦詩言懷	210	外集巻一
010 ⑩送令狐相公赴東都留守	10	送令狐相公赴東都留守	211	外集巻一「同樂天送令狐相公赴東都留守」

02白舎人（白居易）詩　全唐詩巻四二四～四六二・八八三

011	①西省對花憶東坡雜樹因寄題東樓	11	西省對花憶忠州東坡雜樹因寄題東樓	212	那波本『白氏文集』巻一九1216「西省對花憶忠州東坡新花樹因寄題東樓」、佳句662「西省對花憶忠州雜花樹」錄起聯663錄後聯
012	②錢塘春日卽事	12	錢塘春日卽事	213	文集巻二〇1364「杭州春望」、佳句72「錢唐春卽事（杭州春望イ）」錄前聯
013	③鸂鶒	12	鸂鶒	214	文集巻五四2504
014	④庾順之以紫霞綺遠贈以詩答之	13	庾順之以紫霞綺遠贈以詩答之	215	文集巻一四0726
015	❺漁父	13	漁父	216	文集・『白氏文集の批判的研究』補遺作品・補編未收
016	⑥水精念珠	14	水精念珠	216	文集・『白氏文集の批判的研究』補遺作品・補編未收、徐俊『敦煌詩集殘卷輯考』頁七八六「禪月大師懸水精念珠詩」
017	⑦餘杭形勝	15	餘杭形勝	217	文集巻二〇1373
018	⑧江樓晚眺吟翫成篇寄水部張員外	15	江樓晚眺吟翫成篇寄水部張員外	218	文集巻二〇1378「江樓晚眺景物鮮奇吟翫成篇寄水部張員外」、佳句872「江樓晚眺（望イ）」錄後聯
019	⑨眼昏	16	眼昏	218	文集巻一四0780「眼暗」
020	⑩江樓夕望招客	17	江樓夕望招客	219	文集巻二〇1374、佳句130同題錄後聯

03溫博士（溫庭筠）詩　全唐詩巻五七五～五八三

021	①過新豐	17	過新豐	219

番号	詩題	頁	全唐詩	頁	出典
021	①過新豐	17	過新豐	219	顧嗣立本『溫飛卿詩集』巻八
022	②題懷眞林亭感舊遊	18	題懷眞林亭感舊遊	220	溫集巻四「題懷貞亭舊遊」
023	③題裵晉公林池	18	題裴晉公林池	221	溫集巻四「題裴晉公林亭」
024	④寄先生子修	19	寄先生子修	223	溫集巻九「寄崔先生」
025	⑤休澣日西掖謁所知	20	休澣日西掖謁所知	224	溫集巻八「休澣日西掖謁所知因成長句」佳句558「休澣西掖謁所知」錄後聯
026	⑥投中書李舍人	20	投中書李舍人	225	溫集巻四「投翰林蕭舍人」、佳句559「投翰林蕭舍人（令イ）鄴」錄前聯
027	⑦題友生池亭	21	題友生池亭	226	溫集巻四「偶題林亭（一作題友人池亭）」
028	⑧河中陪節度使遊河亭	22	河中陪節度使遊河亭	227	溫集巻八「河中陪帥遊亭」・影明版文苑英華巻三一六「陪和中節度使遊河亭」・唐詩鼓吹巻七「河中陪節度遊河亭」、佳句844「遊江亭」錄後聯
029	⑨題清涼寺	22	題清涼寺	228	溫集巻九「清涼寺」、佳句334（イ无此詩）・1040「題清涼寺」錄前聯
030	⑩寄岳州李員外	23	寄岳州李員外	228	溫集巻八「寄李外郎遠（一作岳州李員外）」

04 張郎中（張籍）詩　全唐詩卷三八二～三八六

031	①贈孔尚書	23	贈孔尚書	229	『張籍詩集』（中華書局、一九五九年）卷四
032	②寄和州劉使君	24	寄和州劉使君	230	張集卷四、佳句936「寄上和州刺史劉員外」錄前聯
033	③題王祕書幽居	25	題王祕書幽居	230	張集卷四「贈王祕書」
034	❹送桂州李中丞	25	送桂州李中丞	231	張集・全唐詩・詩逸・補編未收
035	⑤寒食內宴詩二首	26	寒食內宴詩二首	232	張集卷四
036	⑥其二	27	其二	233	張集卷四
037	❼送江西院劇侍御	27	送江西院劇侍御	233	張集・全唐詩・詩逸・補編未收
038	⑧寄蘇州白使君	28	寄蘇州白使君	234	張集卷四「寄蘇州白二十二使君」
039	❾和度支胡尚書言懷寄楊少尹	28	和度支胡尚書言懷寄楊少尹	235	張集・全唐詩・詩逸・補編未收
040	⑩送李司空赴襄陽	29	送李司空赴襄陽	236	張集卷四「送李司空赴鎭襄陽」

05 章博士（章孝標）詩　全唐詩卷五〇六

041	❶寄朝士	30	寄朝士	237	全唐詩・詩逸・補編未收
042	❷十五夜翫月遇雲	30	十五夜翫月遇雲	238	全唐詩・補編未收。佳句265章孝標「玩月遇雲」錄前聯。詩逸上冊合佳句265與266「暗惜蚌胎沈海面、仰思鵬翼破風頭」爲「玩月遇雲」四句

043	③及第後歸呉詶孟元翊見寄	31	及第後歸呉詶孟元翊見寄	239	全唐詩「初及第歸酬孟元翊見贈」。詩句多不同。金程宇氏「韓國本《十抄詩》中的唐人佚詩輯考」云、蓋卽一詩二稿者、當計爲佚詩。
044	❹送韋助教分司東都前祕書省同官	32	送韋觀文助教分司東都前祕書省同官	239	全唐詩・詩逸・補編未收
045	❺贈蕭先生	32	贈蕭先生	240	全唐詩・詩逸・補編未收
046	❻送兪臯秀才	33	送兪臯秀才	241	全唐詩・詩逸・補編未收（兪當作喩）
047	❼送貞寶上人歸餘杭	33	送貞宝上人歸餘杭	242	全唐詩・詩逸・補編未收
048	❽送內作陸判官歸洞庭舊隱	34	送內作陸判官歸洞庭舊隱	243	全唐詩・詩逸・補編未收
049	❾上汴州韓司空	35	上汴州韓司空	244	全唐詩・詩逸・補編未收
050	❿題杭州天竺靈隱寺	35	題杭州天竺靈隱寺	245	全唐詩・詩逸・補編未收

06 杜紫微（杜牧）詩　全唐詩卷五二〇～五二七・八八四

051	①宿長慶寺	36	宿長慶寺	246	『樊川文集』（上海古籍出版社、一九七八年）外集、影印本『朝鮮刻本樊川文集夾注』頁四九五
052	②齊安秋晚	37	齊安秋晚	246	文集卷三「齊安郡晚秋」、文集夾注頁一七七

053	③郡齋寒夜卽事懷斛斯處士許秀才	37	郡齋寒夜卽事懷斛斯處士許秀才（題注「齊安郡」）	247	外集「郡齋秋夜卽事寄斛斯處士許秀才」、文集夾注頁四七九
054	④酬許秀才垂覽拙詩見贈之什	38	酬許秀才垂覽拙詩見贈之什	247	別集「酬許十三秀才兼依來韻」
055	❺郡樓晩眺感事懷古	38	郡樓晩眺感事懷古（題注「齊安郡」）	248	樊川文集・文集夾注・全唐詩・詩逸・補編未收
056	⑥題宛陵水閣	39	題宛陵水閣	249	文集卷三「題宣州開元寺水閣閣下宛溪夾溪居人」、文集夾注頁二六九
057	⑦懷鍾陵舊遊	40	懷鍾陵舊遊	249	文集卷四「懷鍾陵舊遊」四首其一、文集夾注頁三三三
058	⑧其二	40	其二	251	又其四、樊川文集夾注頁三三七
059	⑨送國碁王逢	41	送國碁王逢	251	文集卷二「送國棊王逢」、文集夾注頁二〇二
060	⑩九峰樓寄張祜	42	九峰樓寄張祜	253	文集卷三「登池州九峯樓寄張祜」、文集夾注頁二七四

07　李員外（李遠）詩　全唐詩卷五一九

061	①放鶴	42	放鶴	255	全唐詩「失鶴」
062	②劉二十一報道明師亡敍昔時寄友	43	劉二十一報道明師亡敍昔時寄友	256	全唐詩「聞明（一本有道字）上人逝寄友人」

063	③李司馬貌御眞容因寄之	43	李司馬貌御眞容因寄之	257	全唐詩「贈寫御容（一作眞）李長史」
064	④呉越古事	44	呉越古事	258	全唐詩「呉越懷古」
065	❺轉變人	45	轉變人	259	全唐詩・詩逸・補編未收
066	❻送友人之興州兼寄員外使君	45	送友人之興州兼寄員外使君	259	全唐詩・詩逸・補編未收
067	❼閬中書懷寄孫秀才	46	閬中書懷寄孫秀才	260	全唐詩・詩逸・補編未收
068	❽過常州書懷寄呉處士因呈操上人	47	過常州書懷寄呉處士因呈操上人	262	全唐詩・詩逸・補編未收
069	❾代友人去姫	47	代友人去姫	262	全唐詩・詩逸・補編未收
070	❿送供奉貴威儀歸蜀	48	送供奉貴威儀歸蜀	263	全唐詩・詩逸・補編未收

08許員外（許渾）詩　全唐詩卷五二八～五三八・八八四

071	①送張尊師歸洞庭	48	送張尊師歸洞庭	265	羅時進氏『丁卯集箋證』卷六・全唐詩卷五三三、佳句209 同題錄前聯
072	②偶題蘇州虎丘寺僧院	49	偶題蘇州虎丘寺僧院	265	箋證卷七・全唐詩卷五三四「題蘇州虎丘寺僧院」、佳句193「題武丘僧院」錄前聯

073	③重遊蘇州玉芝觀	50	重遊蘇州玉芝觀	266	箋證卷七・全唐詩卷五三四「再（全唐詩一作重）游姑蘇玉芝觀」・文苑英華卷二二七「重遊蘇州玉芝觀」、佳句1081「遊玉芝觀」錄後聯（金子氏爲佚句、非也）
074	④宿望亭館寄蘇州同遊	50	宿望亭館寄蘇州同遊	267	箋證卷八・全唐詩卷五三五「宿松江驛却寄蘇州一二同志（全唐詩一作宿望亭驛寄蘇州同遊）」・文苑英華卷二九八「宿望亭驛（集作館）却寄蘇州同遊（集作一二同志）」、佳句196「宿望亭館」錄後聯
075	⑤寄殷堯藩	51	寄殷堯藩	268	箋證卷八・全唐詩卷五三五「寄殷堯藩先輩（全唐詩一作秀才）」、佳句882「寄殷堯藩」錄前聯
076	⑥送元書上人歸蘇州寄張厚	52	送元書上人歸蘇州寄張厚	268	箋證卷九・全唐詩卷五三六「送元晝上人歸蘇州兼寄張厚二首」其二
077	⑦郊園秋日寄洛中親友	52	郊園秋日寄洛中親友	269	箋證卷九・全唐詩卷五三六「郊園秋日寄洛中友人（全唐詩一作親友）」、佳句174「郊園（郡國イ）秋日寄洛中親友」錄前聯
078	⑧潁川從事西湖亭	53	潁川從事西湖亭	270	箋證卷八・全唐詩卷五三五「潁州從事西湖亭宴（全唐詩作讌）餞」、佳句494「西亭讌餞」錄後聯
079	⑨送馬拾遺東歸	53	送馬拾遺東歸	270	箋證卷九・全唐詩卷五三六「送陸拾遺東歸」
080	⑩南隣樊明府久不還家因題林亭	54	南隣樊明府久不還家因題林亭	271	箋證卷九同題（據烏絲欄詩眞跡）・全唐詩卷五三六「湖（一作湘）南徐明府余之南鄰久不還家因題林館（一作同孫盧二仙侶游樊明府林亭、一作南鄰樊明府久不還家因題林亭）」、文苑英華卷三一六「同孫盧二仙侶遊樊明府林亭（集作湘南徐明府余之南隣久不還家因題林館〈據靜嘉堂所藏明抄本〉）」、佳句892「同遊樊明府林亭」錄後聯

09雍端公（雍陶）詩　全唐詩卷五一八

081 ①塞路初晴	55	塞路初晴	272	全唐詩「晴詩（一作塞路初晴）」、文苑英華卷一五五「塞路初晴」
082 ❷自輔書授學官始有二毛因示諸生	55	自左輔書佐授學官始有二毛之歎因示大學諸生	272	全唐詩・詩逸・補編未收
083 ❸崔拾遺宅看猿	56	崔拾遺宅看猿	273	全唐詩・詩逸・補編未收
084 ❹代美人春怨	57	代美人春怨	274	全唐詩・詩逸・補編未收
085 ❺定安公主還宮	57	定安公主還宮	274	全唐詩・詩逸・補編未收
086 ❻送姚鵠及第歸西川	58	送姚鵠及第歸西川	276	全唐詩・詩逸・補編未收
087 ❼送盧肇及第歸袁州	58	送盧肇及第歸袁州	277	全唐詩・詩逸・補編未收
088 ⑧秋居病中	59	秋居病中	278	全唐詩
089 ❾以馬鞭贈送鄆州裴巡官	60	以馬鞭贈送鄆州裴巡官	279	全唐詩・詩逸・補編未收。樊川文集夾注卷一「洛中送冀處士東遊詩」夾注「雍端公以馬鞭贈送鄆州裴巡官詩、採鞭曾上蜀山遙、斸斷雲根下石橋」
090 ⑩永樂殷堯藩明府縣池嘉蓮詠	60	永樂殷堯藩明府縣池嘉蓮詠	279	全唐詩

10張處士（張祜）詩　全唐詩卷五一〇・五一一・八八三

091 ①賦得福州白竹扇子	61	賦得福州白竹扇子（題注「探得輕字」）	280	影宋蜀刻本『張承吉文集』卷七・全唐詩卷八八三

092 ②將之越州先寄越中親故 62	將之越州先寄越中親故 281	張集卷八・補編（補逸卷九）「將之會稽先寄越中知友」
093 ③周員外席雙舞柘枝 62	周員外席雙舞柘枝（題下「一作韶州驛樓夜宴」） 281	正文與張集卷八「周員外出雙舞柘枝妓」・全唐詩卷五一一「周員外席上觀柘枝」異。本詩卽許渾「韶州韶陽樓夜讌」（羅時進氏『丁卯集箋證』卷七・全唐詩卷五三四〈題注「一作題韶州驛樓」〉）、文苑英華卷三一三「題韶州驛樓」（題注「集作韶州韶陽樓夜讌」）
094 ④寄花嚴寺韋秀才院 63	寄花嚴寺韋秀才院 282	許渾「寄題華嚴韋秀才院」（箋證卷七・全唐詩卷五三四）、佳句208許渾「長慶寺題皇甫秀才院」錄前聯「晩收紅葉題詩遍、秋待黃花釀酒濃」字句多不同
095 ⑤晩自朝臺至韋隱居郊園 63	晩自朝臺至韋隱居郊園 283	許渾「晩自朝臺至韋隱居郊園」（箋證卷六・全唐詩卷五三三〈臺下有津字〉）
096 ⑥送嶺南盧判官歸華陰山居 64	送嶺南盧判官歸華陰山居 283	許渾「送嶺南盧判官罷職歸華陰山居」（箋證卷六〈烏絲欄眞跡、山居作別墅〉・全唐詩卷五三三〈一作別墅〉）
097 ⑦秋夜宿簡寂觀陸先輩草堂 65	秋夜宿簡寂觀陸先輩草堂 285	張集卷八・補編（補逸卷九）「秋日宿簡寂觀陸先生草堂」
098 ⑧題楊州法雲寺雙檜 65	題楊州法雲寺雙檜 285	張集卷七・全唐詩卷五一一（全唐詩無題字）。後聯「遠無山處秋嵐色、長似階前夜雨聲」、張集・全唐詩作「高臨月殿（全唐詩一作戶）秋雲影、靜入風廊（全唐詩作簷、注云一作廊）夜雨聲」。佳句619「告雙檜」錄後聯「高臨日戶秋雲影、靜入風簾夜雨聲」
099 ⑨冬日登越臺懷鄉 66	冬日登越臺懷鄉 286	許渾「冬日登越王臺懷歸」（箋證卷六・全唐詩卷五三三）
100 ⑩登重玄閣 67	登重玄閣 287	張集卷七・補編（補逸卷八）「偶登蘇州重玄閣」

夾注名賢十抄詩卷中

11趙渭南（趙嘏）詩　全唐詩五四九・五五〇

101	①長安秋晩	67	長安秋晩	289	全唐詩卷五四九「長安晩秋（一作秋望、一作秋夕）」
102	②寄潯陽杜校理	68	寄潯陽杜校理	290	全唐詩卷五四九「寄潯陽趙校書」
103	❸早春渭津東望	68	早春渭津東望	291	全唐詩・詩逸・補編未收
104	❹漢江秋晩	69	漢江秋晩	291	全唐詩・詩逸・補編未收
105	⑤宿楚國寺有懷	70	宿楚國寺有懷	292	全唐詩卷五四九
106	⑥憶山陽	70	憶山陽	292	全唐詩卷五四九
107	⑦送裴評事赴夏州幕	71	送裴評事赴夏州幕	293	全唐詩卷五四九「送李裴評事（一本無李字）」
108	⑧長安月夜與友人話舊山	72	長安月夜與友人話舊山	293	全唐詩卷五四九「長安月夜與友人話故山（一作舊山、一作故人）」
109	❾自解	72	自解	294	全唐詩卷五五〇句僅錄前聯「松島鶴歸書信絶、橘洲風起夢魂香（注：見優古堂詩話）」
110	❿永日	73	永日	295	全唐詩・詩逸・補編未收

12馬戴詩　全唐詩卷五五五・五五六

111	①瓜州留別李謬	73	瓜州留別李謬	296	許渾「瓜洲留別李詡」（羅時進氏『丁卯集箋證』卷八・

全唐詩巻五三五・文苑英華巻二八八）、佳句（歴博本）
920許渾「送（イ无）別李州（洲イ）士（イ无）」録後聯
938許渾「別李訷」録前聯

112	②逢表兄鄭判官奉使淮南別後却寄	74	逢表兄鄭判官奉使淮南別後却寄	297	許渾「別表兄軍倅（序云：余祗命南海、至廬陵、逢表兄軍倅奉使淮海、別後却寄是詩）」（箋證巻七・全唐詩巻五三四）
113	❸河曲	75	河曲	298	全唐詩・詩逸・補編未收
114	❹送胡錬師歸山	75	送胡錬師歸山	299	全唐詩・詩逸・補編未收
115	⑤下第贈別友人	76	下第贈別友人	300	許渾「鄭秀才東歸憑達家書」（箋證巻七・全唐詩巻五三四・文苑英華巻二八〇〈鄭上有送字〉）
116	⑥懷舊居	77	懷舊居	301	許渾同題詩（箋證巻六・全唐詩巻五三三）
117	⑦題四皓廟	77	題四皓廟	302	許渾同題詩（箋證巻七〈據烏絲欄詩眞跡〉・全唐詩巻五三四）
118	⑧京口閑居寄京洛親友	78	京口閑居寄京洛親友	303	許渾「京口閑居寄兩都親友」（箋證巻六〈據烏絲欄詩眞跡〉・全唐詩巻五三三「京口閑居寄京洛友人（一作兩都親友）」）
119	⑨別劉秀才	78	別劉秀才	303	許渾「留別裴秀才」（箋證巻六〈據烏絲欄詩眞跡〉・文苑英華巻二八八〈集作劉〉・全唐詩巻五三三「別劉秀才（一作留別裴秀才）」）
120	❿和大夫小池孤鴈下	79	和大夫小池孤鴈下	304	全唐詩・詩逸・補編未收

13韋左丞（韋蟾）詩　全唐詩巻五六六

121	❶閑題	80	閑題	305	全唐詩・詩逸・補編未收
122	❷未歸	80	未歸	306	全唐詩・詩逸・補編未收
123	❸鸜鵒	81	鸜鵒	307	全唐詩・詩逸・補編未收
124	❹芳草	82	芳草	308	全唐詩・詩逸・補編未收
125	❺春分	82	春分	308	全唐詩・詩逸・補編未收
126	❻壬申歳寒食	83	壬申歳寒食	310	全唐詩・詩逸・補編未收
127	❼霜夜紀詠	83	霜夜紀詠	311	全唐詩・詩逸・補編未收
128	❽送友人及第後東遊伊洛	84	送友人及第後東遊伊洛	312	全唐詩・詩逸・補編未收
129	❾白瑠璃箆	85	白瑠璃箆	312	全唐詩・詩逸・補編未收
130	❿公子	85	公子	313	全唐詩・詩逸・補編未收

14皮博士（皮日休）詩　全唐詩巻六〇八〜六一六・八七〇・八八五

131	❶洞湖春暮	86	洞湖春暮	314	全唐詩・詩逸・補編未收
132	❷彭澤謁狄梁公生祠	87	彭澤謁狄梁公生祠	315	全唐詩・詩逸・補編未收

133	❸題李處士山池 87	題李處士山池 317	全唐詩・詩逸・補編未收
134	❹利仁鄭員外居 88	利仁鄭員外居 318	全唐詩・詩逸・補編未收
135	❺題蹇全朴襄州故居 88	題蹇全朴襄州故居 319	全唐詩・詩逸・補編未收
136	❻奉和令狐補闕白蓮詩 89	奉和令狐補闕白蓮詩 319	全唐詩・詩逸・補編未收
137	❼武當山晨起 90	武當山晨起 320	全唐詩・詩逸・補編未收
138	❽題石眺秀才襄州幽居 90	題石眺秀才襄州幽居 321	全唐詩・詩逸・補編未收
139	⑨南陽縣懷古 91	南陽縣懷古 322	全唐詩卷六一三「南陽」
140	❿春宵飲醒 92	春宵飲醒 323	全唐詩・詩逸・補編未收

15崔致遠詩十首(ママ)(下同)(新羅人)　全唐詩未收

141	①登潤州慈和上房 92	登潤州慈和上房 325	東文選卷一二・補編(續拾卷三六)「登潤州慈和寺上房」、佳句332「登慈和山」錄前聯「畫角聲中朝暮浪、青山影裏古今人」、詩逸中册從佳句錄(注・東人詩話云々)
142	❷和李展長官冬日遊山寺 93	和李展長官冬日遊山寺 326	東文選・詩逸・補編未收
143	❸汴河懷古 93	汴河懷古 327	東文選・詩逸・補編未收
144	❹友人以毬杖見惠以寶刀爲答 94	友人以毬杖見惠以寶刀爲答 328	東文選・詩逸・補編未收

145	❺辛丑年書事寄進士呉瞻	95	辛丑年書事寄進士呉瞻	329	東文選・詩逸・補編未收
146	❻和友人春日遊野亭	95	和友人春日遊野亭	329	東文選・詩逸・補編未收
147	❼和顧雲侍御重陽詠菊	96	和顧雲侍御重陽詠菊	330	東文選・詩逸・補編未收
148	⑧和顧雲支使暮春卽事	97	和顧雲支使暮春卽事	335	東文選卷一二・補編（續拾卷三六）「暮春卽事和顧雲友使」、詩逸未收
149	⑨和進士張喬村居病中見寄	97	和進士張喬村居病中見寄（題注「喬字松年」）	335	東文選卷一二「和張進士喬村居病中見寄喬字松年」、詩逸・補編未收
150	⑩酬楊瞻秀才	98	酬楊瞻秀才	336	桂苑筆耕集卷二〇・補編（補逸卷一九）「酬楊瞻秀才送別」、東文選卷一二「酬楊瞻秀才」、詩逸未收

十抄詩卷之下

16	朴仁範詩十首（新羅人）		全唐詩・詩逸・補編未收		
151	①送儼上人歸竺乾國	99	送儼上人歸竺乾國	338	東文選卷一二
152	②江行呈張峻秀才	99	江行呈張峻秀才	339	東文選卷一二
153	③馬嵬懷古	100	馬嵬懷古	339	東文選卷一二
154	④寄香巖山叡上人	101	寄香巖山叡上人	340	東文選卷一二

155	⑤早秋書情	101	早秋書情	341	東文選卷一二
156	⑥涇州龍朔寺閣兼簡雲上人	102	涇州龍朔寺閣兼簡雲栖上人	342	東文選卷一二
157	⑦上殷員外	102	上殷員外	343	東文選卷一二
158	⑧上馮員外	103	上馮員外	344	東文選卷一二
159	⑨贈田校書	104	贈田校書	345	東文選卷一二
160	⑩九成宮懷古	104	九成宮懷古	346	東文選卷一二

17 杜荀鶴詩十首　全唐詩卷六九一～六九三・八八五

161	①秋日泊江浦	105	秋日泊江浦	347	影宋蜀刻本『杜荀鶴文集』卷二「秋日泊浦」・全唐詩卷六九二「秋日泊浦江」
162	②長安感春	106	長安感春	347	杜集卷二・全唐詩卷六九二「長安春感」
163	③贈彭蠡釣者	106	贈彭蠡釣者	348	杜集卷三・全唐詩卷六九二
164	④途中春	107	途中春	348	杜集卷三・全唐詩卷六九二
165	⑤贈友罷赴舉辟命	107	贈友罷赴舉辟命	349	杜集卷二・全唐詩卷六九二「贈友人罷舉赴辟命」
166	⑥夏日登友人林亭	108	夏日登友人林亭	349	杜集卷一「夏日登友生書齋林亭」・全唐詩卷六九二「夏日登友人書齋林亭」

167 ⑦春日寄友人自居山 109	春日寄友人自居山 350	杜集卷一・全唐詩卷六九二「春日山居寄友人」
168 ⑧秋日湖外書事 109	秋日湖外書事 350	杜集卷一・全唐詩卷六九二
169 ⑨旅舍秋夕 110	旅舍秋夕 351	杜集卷二「秋夕」・全唐詩卷六九二「館舍秋夕」
170 ⑩雪 111	雪 351	杜集卷一・全唐詩卷六九二、佳句301「雪」録前聯（下句唯字作時字）

18 曹唐詩十首　全唐詩卷六四〇・六四一

171 ❶黃帝詣崆峒山謁容成 111	黃帝詣崆峒山謁容成 352	全唐詩・詩逸・補編未收
172 ❷穆王却到人閒惆然有感 112	穆王却到人閒惆然有感 353	全唐詩・詩逸・補編未收
173 ❸穆王有懷崑崙舊遊 112	穆王有懷崑崙舊遊 355	全唐詩・詩逸・補編未收
174 ④武帝將感西王母降 113	虎帝將感西王母降 356	全唐詩卷六四〇「漢武帝將候西王母下降」
175 ❺再訪玉眞不遇 114	再訪玉眞不遇 357	全唐詩・詩逸・補編未收
176 ❻王母使侍女飛瓊鼓雲和笙宴武帝 114	王母使侍女許飛瓊鼓雲和笙以宴武帝 358	補編（續拾卷三三）題爲「漢武帝宴西王母」僅錄後聯「花影暗回三殿月、樹聲深鎖九門霜」（注：《五代史補》卷一）
177 ❼武帝食仙桃留核將種人閒 115	武帝食仙桃留核將種人閒 359	全唐詩・詩逸・補編未收

178	⑧蕣綠華將歸九疑山別許眞人 116	蕣綠華將歸九疑山別許眞人 360	全唐詩卷六四〇「蕣綠華將歸九疑留別許眞人」
179	❾張碩留杜蘭香皃織成翠水衣有感 116	張碩對杜蘭香留皃織成翠水之衣凄然有感 362	全唐詩・詩逸・補編未收
180	❿漢武帝再請西王母不降 117	漢武帝再請西王母不降 364	全唐詩・詩逸・補編未收

19方干處士詩十首　全唐詩卷六四八～六五三・八八五

181	①題千峯榭 117	題千峰榭 365	全唐詩卷六五〇「題睦州郡中千峰榭」、佳句762「題千峯榭」錄後聯
182	②旅次洋州寓居郝氏林亭 118	旅次洋州寓居郝氏林亭 366	全唐詩卷六五〇（洋、一作楊）
183	③寄杭州于郎中 119	寄杭州于郎中 366	全唐詩卷六五〇、佳句194「寄上杭州于郎中」錄後聯
184	④越中言事王大夫到任後作 119	越中言事王大夫到任後作 367	全唐詩卷六五一「越中言事」其二（題注「咸通八年瑯琊公到任後作」）
185	⑤贈孫發百篇 120	贈孫發百篇 367	全唐詩卷六五一「贈孫百篇」
186	⑥題報恩寺上房 121	題報恩寺上房 368	全唐詩卷六五一「題報恩寺上方」、佳句343「題報恩寺上方（イ无上一）」錄前聯
187	⑦贈李郢端公 121	贈李郢端公 368	全唐詩卷六五一「敍錢塘異勝」

188	⑧杭州杜中丞	122	杭州杜中丞	369	全唐詩卷六五〇「上杭州杜中丞」
189	⑨贈會稽張少府	122	贈會稽張少府	369	全唐詩卷六五〇
190	⑩述方齋寄虞縣表宰	123	述方齋寄虞縣表宰	370	全唐詩卷六五〇「湖北有茅齋湖西有松島輕棹往返頗諧素心因成四韻」

20李雄詩十首　全唐詩・詩逸・補編未收

191	❶漳水河	124	漳水河	371	
192	❷雲門寺	124	雲門寺	371	
193	❸秦淮	125	秦淮	372	
194	❹臺城	126	臺城	373	
195	❺江淹宅	126	江淹宅	373	
196	❻向呉亭	127	向呉亭	375	樊川文集夾注卷三「潤州」二首其一「向呉亭東千里秋」句夾注云「李雄作向呉亭詩」）
197	❼水簾亭	127	水簾亭	375	
198	❽濯錦江	128	濯錦江	376	
199	❾子規	129	子規	377	
200	❿張儀樓	129	張儀樓	378	

21 吳仁璧詩　全唐詩卷六九〇

番號	十抄詩	頁	夾注名賢十抄詩卷下	頁	
201	❶宣州	130	宣州	381	全唐詩・詩逸・補編未收
202	❷羅書記借示詩集尋惠園蔬以詩謝	131	羅隱書記借示詩集尋惠園蔬以詩謝	382	全唐詩・詩逸・補編未收
203	❸宛陵題顧蒙處士齋卽元徵君舊居	131	宛陵題顧蒙處士齋卽元徵君舊居	382	全唐詩・詩逸・補編未收
204	❹吳中早春題王處士山齋	132	吳中早春題王處士山齋	384	全唐詩・詩逸・補編未收
205	❺蘇州崔諫議	132	蘇州崔諫議	384	全唐詩・詩逸・補編未收
206	❻秋日寄鍾明府	133	秋日寄鍾明府	385	全唐詩・詩逸・補編未收
207	❼西華春寒寄潘校書	134	西華春寒寄潘校書	386	全唐詩・詩逸・補編未收
208	❽梅花	134	梅花	387	全唐詩・詩逸・補編未收
209	❾還羅隱書記詩集	135	還羅隱書記詩集	388	全唐詩・詩逸・補編未收
210	❿放春牓日獻座主	136	放春牓日獻座主	389	全唐詩・詩逸・補編未收

22韓琮員外詩　全唐詩卷五六五

211	①	柳	136	柳	390	全唐詩卷七六八韓漑同題詩、文苑英華卷三二三作韓喜（注：〔唐宋〕類詩作漑）
212	②	松	137	松	391	全唐詩卷七六八韓漑同題詩、文苑英華卷三二四作韓喜（注：類詩作漑）
213	❸	霜	137	霜	391	全唐詩・詩逸・補編未收
214	④	露	138	露	392	全唐詩卷五六五、文苑英華卷一五六韓琮同題詩
215	❺	烟	139	煙	393	全唐詩・詩逸・補編未收
216	⑥	淚	139	淚	393	四部叢刊三編所收徐夤『釣磯文集』卷一〇・全唐詩卷七一〇徐夤同題詩
217	❼	別	140	別	394	全唐詩・詩逸・補編未收
218	⑧	水	141	水	395	全唐詩卷七六八韓漑同題詩（注：一作韓喜詩）、補編（續補遺卷九）韓喜同題詩（注：《文苑英華》一六三《地部》。又《詩話總龜〔前集〕》二二《詠物門》引《續本事詩》）
219	❾	愁	141	愁	396	全唐詩卷七六八韓漑句僅錄前聯「門掩落花人別後、窗含殘月酒醒時」（注：見吟窗雜錄）
220	❿	恨	142	恨	396	全唐詩・詩逸・補編未收

23 崔承祐詩（新羅人）　全唐詩・詩逸・補編未收

221	①鏡湖	142	鏡湖	397	東文選卷一二
222	②獻新除中書李舍人	143	獻新除中書李舍人	398	東文選卷一二
223	③送進士曹松入羅浮	144	送進士曹松入羅浮	399	東文選卷一二
224	④春日送韋大尉自西川除淮南	144	春日送韋大尉自西川除淮南	400	東文選卷一二
225	⑤闕中送陳策先輩赴邠州幕	145	闕中送陳策先輩赴邠州幕	401	東文選卷一二「關中送陳策先輩赴邠州幕」
226	⑥贈薛雜端	146	贈薛雜端	402	東文選卷一二
227	⑦讀姚卿雲傳	146	讀姚卿雲傳	403	東文選卷一二
228	⑧憶江西舊因寄知己	147	憶江西舊遊因寄知己	404	東文選卷一二
229	⑨別	147	別	405	東文選卷一二
230	⑩鄴下和李錫秀才與鏡	148	鄴下和李錫秀才與鏡	406	東文選卷一二

24 崔匡裕（新羅人）　全唐詩・詩逸・補編未收

231	①御溝	149	御溝	408	東文選卷一二
232	②長安春日有感	149	長安春日有感	409	東文選卷一二

233	③題知己庭梅	150	題知己庭梅	409	東文選卷一二
234	④送郷人及第歸國	151	送郷人及第歸國	410	東文選卷一二
235	⑤郊居呈知己	151	郊居呈知己	411	東文選卷一二
236	⑥細雨	152	細雨	411	東文選卷一二
237	⑦早行	152	早行	412	東文選卷一二
238	⑧鷺鷥	153	鷺鷥	412	東文選卷一二
239	⑨商山路作	154	商山路作	413	東文選卷一二
240	⑩憶江南李處士居	154	憶江南李處士居	414	東文選卷一二

25 羅鄴詩　全唐詩卷六五四

241	❶旅館秋夕言懷	155	旅館秋夕言懷	415	全唐詩・詩逸・補編未收
242	❷同友人話呉門舊遊	156	同友人話呉門舊遊	415	全唐詩・詩逸・補編未收
243	❸秋過靈昌渡有懷	156	秋過靈昌渡有懷	416	全唐詩・詩逸・補編未收
244	❹冬日獨遊新安蘭若	157	冬日獨遊新安蘭若	416	全唐詩・詩逸・補編未收
245	❺海上別張尊師	157	海上別張尊師	417	全唐詩・詩逸・補編未收
246	⑥秋曉	158	秋曉	417	全唐詩・文苑英華卷一五八「秋晚」

247	❼蛺蝶	159	蛺蝶	418	全唐詩・詩逸・補編未收
248	❽秋日有懷	159	秋日有懷	420	全唐詩・詩逸・補編未收
249	❾春日題贈友人洛下居	160	春日題贈友人洛下居	420	全唐詩・詩逸・補編未收
250	⑩望江亭	161	望江亭	421	補編（續拾卷二九）杜牧「貴池亭」（注：見《古今圖書集成・職方典》卷八一〇《池州府部・藝文》）

26 秦韜玉詩　全唐詩卷六七〇

251	①長安書懷	161	長安書情	422	全唐詩「長安書懷」
252	②春雪	162	春雪	422	全唐詩
253	③題竹	162	題竹	423	全唐詩
254	④鸂鶒	163	鸂鶒	423	全唐詩
255	⑤對花	164	對花	424	全唐詩
256	⑥題李郎中山亭	164	題李郎中山亭	424	全唐詩「題刑部李郎中山亭」
257	⑦釣翁	165	釣翁	425	全唐詩
258	⑧隋堤柳	166	隋堤柳	426	全唐詩「隋隄」
259	⑨送友人罷擧授南陵令	166	送友人罷擧授南陵令	426	全唐詩
260	⑩春遊	167	春遊	428	全唐詩

27 羅隠給事詩　全唐詩巻六五五～六六五・八八五

261	①寄徐濟進士	167	寄徐濟進士	428	四部叢刊影宋本『甲乙集』巻八・全唐詩巻六六二
262	②寄韋瞻	168	寄韋瞻	429	甲乙集巻八・全唐詩巻六六二
263	③甘露寺看雪寄獻周相公	169	甘露寺看雪寄獻周相公	429	甲乙集巻八・全唐詩巻六六二「甘露寺看雪上周相公」
264	④臨川投穆端公	169	臨川投穆端公	430	甲乙集巻四・全唐詩巻六五八「臨川投穆中丞」
265	⑤東歸途中	170	東歸途中	431	甲乙集巻四・全唐詩巻六五八「東歸途中作」
266	⑥桃花	171	桃花	432	甲乙集巻三・全唐詩巻六五七
267	❼寄主客高員外	171	寄主客高員外	432	甲乙集・全唐詩・補編未收、佳句275「寄齊主客旅員外（寄主客張員外イ）」錄前聯「庾樓宴罷三更月、弘閣譚時一坐風」、詩逸巻上「寄主客張員外」
268	⑧金陵夜泊	172	金陵夜泊	433	甲乙集巻二・全唐詩巻六五六
269	⑨送譽光師	172	送譽光師	433	甲乙集巻九・全唐詩巻六六三「送譽光大師」（題注「師以草書應制」）
270	⑩送卞明府赴紫溪任	173	送卞明府赴紫溪任	434	甲乙集巻九・全唐詩巻六六三「送丁明府赴紫溪任」

28 賈島詩　全唐詩巻五七一～五七四・八八四

271	①送道士	174	送道士	437	齊文榜『賈島集校注』巻九・全唐詩巻五七四「送胡道士」

272	②寄韓潮州	174	寄韓潮州	437	校注卷九・全唐詩卷五七四「寄韓潮州愈」、佳句948「上韓湖（金子氏校改作潮）州」錄後聯
273	❸崔君夏林潭	175	崔君夏林潭	438	校注・全唐詩・詩逸・補編未收
274	④送周元範歸越	176	送周元範歸越	438	校注卷一〇・全唐詩卷五七四「送周判官元範赴越」
275	⑤早秋寄天竺靈隱二寺	176	早秋寄天竺靈隱二寺	439	校注卷一〇・全唐詩卷五七四「早秋寄題天竺靈隱寺」
276	⑥贈岳人	177	贈岳人	440	補編（續拾卷二八）・校注附集「逢友人」（補編注：《吟窗雜錄》卷十三梅堯臣《續金針詩格》引）
277	⑦贈元郎中	177	贈元郎中	440	校注卷九・全唐詩卷五七四「投元郎中」
278	⑧送崔秀才歸覲	178	送崔秀才歸覲	441	校注卷一〇・全唐詩卷五七四「送崔約秀才」
279	❾愚性踈散常以奕碁釣魚爲事	179	愚性踈散常以弈碁釣魚爲事	441	校注・全唐詩・詩逸・補編未收
280	❿臨晉縣西寺偶懷	179	臨晉縣西寺偶懷	442	校注・全唐詩・詩逸・補編未收

29 李山甫詩　全唐詩卷六四三

281	①讀漢史	180	讀漢史	443	全唐詩
282	②隋堤柳	181	隋堤柳	444	全唐詩
283	③送李秀才罷業從軍	181	送李秀才罷業從軍	445	全唐詩「送李秀才入軍」

284 ④送蘇州裴員外	182	送蘇州裴員外	445	全唐詩「送蘄州裴員外」
285 ⑤曲江	182	曲江	446	全唐詩「曲江」二首其一
286 ⑥蜀中有懷	183	蜀中有懷	447	全唐詩「蜀中寓懷」
287 ⑦風	184	風	448	全唐詩
288 ⑧月	184	月	449	全唐詩
289 ⑨侯家	185	侯家	449	全唐詩「公子家」二首其一
290 ⑩菊	186	菊	450	全唐詩

30李群玉詩　全唐詩巻五六八～五七〇

291 ①劍池	186	釼池	451	四部叢刊影宋本『李羣玉詩集』『李羣玉詩後集』未收、全唐詩巻五六九「寶劍」
292 ②黄陵廟	187	黄陵廟	451	後集巻三「黄陵廟」二首其一・全唐詩巻五六九
293 ③秣陵懷古	187	秣陵懷古	452	後集巻三・全唐詩巻五六八
294 ④金塘路中作	188	金塘路中作	453	詩集巻中・全唐詩巻五六九「金塘路中」
295 ⑤湘陰江亭寄友人	189	湘陰江亭寄友人	454	詩集巻中・全唐詩巻五六九「湘陰江亭却寄友人」

296	⑥奉和張舍人送秦練師岑公山	189	奉和張舍人送秦練師岑公山	455	詩集卷中・全唐詩卷五六九「奉和張舍人送秦練師歸岑公山」（全唐詩、練作錬）
297	⑦送陶少府赴選	190	送陶少府赴選	455	詩集卷中・全唐詩卷五六九
298	⑧寄張祜	191	寄張祜	456	詩集卷中・全唐詩卷五六九「寄張祜」（題注「祜亦未面頻寄聲相聞」）
299	⑨盧逸人隱居	191	盧逸人隱居	457	詩集卷中、全唐詩卷五六九「送人隱居（一作盧逸人隱居）」
300	❿道齋	192	道齋	458	詩集・後集・全唐詩・詩逸・補編未收

參考書影

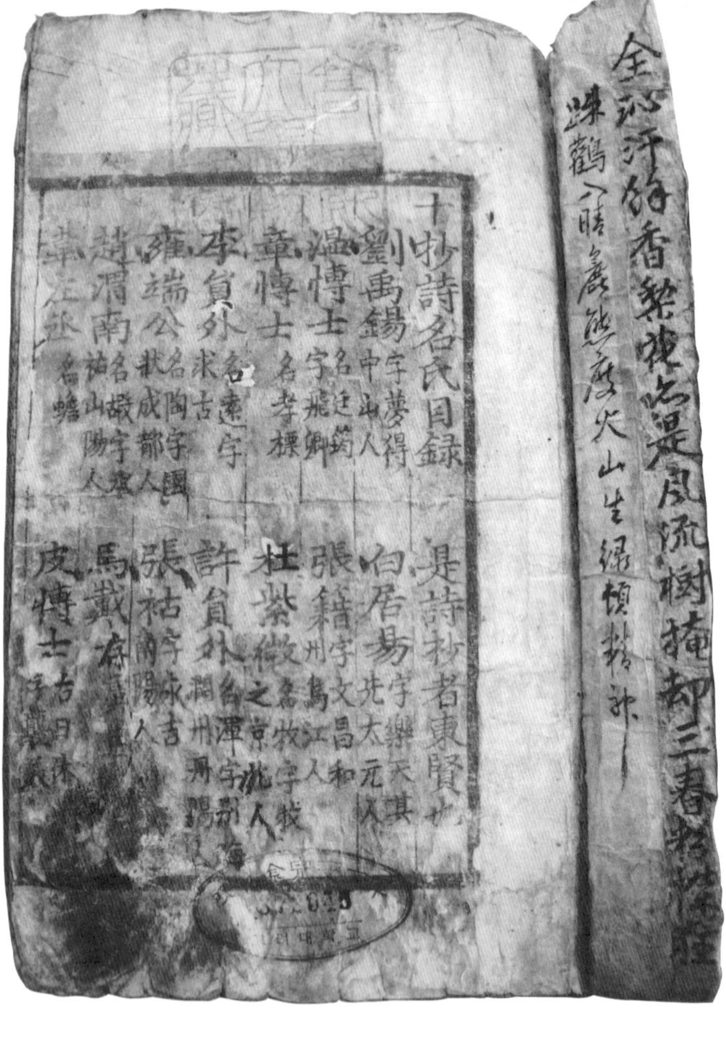
十抄詩名氏目録
劉禹錫 字夢得 中山人
温博士 名庭筠 字飛卿
章博士 名孝標
李員外 名遠 字求古
雍端公 名陶 字國鈞 成都人
趙渭南 名嘏 字承祐 山陽人
是詩抄者東賢
白居易 字樂天 其先太元人
張籍 字文昌 和州烏江人
杜紫微 名牧 字牧之 京兆人
許員外 名渾 字用晦 潤州丹陽人
張祜 字承吉 南陽人
馬戴
皮博士 名日休

『十抄詩』目錄葉表（高麗大學校晩松文庫）

崔致遠 字孤雲 新羅慶州人　朴仁範 新羅人
杜荀鶴 字彦之 自稱九華山人 大順中登進士及第　曹唐 字堯臣
方干 字雄飛 桐廬人　李雄
吳仁璧 字庭筠　韓琮 字成封
崔承祐 新羅人入唐及第　崔匡裕 新羅人入唐遊學
羅鄴 餘杭人　秦韜玉 字中明 京兆人
羅隱 字昭諫　賈島 字浪仙 范陽人
李山甫　李群玉 字文山 澧州人
終

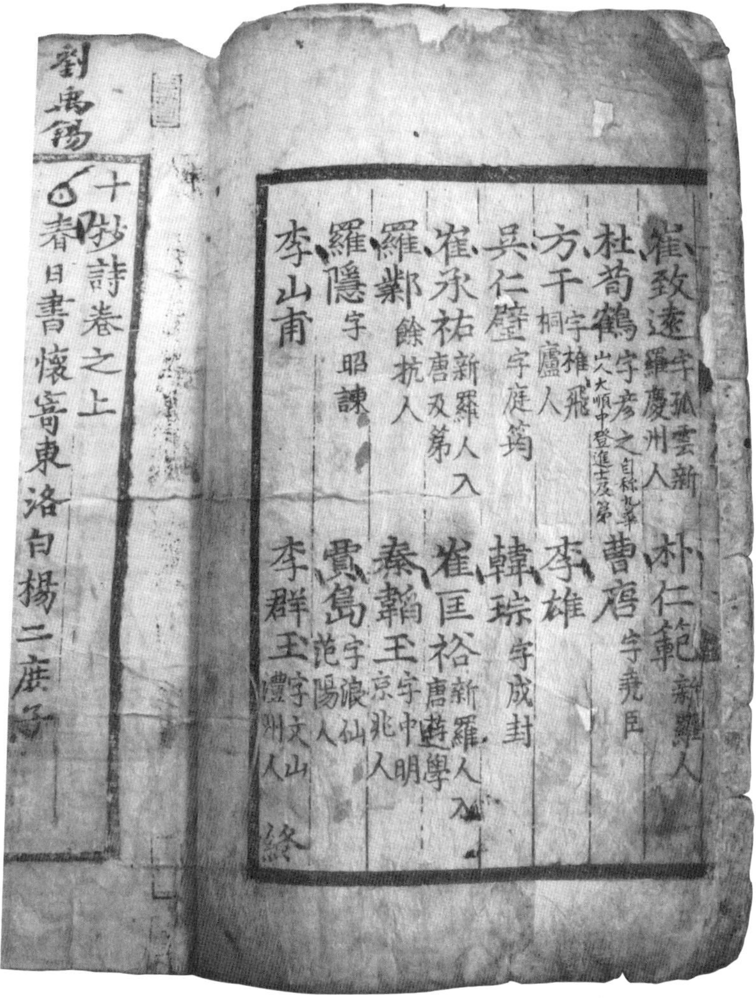

劉禹錫
十抄詩卷之上
春日書懷寄東洛白楊二庶子

『十抄詩』目録葉裏（高麗大學校晩松文庫）

勁若垂露之垂故謂之垂露　青衿待振素王風　詩青青子衿毛萇傳曰青衿青領也

孝子之服左傳仲尼為素王家語南宮敬叔曰孔子生於周衰讚明易道以爲法式者天將欲素王之乎

秋聲入苑灘橫洛　靄色臨城雨霽嵩　十道志洛州有洛水嵩高山

應眺樓臺感今昔　暮天鵶過上陽宮　唐書東都上陽在宮城西北隅

南臨洛水西距穀水

贈蕭先生

能令姹女不能嬌　漢魏真人參同契河上姹女靈爲東神得火即飛不染塵埃注河上

即是真汞也又參同契丹砂木精得金乃并漢真人大丹訣姹女隱在丹砂中注姹女汞也以二書考之

則姹女非神人也汞水銀滓也　別有仙郎亦姓蕭　列仙傳蕭史弄玉同居數十年吹簫

作鳳声鳳凰來止其屋爲作鳳臺夫婦止其上一日皆隨鳳凰飛去　文武火催龍虎鬭

『夾注名賢十抄詩』卷上二十葉裏（韓國學中央研究院藏書閣）

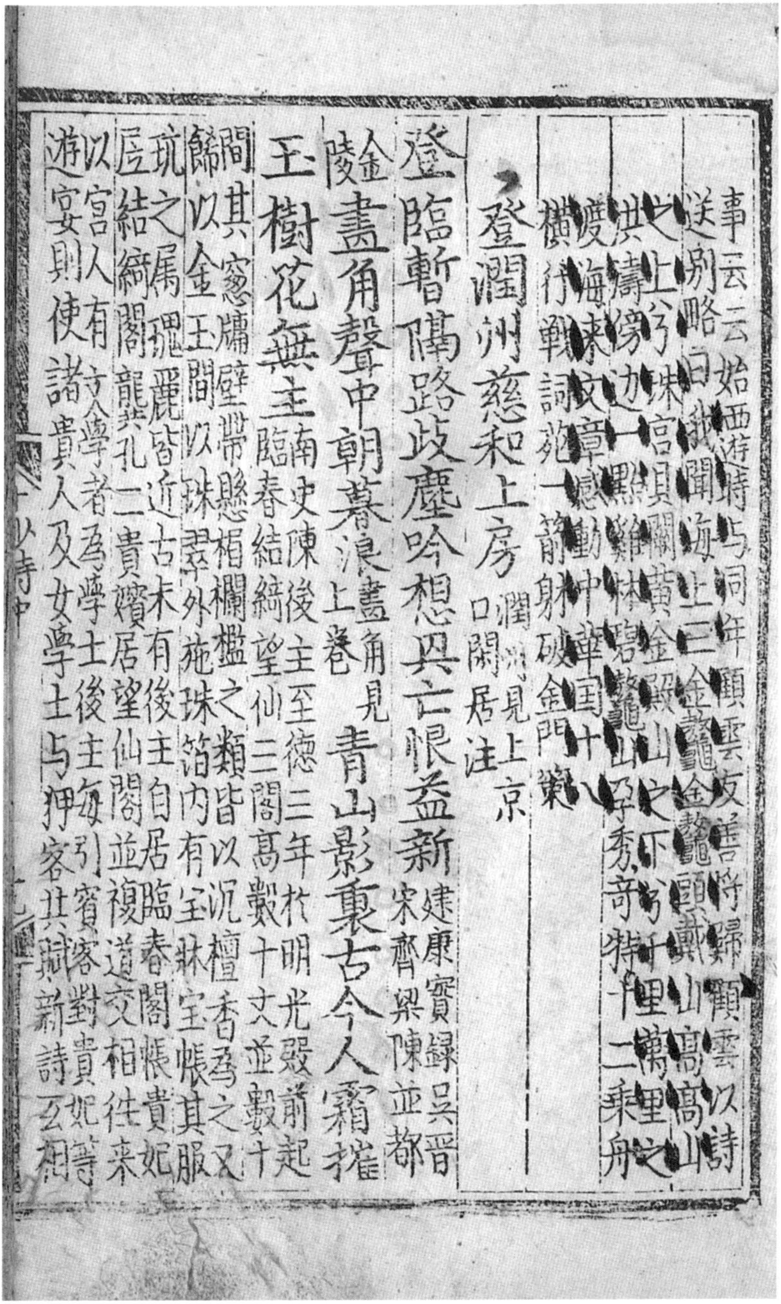
事云云始西游時与同年顧雲友善將歸顧雲以詩
送別略曰我聞海上三金鼇鼇頭戴山高高山
之上兮珠宮貝闕黃金殿山之下兮千里萬里之
洪濤傍邊一點雞林碧鼇山孕秀奇特一二乘舟
渡海來文章感動中華國十八
横行戰詞苑一箭射破金門策

登潤州慈和上房　潤州見上京口閑居注
登臨暫隔路岐塵吟想興亡恨益新　建康實録吳晉宋齊梁陳並都金陵
畫角聲中朝暮浪　畫角見上卷　青山影裏古今人霜摧
玉樹花無主　南史陳後主至德三年於明光殿前起臨春結綺望仙三閣高數十丈並數十
間其窻牖壁帶懸楣欄檻之類皆以沉檀香爲之又
飾以金玉間以珠翠外施珠簾內有寶牀寶帳其服
玩之屬瑰麗皆近古未有後主自居臨春閣張貴妃
居結綺閣龔孔二貴嬪居望仙閣並複道交相往來
以宮人有文學者爲學士後主每引賓客對貴妃等
遊宴則使諸貴人及女學士与狎客共賦新詩互相

『夾注名賢十抄詩』卷中十九葉表（韓國學中央研究院藏書閣）

『夾注名賢十抄詩』卷下二十葉表（韓國學中央研究院藏書閣）

向梁兄道兒家住處有林塘兄若後敀廻王步莫嫌
情舊到兒莊云云敀舍未逾三五日其時山伯也思
鄉拜辭夫子登歧路渡水穿山到祝莊云云英臺綫
步徐行出一對羅襦繡鳳凰蘭麝滿身香馥郁千嬌
萬態世無雙山伯見之情似辨英臺是女郎帶
病偶題詩一絶黃泉共汝作夫妻云云因茲相
思病當時身死五魂飄葬在越州東大路託夢英臺
到寢堂英臺蹤拜哀哀哭慇懃酹酒向墳堂祭曰君
既為奴身已死妾今相憶到墳傍君若無靈教妾退
有靈須遣塚開張言訖塚堂面破裂英臺透入也身
亡鄉人驚動紛々報親情隨後攬衣裳片片化為胡
蝶子身变塵灰事可傷云云十道志明州有梁山伯
塚注義婦塚英臺同塚
書稱傲吏夢彰名
郭景純遊仙詩漆園有傲吏注向曰莊周
為蒙漆園吏楚成王聞周賢使厚幣迎請之為相周
笑謂使者曰亟去無汙我故云傲吏又見上卷別後
旋成莊蜨夢注
四時四時恐誤羡爾尋芳去長傍佳人襟袖行
天宝
遺事明皇春詩使嬪妃插花親放蝶隨其至幸之又
曰都下名妓楚蓮香者國色無雙每出則蜂蝶相隨

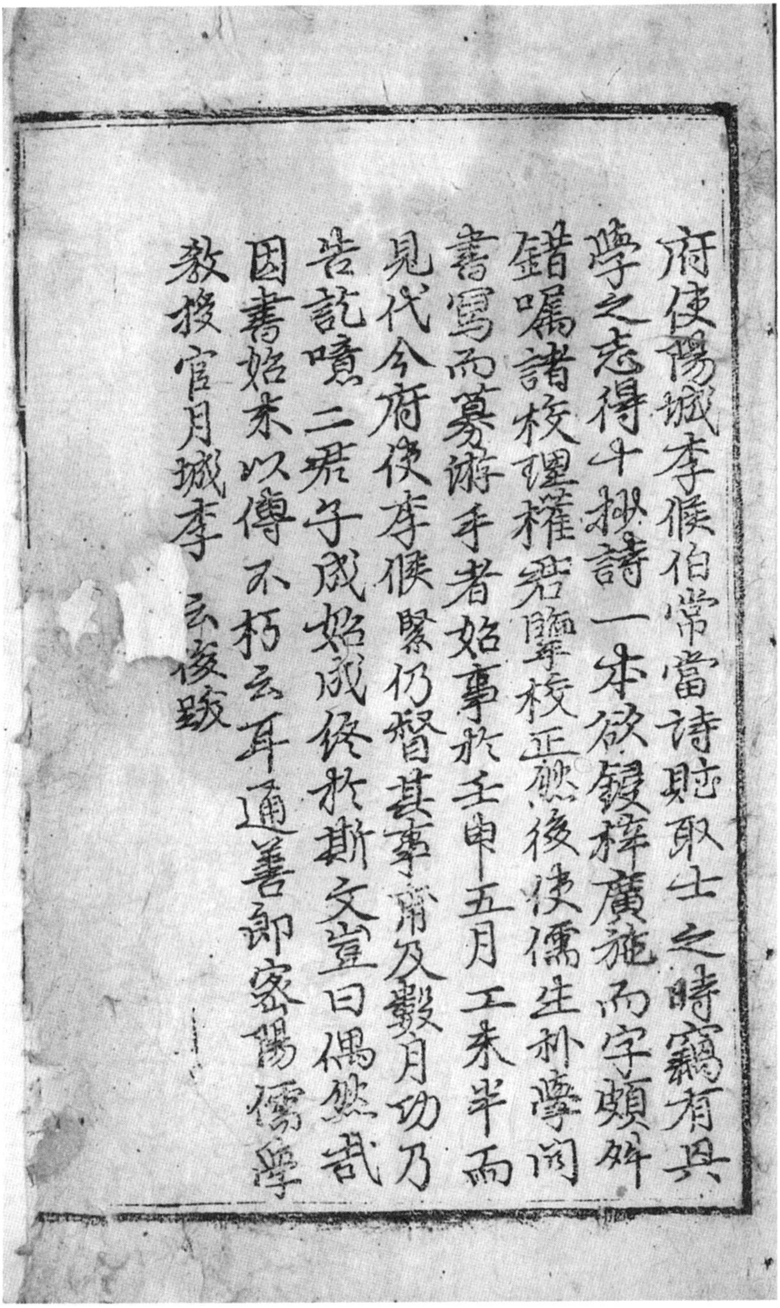
府使陽城李侯伯常當詩賦取士之時竊有興
學之志得十抄詩一本欲鋟梓廣施而字頗舛
錯囑諸校理權君臨擧校正然後使儒生朴學問
書寫而募游手者始事於壬申五月工未半而
見代今府使李侯賢仍督其事甫及數月功乃
告訖噫二君守成始成終於斯文豈曰偶然哉
因書始末以傳不朽云耳通善郎密陽儒學
教授官月城李　云俊跋

『夾注名賢十抄詩』卷末李云俊跋（韓國學中央研究院藏書閣）

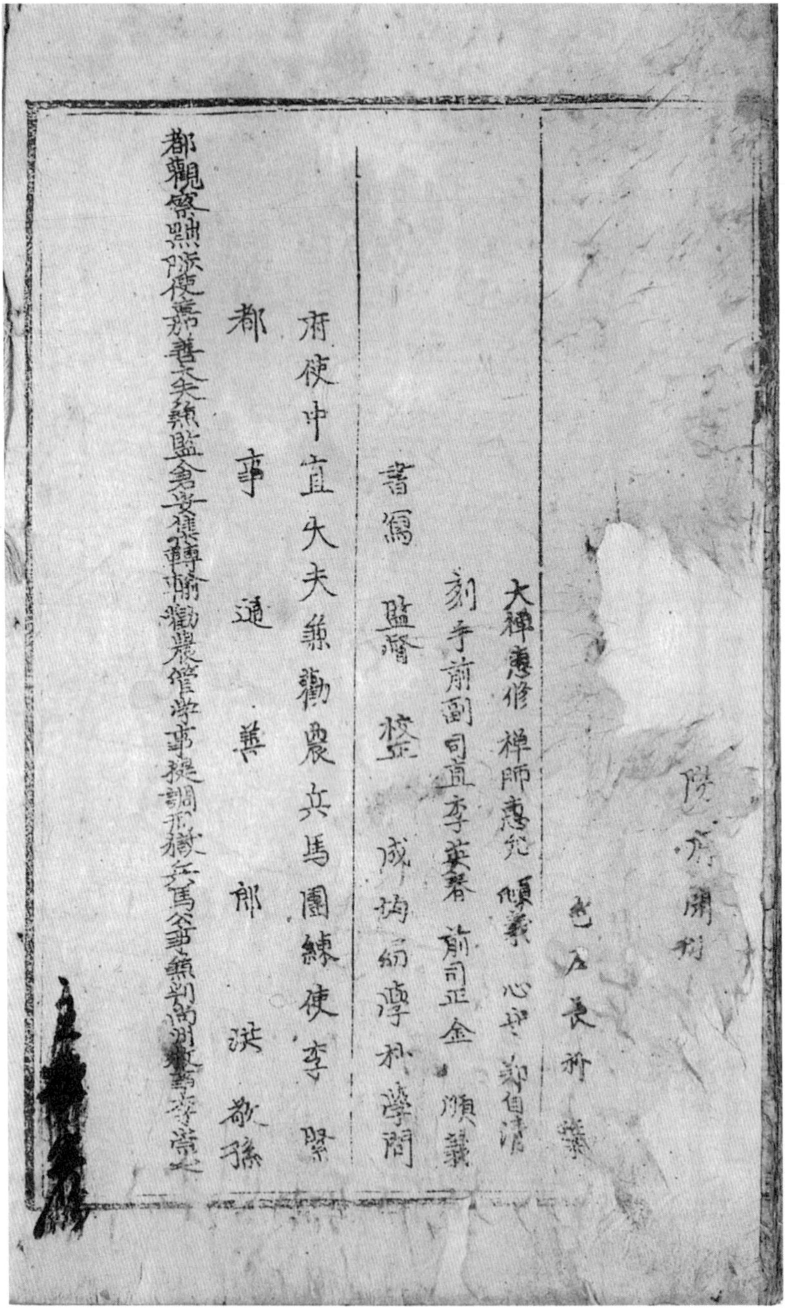

陜府開刊

邑人長祈 業

大禪惠修　禪師惠允　傾義　心印　鄭自淸

刻手　前副司直李英耆　前司正金順義

書寫　監督 [illegible]　成均舘學 朴學問

府使中直大夫兼勸農兵馬團練使李堅

都事通善郎洪敬孫

都觀察黜陟使嘉善大夫兼監倉安集轉輸勸農管學事提調刑獄兵馬公事兼判尙州牧事 [illegible]

『夾注名賢十抄詩』刊語列銜（韓國學中央研究院藏書閣）

跋

本書の『夾注名賢十抄詩』影印は、原本を所藏される財團法人陽明文庫の御快諾の賜である。陽明文庫理事・文庫長の名和修先生には、度重なる閲覽に應じて下さるなど種々の御高配に與かった。先ずもって篤く感謝申し上げる。

筆者が陽明文庫本『夾注名賢十抄詩』の影印を志し、汲古書院の石坂叡志社長の支持を得たのは二〇〇四年の夏であった。翌年、『十抄詩』と併せた影印本にする計畫を定めたが、『十抄詩』の覆寫入手に問題が生じて容易に實行に移せなかった。二〇〇八年前期に復旦大學での在外研究の機會を得て、六月に北京大學圖書館に赴き、古籍部所藏の『十抄詩』の覆寫と影印許可が幸いにも得られた。歸國後、韓國から『夾注名賢十抄詩』の影印本が出版されると聞き及び、當方の影印計畫に影響するのではと案ぜられたが、石坂社長は「こちらはこちらで出しましょう」と出版の方針を變更されることがなかった。二〇〇九年六月に高麗大學校漢文學科の沈慶昊教授から韓國學中央研究院のカラー影印本『夾注名賢十抄詩』の惠贈に與かって、陽明本と對校することができた。その結果、陽明本が補修本であると判明し、別種の影印本を出版する意義を感じた。ここにようやく『十抄詩』『夾注名賢十抄詩』合璧本を出版できる運びとなり、感慨を禁じ得ない。本書影印の朝鮮本『十抄詩』は、かつて日本に舶載され、今は轉じて北京大學にある。『夾注名賢十抄詩』は、朝鮮半島から日本にもたされ陽明文庫に藏されている。唐詩と新羅詩を選錄し、またそれに注した朝鮮本が日本と中國に傳來しているのである。まさに日・中・韓、漢字文化圏三國の交流を本書は象徵しているといえよう。

本書出版において、日本・韓國・中國の多くの方々の御厚意を承けた。晩松文庫所藏『十抄詩』の目錄の書影掲載を許された高麗大學校圖書館の各位、『韓國學資料叢書39　夾注名賢十抄詩』からの部分轉載に應じて戴いた韓國學中央研究院藏書閣の李完雨館長に御禮申しあげる。沈慶昊教授・復旦大學中文系の查屏球教授・南京大學域外漢籍研究所の金程宇副教授は、多大なる御教示を寄せて下さり、資料提供の協力も惜しまれなかった。北京大學の傅剛教授は北京大學圖書館古籍部への紹介の勞を執って下さり、古籍部の丁世良先生の御好意にも接した。陽明文庫の調査では東海大學の松尾肇子教授の助力を得た。また、汲古書院の石坂社長は出版に至るまで長い目で見て下さり、編輯部の小林詔子女史には久しくお世話を戴いた。各位に深甚の謝意を捧げたい。

なお本書は、二〇一〇年度立命館大學學術圖書出版推進プログラムの助成を得ての出版である。關係各位に感謝申し上げる。

二〇一〇年十一月二十四日識

『十抄詩』『夾注名賢十抄詩』詩人名索引

詩人名は『夾注名賢十抄詩』から採った。別名の場合は本姓名に改めて掲出し、原表記を括弧に示した。配列は現代假名遣い五十音順である。詩人名に續く數字は詩人整理番號である。次に括弧内に『十抄詩』『夾注名賢十抄詩』の順で本書の收錄頁次を示した。

『十抄詩』『夾注名賢十抄詩』詩題索引

詩題は、刪節を加えない『夾注名賢十抄詩』に從ったが、誤字や『十抄詩』との文字の異同があれば括弧に注記し、訂正した詩題および『十抄詩』の詩題を重出したものもある。配列は現代假名遣い五十音順である。詩題の次に示した數字は作品番號であり、それに續けて括弧内に『十抄詩』『夾注名賢十抄詩』の順に本書の當該頁次を示した。同題二首の作品は第一首の作品番號・頁次を擧げた。なお漢字は舊字體に改めた。

［あ行］

［か行］

［さ行］

［た行］

［な行］

［は行］

［ま行］

［や行］

［ら行］

［わ行］

芳村　弘道（よしむら　ひろみち）

略歴　1954年12月、京都市に生まれる。立命館大學卒業の後、立命館大學大學院博士後期課程東洋文學思想専攻滿期退學。就實女子大學教授を經て、2000年４月より立命館大學文學部教授。2007年６月、博士（文學）。主として唐代文學・文獻學を研究する。

編著書　『分類補註李太白詩』（汲古書院、2006年７月）、『唐代の詩人と文獻研究』（中國藝文研究會、2007年６月）。

十抄詩・夾注名賢十抄詩

平成二十三年三月十四日　發行

編　者　芳村弘道
發行者　石坂叡志
整版印刷　モリモト印刷㈱

發行所　汲古書院
〒102-0072　東京都千代田區飯田橋二―五―四
電　話〇三（三二六五）九七六四
FAX〇三（三二二二）一八四五

ISBN978-4-7629-2894-9　C3098

KYUKO-SHOIN, Co, Ltd. Tokyo